Leif Oberlin
Die Wanderung der Frösche

AF237420

Leif Oberlin

DIE WANDERUNG DER FRÖSCHE

Roman

Bibliografische Information der Deutschen Nationalbibliothek:
Die Deutsche Nationalbibliothek verzeichnet diese Publikation
in der Deutschen Nationalbibliografie; detaillierte bibliografische
Daten sind im Internet über dnb.dnb.de abrufbar.

1. Auflage
© 2022 Leif Oberlin
Herstellung und Verlag: BoD – Books on Demand, Norderstedt
Covergestaltung: Leif Oberlin unter Verwendung eines
Motivs von Masashi Wakui (pixabay.com)

ISBN: 978-3-75682-152-5

To whom I ~~needed~~ *wanted you to be*

EVERYTHING ZEN

Holz hacken und Wasser tragen.

Den gesamten Morgen hatte sie mit überzuckertem Automatenkaffee und Internetvideos über Zen-Buddhismus verbracht, ihr Kopf leer wie eine Leinwand, bevor der erste Pinsel angesetzt wurde. Nichts hiervon war sinnvoll, nichts inspirierte sie, nichts fühlte sich so an, als würde es sie auch nur den kleinsten Schritt weiterbringen. Draußen ertönte irgendein Jingle, als einer dieser Vans vorbeibrauste, der einen x-beliebigen Kandidaten für eine x-beliebige Lokalwahl anpries, in einer Sprache, die sie nicht verstand. Sie verstand nichts von alledem.

Du kannst den Pfad nicht beschreiten, wenn du nicht selbst der Pfad geworden bist.

Irgendwann klappte sie den Laptop zu, seufzte, räkelte sich und schälte sich dann aus den dünnen Laken.

Die Mittagssonne war grell und brannte unerbittlich auf sie herab, als Carla sich vor dem Hauseingang eine Zigarette anzündete und versuchte, einen klaren Gedanken zu fassen. Ein paar Senioren mit ihren Hunden passierten die Straßenecke und würdigten sie beim Vorbeigehen keines Blickes. Sie drückte die nur halb gerauchte Kippe aus und zog sich an dem

Automaten um die Ecke einen weiteren Kaffee. Die erhitzte Dose ließ sich mit bloßen Händen kaum halten. Wieder entwich ihr ein langer Seufzer.

Tokio war zur selben Zeit ein Gigant und ein riesiges, aufgeblasenes Nichts, zu viele Menschen an den einen, viel zu wenige an anderen Stellen. Entweder alles blinkte und erstickte im Lärm, oder aber die gespenstische Stille zehrte an ihren Nerven. Immer dann, wenn es ruhig wurde, und das konnte sehr abrupt und unvorhersehbar geschehen, gruben sich ihre Zweifel nach außen. Dann zerbrach sie sich den Kopf über dieses Land, diese Stadt, diese Menschen und Hans.

Hans.

Als würde das Lächeln der Massen auf ihn abfärben, war er seit zwei Tagen erfüllt von solch einer Freude und Leichtigkeit, wenn er auf Wolkenkratzer, Hunde und Plastikessen in den Schaufenstern zeigte, dass sie sich fragte, ob sie diese Reise schlussendlich nur für ihn allein angetreten hatten. Während sie sich vergrub, blühte er auf – ein Andersherum gab es nicht. Und am schwersten lastete auf ihrem Gemüt, dass ihr aufgefallen war, wie wenig sie sich für ihn freuen konnte.

Sie hatten Frankfurt vor nicht einmal drei Tagen verlassen, und der beinahe vierzehnstündige Flug saß ihr noch immer in den Knochen.

»Wir haben einen Zeitunterschied von sieben Stunden, vergiss das nicht«, hatte Hans sie von dem Fenstersitz neben ihr aus ermahnt. »Das heißt, falls sie in Deutschland nicht aus Versehen die Uhr umstellen – dann wären es acht.« Er lachte. »Wir leben in der Zukunft.«

Sie stammelte ein fast unhörbares Ja.

»Erst dachte ich, es wäre besser, wenn wir uns vor Ort jeder eine SIM-Karte zulegen. Dann wiederum: Das öffentliche WLAN müsste reichen. Eigentlich. Das gibt es auch überall.«

Manchmal musste er regelrecht brüllen, um das Tosen der Motoren zu übertönen.

Carla hatte nur zaghaft genickt und den Kopf in Richtung Gang gedreht.

»Und übrigens: Wir treffen Parker dann am Samstag in Akihabara, der weiß da so ein cooles Café. Er kennt sich ja wirklich schon aus nach vier Monaten. Ist das okay?«

Sie hatte nichts dagegen einzuwenden, aber Hans war nicht aufgefallen, dass ihr einfach nicht nach Sprechen zumute war. Lange Flüge schlugen Carla immer aufs Gemüt und auf den Magen, sie war einfach nicht fürs Fliegen gemacht, und jener war besonders anstrengend gewesen. Als die Maschine abhob, musste sie schlucken. Nach Wochen der Vorbereitung wusste sie ab diesem Moment, dass es kein Zurück mehr gab. Von Vorahnungen hielt sie zwar nicht viel, aber das Gefühl, dass auf der anderen Seite irgendetwas auf sie wartete, war sie schon den ganzen Morgen über nicht losgeworden. Vor allem nicht während der Zugfahrt zum Flughafen, als es unerträglich stark geworden war und wie ein fetter schwarzer Klumpen in ihrer Brust gesessen hatte. Was genau dieses Etwas war, und ob gut oder möglicherweise eine Bedrohung, konnte sie auch jetzt noch nicht sagen. Sie war sich nur sicher, dass sie es bald herausfinden würde.

Zen heißt, das Leben zu fühlen, und nicht, Gefühle über das Leben zu haben.

Carla und Hans bezeichneten sich erst seit fünf Monaten vorsichtig als Paar. Der Sommer dieses Jahres markierte das allererste Mal, dass sie länger als bloß ein Wochenende lang zusammen verreisten – eine Idee, die aus der günstigen Gelegenheit heraus geboren worden war. Parker war ein Kommilitone von Hans, der gerade wegen eines Praktikums in einer Tokioter Anwaltskanzlei im Herzen der Mega-Metropole lebte und arbeitete. In Deutschland war sie ihm nur zweimal begegnet, irgendwann zu Beginn ihrer gemeinsamen Zeit mit Hans, und schon kurz darauf war Parker nach Japan aufgebrochen. Bei dem ersten Besuch in einem weit entfernten Land konnte es nur von Vorteil sein, einen Fixpunkt in der Fremde zu haben, und so hatte es nicht lange gedauert, bis Hans und Parker ihren gemeinsamen Plan geschmiedet hatten: In den Semesterferien würden sie nach Japan reisen.

Carla hatte kaum Bezug zu dem Inselstaat, anders als ihr Freund und eigentlich dessen gesamtes Umfeld. Sie mochte Sushi, und sie hatte auch schon den ein oder anderen Anime gesehen, aber das war soweit alles, was es von ihrer Seite darüber zu sagen gab. Hans jedoch besaß »ein gigantisches, an Besessenheit grenzendes Faible« für »alles aus Fernost«, wie es Carlas Mutter, die der Partnerwahl ihrer Tochter ansonsten nicht abgeneigt schien, auszudrücken pflegte. Sein Herz schlug vor allem für Computerspiele, die einen nicht unbedeutenden Teil seines Lebens ausmachten. Ja, Hans war das, was man abfällig auch gerne als Nerd bezeichnen konnte – aber die Art Nerd, an der Carla schon seit jeher Gefallen fand. Mit demselben heiligen Ernst wie seine Zockerrunden behandelte er sein Workout im Studio oder in freier Natur, Alkohol rührte er nur in Gesellschaft an, und er versäumte es auch nicht, regelmäßig mit seiner Mutter zu telefonieren. Hans war jemand, in den sie sich schon während der ersten Tage, die sie damals im winterlich-verregneten Frankfurt verbracht hatte, mit ganzem Herzen verlieben konnte. Bei dem sie sich immer sicher und aufgehoben gefühlt hatte. Doch zumindest in Bezug auf Letzteres erschien ihr diese Phase schon jetzt, als sei sie eine Ewigkeit her, wie aus einem längst vergangenen Leben. Um ehrlich zu sein: genau von dem Moment an, als die Räder der Maschine vom Boden abgehoben waren.

10

Es war Juli.

Während sie den Vormittag ihres insgesamt erst zweiten vollen Tages in Tokio im Hostel verbringen wollte, da sie in der letzten Nacht wegen der Hitze, ihres Jetlags und den Moskitos kaum eine Stunde am Stück hatte vernünftig schlafen können, waren Hans und Parker mit ihren Fahrrädern zu einem bekannten Tempel in einem anderen Stadtteil aufgebrochen, hatten aber versprochen, sie gegen Mittag abzuholen, um zusammen etwas essen zu gehen.

Carla spähte auf ihr Handy. Es war kurz nach halb zwölf. Eine Gruppe japanischer Hostelgäste kam die Straße herunter und unterhielt sich lautstark. Einer der Männer nickte ihr höflich zu, als sie das Gebäude betraten. Carla nickte zurück und beschloss, noch eine Zigarette zu rauchen, bevor sie sich wieder ins Innere zurückziehen würde. Die hohen Temperaturen machten ihr trotz ihres dunklen Teints zu schaffen, an die hohe Luftfeuchtigkeit würde sie sich aber bestimmt bald gewöhnt haben. Höchstwahrscheinlich würde sie sich bald an *alles* gewöhnt haben. Und selbst wenn nicht – zwei Wochen in diesem fremden Land, Hans zuliebe, das würde sie schon irgendwie durchhalten. Ihre Stimmungswechsel, ihre manchmal wie wild umherspringenden Gedanken – sie konnte sie deutlich spüren.

Das Fernsehen im Gemeinschaftsraum des Backpacker-Hostels zeigte eine japanische Spielshow.

Die Unterkunft war nicht unbedingt schäbig, für Tokioter Verhältnisse aber auch nicht gerade vornehm. In erster Linie war das zweistöckige Gebäude vergleichsweise günstig und nicht allzu weit ab vom Schuss, somit das Beste, das sich zwei deutsche Studierende knapp nach dem Ende der Vorlesungszeit leisten konnten.

Carla ließ sich mit ihrem mittlerweile ein Stück weit abgekühlten Automatenkaffee vor dem Fernsehapparat nieder. Zu dieser Zeit war sie die einzige Person im Raum, alle anderen Gäste schienen unterwegs.

In der Show mussten die Teilnehmer versuchen, so viel glaubte sie zu verstehen, aus den Bestandteilen von Kanji-Schriftzeichen Anagramme zu bilden. Es rang ihr ein Lächeln ab – solch eine Aufgabe schien ihr eine eher harmlose Idee verglichen mit dem, was Hans sonst über die offenbar recht mutige und mitunter zu bizarren Auswüchsen fähige Unterhaltungsindustrie in diesem Land berichtet hatte.

Um kurz vor zwölf bemerkte Carla einen unbeantworteten Anruf auf ihrem Handy. Sie schien so tief ins Fernsehen versunken gewesen zu sein, dass sie das Telefon nicht einmal vibrieren bemerkt hatte. Hans hatte es lediglich ein einziges Mal versucht und ihr weder eine Nachricht hinterlassen noch im Anschluss einen Text gesendet. Sie rief zurück.

Die drei verabredeten sich zwanzig Minuten später in einem Ramen-Restaurant nur zwei Straßen von der Unterkunft entfernt. Hans hatte ihr Bescheid geben wollen, dass Parker und er sich bereits auf dem Rückweg von ihrem Ausflug befanden. Carla ließ sich den genauen Standort der beiden übermitteln und machte sich gleich auf den Weg. An japanisches Essen würde sie sich auf jeden Fall schnell gewöhnen können, und ihre Vorfreude darauf konnte sie kaum unterdrücken.

Kurz darauf trieben ihr die dampfenden Nudeln auch schon den Schweiß auf die Stirn.

»Vor ein paar Jahren haben sie besondere Spezial-Ramen erfunden, die man im Weltraum essen kann, wusstet ihr das?«, referierte Parker zwischen zwei Bissen. Die beiden Männer waren gut gelaunt, offenbar war ihr morgendlicher Trip zu ihrer Zufriedenheit ausgefallen. »Japaner sind ja gemeinhin dafür bekannt, nur schwer von alten Gewohnheiten lassen zu können. Da finde ich es schon verständlich, wenn ein Astronaut, ganz allein da oben, nicht auf seine heiß geliebten Ramen verzichten möchte. Ein kleines Stückchen Heimat, so weit draußen.«

»*Zero gravity ramen*«, stimmte Hans ein. »Kann ich mir aber eigentlich nicht vorstellen. Wie soll das denn aussehen, wenn du die Packung aufreißt und die Ramen dann wie Würmer durch die Gegend fliegen und um dich herumkreisen? Das ist doch ekelhaft.«

»Du könntest versuchen, sie mit deinen Stäbchen zu fangen«, erwiderte Parker. »Bestimmt lustig und eine willkommene Abwechslung zu deinem grauen und tristen Astronautenalltag.«

»Das wäre ein witziges Konzept für eine Spielshow«, hakte Carla ein.

Hans zog laut schlürfend den nächsten Schub Nudeln in seinen Mund, schluckte und lächelte sie beruhigt an. »Geht es dir jetzt besser? Das ist schön.«

Sie lächelte zurück und musterte ihn eindringlich. Das halblange, dunkelblonde Haar hatte er sich wie immer zu einem Bun gebunden, seine Bartstoppeln augenscheinlich seit ihrer Ankunft in Japan nicht ein einziges Mal rasiert, und sein Gesicht war leicht gerötet von der Fahrradtour in der prallen Sonne. Alles schien in bester Ordnung.

»Ich habe ein wenig ferngesehen, mehr nicht«, sagte sie, und da es sonst nichts zu berichten gab, fügte sie hinzu: »Bitte erinnert mich daran, dass ich mir direkt nach dem Essen bei der ersten Gelegenheit eine große Flasche Wasser besorge. Nur um sicherzustellen, dass ich nicht kollabiere, wenn ihr mich nachher durch die Straßen hetzt.«

Parker schlug grinsend mit der flachen Hand auf den Tisch, als hätte er nur auf ihr Stichwort gewartet. Auf der Tischplatte verteilten sich schlagartig Tropfen der trüben Ramen-Brühe. »Nun gut, *lady and gentleman*, wie lautet der Plan? Ich nehme ab sofort Vorschläge für heute Nachmittag entgegen.«

Obwohl Carla das Interesse an japanischer Popkultur, im Gegensatz zu ihrer Begleitung, eher abhanden ging – für Sightseeing in Ecken der Welt, in denen sie sich bisher nur wenig auskannte, war sie immer zu haben. Es tat gut, sich dabei auf die Expertise der beiden Männer verlassen zu können. Das riesige Monster, das Tokio war, bot natürlich wesentlich mehr, als man sich in den bloßen zwei Wochen, die ihnen zur Verfügung standen, überhaupt anschauen konnte, also wollte sie sich nicht noch dem Druck aussetzen, Entscheidungen darüber zu treffen, sondern das ganz Hans überlassen. Entscheidungen treffen müssen hatte sie während der letzten Monate genug – nicht zuletzt die, dass ihr erster gemeinsamer Urlaub als Paar keiner werden sollte. Und dass es sie ausgerechnet hierher verschlagen würde.

Schließlich einigten Hans und Parker sich darauf, eine weitere Runde auf ihren Rädern – dieses Mal sollte sie sie natürlich begleiten – zu einigen bekannten Kulturdenkmälern zu drehen und sich dann abends zum ersten Mal an das Nachtleben in Shinjuku zu wagen. Von Shinjuku hatte Carla gehört: Die U-Bahn-Station sollte die am schlimmsten überlaufene der ganzen Welt sein. In dieser Ecke kamen sie von überall her und alle zusammen, im Schmelztiegel Japans. Sie war aufgeregt, aber es war eine freudige Aufregung. So langsam hatte sie genug Energie gesammelt, um wieder an Hans' Abenteuern teilnehmen zu können. Jetzt galt es, sein Glück nicht ihrem eigenen in die Quere kommen zu lassen.

Die letzten Wochen vor der Abreise war es schwierig gewesen zwischen ihnen, so viel stand fest, und sie war sich sicher, dass auch dieser ganze Stress ein Grund dafür sein musste, dass sie sich jetzt nicht richtig fallen lassen konnte. Aber trotz all der Anspannung war ihr auch klar: Sie konnte ihm vertrauen. Sie wollte es, und auf keinen Fall wollte sie nachtragend sein. Wenn sie sich bloß noch über ihre grundlegenden Gefühle zu ihm im Klaren wäre, vielleicht könnten die Dinge gerade tatsächlich so einfach und entspannt sein, wie Hans es ausstrahlte.

Holz hacken und Wasser tragen.

Holz hacken und Wasser tragen.

Holz hacken und Wasser tragen.

TEDDYBÄR UND SPINNENFRAU

Alle Geschichten waren wahr.

Es war kurz nach zehn, als Carla, Hans und Parker sich auf dem Shinjuku Square wiederfanden. Es hatte bereits milde zu dämmern begonnen, aber das machte keinen Unterschied inmitten all der Neonreklamen, die die Umgebung hell erleuchteten, so weit das Auge reichte, und die Nacht aufzusaugen schienen, als könne es niemals wieder dunkel werden. Das einzig Fehlende, um die Szenerie wie eine futuristischere und freundlichere Version von Gotham-City wirken zu lassen, war das Fledermauslogo am Himmel. Wer innerhalb des gigantischen unterirdischen Bahnhofs, den sie gerade verlassen hatten – der Shinjuku Station –, auch nur einen kurzen Moment stehen zu bleiben gedachte, musste damit rechnen, dass jemand einen von der Seite anrempeln, wenn in all der Eile nicht sogar gänzlich von den Füßen hauen würde. Die unzähligen Menschen hasteten eilig von A nach B, die meisten augenscheinlich auf dem Rückweg von ihrem Tagesgeschäft, vielleicht aber auch genauso viele unterwegs in die Nacht, um sich ebendieses Tagesgeschäft mittels Alkohols aus dem Gedächtnis zu tilgen.

Carla fühlte sich recht erschöpft wegen des vorangegangenen

Fahrradtrips – ihre Kondition war in letzter Zeit nicht die beste, in diesem Klima erst recht nicht –, aber ihre beinahe kindliche Faszination für den ganzen Trubel verlieh ihr einen neuerlichen Energieschub. Die meisten Städte, die sie bisher kennen gelernt hatte, waren von der schieren Masse an Menschen und Eindrücken, die in Tokio den Alltag bestimmten, ein ganzes Stück entfernt. Den beiden Männern schien es ähnlich zu gehen. Hans hatte wieder dieses Grinsen im Gesicht, das immer dann zum Vorschein kam, wenn sich seine Erwartungen bestätigten. Der erste Kontakt mit Shinjuku, einer dieser klassischen Postkartenmomente – es war offensichtlich genau das, was er sich vorgestellt hatte.

Auf zwei riesigen Leinwänden an einem weit in den Himmel emporragenden Gebäude, allem Anschein nach einem Einkaufscenter, lief das Musikvideo einer Rockband um eine androgyn wirkende Sängerin mit Kurzhaarfrisur. Die Musik donnerte über die Köpfe der Passanten hinweg, aber nur wenige blieben stehen, um es sich tatsächlich anzusehen.

Carla erspähte eine Frau, mutmaßlich um die dreißig, die ein mit Paletten verziertes, silberfarbenes Kleid trug, das an vielen Stellen zerrissen war. Ihre Wangen glitzerten von kleinen bunten Sternen aus Konfetti, und darüber zerlief ihr Make-up unter den leer in die Ferne starrenden Augen. In den Armen trug sie einen ähnlich verwahrlost aussehenden, überdurchschnittlich großen Teddybären. Die Menschen um sie herum würdigten sie keines Blickes, als sie langsam den Bordstein entlang schlich und ab und an kaum verständliche Wortfetzen in die Menge rief. Nichts an dieser Frau schien ihnen auffällig oder einer Rede wert. Carla starrte ihr nur hinterher. Zuhause würden die Menschen innehalten, lachen und mit dem Finger auf sie zeigen. Mindestens.

Ein helles Klirren ertönte, als sie nur wenig später in der

erstbesten namenlosen Bar, die sie hatten finden können, ihre Schnapsgläser gegeneinanderstießen.

»Wir sind in der größten Stadt der Welt, und trotzdem ist in etwa zwei Stunden Schicht im Schacht«, lautete die nächste Belehrung aus Hans' Tokio-Expertenlexikon, dessen Informationen er mühelos zu jeder Tages- und Nachtzeit abrufen konnte und die – wenn man sich ins Gedächtnis rief, dass er selbst zum ersten Mal vor Ort war – manchmal ein bisschen *zu* selbstbewusst klangen. »Länger als bis kurz nach Mitternacht fahren die Bahnen nicht, denk da dran. Junge, du willst wirklich kein Taxi in Tokio nehmen, glaub mir. Von der gleichen Kohle können wir drei Tage lang unser Hostel bezahlen.«

Für einen kurzen Moment war sich Carla sicher, mit »Junge« würde er direkt Parker ansprechen und diese Ansage war nicht gleichzeitig auch an sie gerichtet, dann aber verwarf sie den Gedanken und gestand sich ein, dass sie seit ihrer Ankunft in Japan ein noch größeres Bedürfnis nach seiner Aufmerksamkeit zu haben schien als sonst. Der Wodka schmeckte bitter. Außerdem hatte sie das Gefühl beschlichen, der Barkeeper, der sie soeben bedient hatte, würde während des Polierens von Gläsern die ganze Zeit verstohlene Blicke zu ihr herüberwerfen.

»Wenn es sein muss und wir den letzten Zug verpassen sollten, laufen wir eben nach Hause«, witzelte Parker, und Hans strafte ihn mit einem tödlichen Blick. Angesichts der schieren Größe, die Tokio einem jederzeit mit aller Kraft ins Gesicht rieb, wirkte es auf Carla ein bisschen so, als kämen sie alle zusammen aus der letzten, hinterwäldlerischen Provinz, drei Landeier in der großen Stadt. Der Gedanke amüsierte sie. Noch das größte Großmaul hatte im Angesicht des Monsters klein bei zu geben.

Die Bar war bis zum Bersten gefüllt, was in Anbetracht von lediglich zwei Tischen mit Sitzgelegenheiten und bloß sechs

Hockern an der Bar aber keine Seltenheit zu sein schien. Carla ließ ihren Blick schweifen: In einer Ecke stand eine knallbunte Jukebox amerikanischer Machart, die Musik aber kam von dem iPhone des Barkeepers, welches er an die Anlage hinter seinem Rücken angeschlossen hatte. Mit Ausnahme des Beats konnte sie die Konturen des Stückes, das gerade lief, inmitten des Stimmengewirrs kaum ausmachen. Die meisten Gäste schienen sehr jung zu sein und waren entweder Paare oder in kleinen Gruppen von drei oder vier Leuten unterwegs. Viele trugen eine Schuluniform oder Anzüge, manche schleppten Aktenkoffer mit sich herum. Das Studenten- oder Firmenselbst legt man in Japan auch während einer Kneipentour nicht ab, wusste Carla. Kurz dachte sie an ihre Klausuren von vor ein paar Wochen zurück und daran, dass die Vorbereitungen für jene inmitten all der Nervosität, bald das erste Mal in ihrem Leben Europa zu verlassen, deutlich in den Hintergrund getreten waren. Die Ergebnisse würden ernüchternd ausfallen – ja, ein bisschen Abstand von allem hatte sie sich durchaus verdient.

Parker hatte glücklicherweise bereits in seinem flüssigen Japanisch die nächste Runde Schnaps bestellt. Es faszinierte sie, wie einfach ihm die ihr zum größten Teil unbekannten Laute über die Lippen kamen.

»Hetz' uns doch nicht«, ermahnte Hans Carla, als sie vorschlug, die Location zu wechseln und an einem anderen Ort auf japanisches Bier umzusteigen. »Und sowieso: Mach langsam. Du weißt, warum.«

»Nett, dass du dir Sorgen um mich machst, aber seit wann stehe ich dir in puncto Trinkfestigkeit in irgendetwas nach?« Carla gab sich schlagfertig, Parker jubelte, und sie dankte ihm still. Mit ihm verstand sie sich prächtig, selbst wenn sie vorher nur wenig miteinander zu tun gehabt hatten. Manchmal hatte Carla den Eindruck, dass es Hans gegen den Strich ging, wenn sie zusammen mit Parker Späße machte, beide laut über die Witze des jeweils anderen lachten oder in Gespräche vertieft waren, die Hans' Beteiligung nicht zu erfordern schienen.

»Vorsicht! Da ist Kotze.« Parker riss sie rechtzeitig zur Seite, als sie wieder ins Freie getreten und von der Neonhölle umgeben waren. Tatsächlich waren Carlas Füße nur wenige Zentimeter von einer Pfütze Erbrochenem entfernt.

»Da hat jemand einen guten Abend gehabt«, amüsierte sie sich. »Dabei ist es noch gar nicht so spät. Außerdem war das vorhin noch nicht da, ich bin mir sehr sicher.«

Hans sagte nichts dazu.

»Wunderbar, was?« Parker drehte sich in Richtung der grell erleuchteten Eingangsfront einer Arcade-Spielhalle direkt neben ihnen und hob die Hände, als wolle er dieser eine Umarmung geben. »Alles blinkt und explodiert. Gut, dass keiner von euch beiden Epileptiker ist.«

»Du bist schon so lange hier, und das fasziniert dich immer noch?« Hans betrachtete ihn argwöhnisch.

Parker warf ihm daraufhin einen gespielt missbilligenden Blick zu und baute sich vor ihm auf, die Arme nun in der Bauchtasche seines Sweatshirts verschränkt. Dann grinste er. »Na klar! Das kickt mich immer noch. Vor allem, wenn ich betrunken bin. Die Gegend, in der ich arbeite, ist langweilig – da ist zwar auch alles groß, aber grau und gleichförmig. Hier in Shinjuku oder in Shibuya ist es immer wie auf dem Jahrmarkt. Du kommst hierher, wenn du von den Dingen, die dich jeden Tag umgeben, nichts mehr sehen möchtest.« Er sog genussvoll die sommerliche Nachtluft ein. »Apropos, was haltet ihr von einem Streifzug durch Kabukichō? Jetzt?«

Kabukichō war der bekannteste der Tokioter Rotlichtbezirke, das Amüsierviertel schlechthin, und ging nahtlos in Shinjuku über. Carla wusste, dass alte und einsame Männer hier wegen käuflichen Sex herkamen – das De Wallen Tokios, selbst wenn sie vermutlich keine in Schaufenstern tanzenden Prostituierten antreffen würden. In ihrer schnapsbeseelten Ausgelassenheit hatte sie nichts gegen Parkers Vorschlag einzuwenden, und Hans ebenso wenig.

Ihr Weg führte die drei an einem riesigen Kino vorbei, von dessen Dach aus ein gigantischer Godzilla-Kopf das Geschehen überwachte.

Der Übergang zwischen Shinjuku und Kabukichō schien tatsächlich fließend, schwerwiegende Unterschiede konnte Carla nicht ausmachen, als sie sich die verstopften Gassen entlang nach vorne arbeiteten. Die Farben, die Geräusche, das Chaos – all dies folgte ihnen auf Schritt und Tritt wie Nebel. Viele Menschen rauchten auf offener Straße, aber niemand lief dabei, wie sie es aus Deutschland gewöhnt war; stattdessen standen alle am Rand oder in einer Ecke. Zwar waren große Teile von Tokio designierte Nichtraucherzonen, in dieser Gegend aber schien man das Regelwerk ein bisschen weniger genau zu nehmen. Trotzdem entschied sie sich dagegen, sich jetzt eine Zigarette anzuzünden – das hatte Zeit, bis sie wieder in eine Bar eingekehrt waren. Erneut fühlte Carla sich von einigen der – meistens männlichen – Passanten angestarrt, aber das musste nur in ihrem Kopf sein: In Tokio wimmelte es an allen Ecken und Enden von *gaijin*, von Ausländern, und alle zwei Minuten konnte sie innerhalb der Menschenmassen nichtasiatische Gesichter erspähen. Wie auffallend sollte sie schon sein? Dennoch war sie froh darüber, in einer Ecke wie dieser nicht allein unterwegs sein zu müssen. Mit Hans an ihrer Seite und betreut von Parker, ihrem persönlichen »Mann in Tokio«, der sich entgegen all seiner vermeintlichen Coolness liebevoll um sie kümmerte, fühlte sie sich sicher.

Für eine Weile gingen sie schweigend nebeneinander her und

21

musterten die Eingangsbereiche und Schilder der Läden, an denen sie vorbeikamen. Schließlich brach Hans die Stille. »Du datest keine Japanerin, oder? Parker?« Der Gedanke schien ihm spontan in den Sinn gekommen.

Parker reduzierte merklich sein Schritttempo und lachte sein unverkennbares Parker-Lachen, das immer ein bisschen so klang, als würde er einen Anflug von Nervosität überspielen wollen, obwohl er sonst meistens großes Selbstbewusstsein ausstrahlte. »Nein. Sieh mich doch an! *Black boys* haben einen schweren Stand bei den japanischen Frauen, glaub mir. Außerdem: Wer würde sich schon gerne mit einem Langweiler wie mir abgeben wollen? Ich bin Mädchen für alles bei einem Rechtsanwalt, weiter nichts. Und ich verdiene noch nicht einmal besonders gut.«

Darauf wusste Hans wohl nichts zu antworten, also lächelte er nur verlegen und stieß seinem Kumpel den Ellbogen in die Seite.

»Und du?«, erwiderte Parker die Frage. »Schon jemanden ins Auge gefasst?«

»Hey«, murmelte Carla kleinlaut. »Ich bin auch hier.« Mit Parkers Ironie hatte sie mittlerweile umgehen gelernt, trotzdem versetzte es ihr einen kleinen Stich.

Hans grinste nur und zuckte mit den Schultern. Parker brach in lautes Gelächter aus und legte ihm den Arm um die Schultern. »Ich mache nur Spaß, das wisst ihr doch.« Er drehte sich zu Carla um, richtete das Wort aber weiterhin an Hans. »Du hast die bezauberndste Freundin auf Erden, und das soll auch so bleiben.«

»Vielen Dank für die Blumen«, sagte sie. Jetzt wäre eine Zigarette doch genau das Richtige.

»Leute«, rief Hans plötzlich und zeigte auf einen Eingang, nur wenige Meter von ihnen entfernt. *Rock & metal bar* war in großen Lettern auf dem Schild zu lesen, ein lebensgroßer Pappaufsteller von Gene Simmons und seiner legendären, unmenschlich langen Zunge stand daneben; der Hals seiner Bassgitarre zeigte einladend eine Treppe hinunter. »Wie wäre es denn hiermit? Es ist höchste Zeit für Nachschub, findet ihr nicht auch? Allzu ewig können wir uns auch keine Zeit mehr lassen – denkt an die Züge.«

Carla trat vor ihn und fasste ihn an den Handgelenken – schon fast bettelnd nach seiner Aufmerksamkeit, wie sie sich erst später eingestehen würde. »Rock'n'Roll«, sagte sie und drückte ihm einen Kuss auf die Wange.

Ein Schwall abgestandenen Zigarettenrauchs waberte ihr entgegen, als sie als Erste die überraschend schwere Tür zu Fuße der Stufen öffnete, und es stellte sie sofort zufrieden, eine weitere Raucherkneipe entdeckt zu haben. Es war schummrig in dem Keller, in den nur eine Theke und davor fünf hohe Stühle hineinpassten. Die Musik war bis zum Anschlag aufgedreht – Rage Against The Machine wummerten aus den Boxen –, und ein definitiv nicht wie ein Einheimischer aussehender, grobschlächtiger Kerl lächelte ihnen väterlich entgegen, als sie Platz nahmen. Ansonsten war kein einziger Gast zu sehen. In den Ecken hingen künstliche Spinnweben, und auf dem Tresen waren Plastikspinnen verteilt – offensichtlich hatte sich niemand die Mühe gemacht, die Halloween-Dekoration des vergangenen Jahres zu beseitigen, und das schien durchaus so gewollt zu sein.

»*American?*«, wollte der in die Jahre gekommene Barkeeper wissen und sah Parker erwartungsvoll an.

»Deutschland. Einfache Touristen. *First-timers*«, erwiderte dieser in ebenso perfektem Englisch und deutete mit dem Kinn in Richtung von Hans und Carla. Der alte Mann nickte nur, er schien mit dieser Antwort zufrieden.

Der erste Zug ihrer Kippe schmeckte fantastisch, es fühlte sich an, als hätte sie seit Stunden nicht geraucht. Sie ärgerte sich selbst oft über ihr Laster, und auch Hans drückte nicht selten seine Abneigung aus, wenn ihre Küsse nach Tabak schmeckten. Aber was konnte sie schon tun? Jetzt waren sie schließlich im Urlaub, und es war nicht an der Zeit, über grundlegende Lebensveränderungen nachzudenken.

Alle bestellten sich ein Bier, eine japanische Marke, und unterhielten sich ausgelassen weiter, während die ein wenig zu laute, zu dröhnende Musik über sie hinwegfegte.

»800 Yen für ein gezapftes Bier finde ich definitiv übertrieben«, beschwerte Hans sich.

Ein Schnurrbart aus Schaum zierte Parkers Oberlippe. »Das sind klassische japanische Barpreise, vor allem in populäreren Ecken wie dieser. Wir können uns auf dem Rückweg ein paar Dosen im Konbini besorgen und die dann bei euch im Hostel vernichten. Auf einen Sprung würde ich euch noch begleiten, bevor ich nach Hause gehe. Ich muss morgen erst mittags auf der Arbeit sein.«

»Einverstanden.« Hans schien überzeugt.

»Sehr gut«, antwortete Parker. »Aber hört mal, warum habt ihr euch eigentlich kein günstiges Hotelzimmer besorgt? Dann hättet ihr wenigstens ein bisschen Privatsphäre, nur für euch zwei.«

Carla klopfte die Asche ihrer Zigarette ab. »Hast du eine Vorstellung davon, was das hier in Tokio kostet, wenn du nicht am anderen Ende der Stadt übernachten willst? Außerdem mag ich diese Backpacker-Geschichten. Du triffst so viele verschiedene Menschen, von überall her ...« Ehrlich gesagt gab es keinen wirklichen Grund, dass sie nicht in einem Zweierzimmer übernachteten, und bestimmt hätten sie in derselben Gegend auch ein bezahlbares, ausgewachsenes Hotel finden können, aber

Carla hatte die Buchung der Unterkunft Hans überlassen, und so waren sie eben in einer klassischen Herberge für Rucksacktouristen gelandet, in der man sich normalerweise nur zum Schlafen aufhielt. Der Wunsch nach Privatsphäre hatte für Hans offensichtlich nicht im Vordergrund gestanden.

»Aber wo habt ihr eure *quality time*?«, prustete Parker los. »Auf dem Klo?«

»Nachts, im Park direkt um die Ecke«, entgegnete Hans schnell, bevor Carla ihrer Empörung Ausdruck verleihen konnte. Seit sie in Tokio waren, war es tatsächlich zu keiner »*quality time*« gekommen, aber damit konnte sie sich arrangieren. Ihre Libido war ohnehin schon seit einer ganzen Weile im Keller, bereits bevor sie Deutschland verlassen hatten. Nichtsdestotrotz würde sie es begrüßen, wenn das Thema nicht immer wieder aufkommen würde – aber was konnte sie bei den beiden Jungs schon erwarten. Es war an der Zeit für den nächsten großen Schluck Bier.

Plötzlich stand der Barkeeper neben ihnen, Carla hatte ihn nicht näherkommen sehen, und stellte ein Tablett mit vier Schnapsgläsern vor ihnen ab. »Geht aufs Haus.« Es war offensichtlich, dass er die erstbeste Gelegenheit nutzte, nicht allein hinter der Theke trinken zu müssen, wie er es vermutlich sonst tat.

»Heute ist nicht viel los, oder?«, fragte Parker, nachdem sich alle artig bedankt hatten.

»*Well*, es ist Sommer«, erläuterte der Mann wortkarg. »Da ist draußen die Hölle los, hier unten aber meistens tote Hose. Ich hab' mich daran gewöhnt. So in ein, zwei Stunden kommen ein paar Stammgäste. Die kommen fast jede Nacht. Ich hab' keinen Grund zu meckern.«

Carla musterte den Mann eindringlich. Er war bierbäuchig, grob und robust, das ergrauende Haar fiel ihm in fettigen

Strähnen in die Stirn – ein Auswanderer, von dem man annehmen konnte, dass er bereits seit einer Ewigkeit in diesem Keller hauste.

»Bin vor zwanzig Jahren hergekommen«, sagte er dann, als hätte er ihre Gedanken gelesen. »Hab' ein Mädchen in Koto. Das Geschäft läuft nicht außergewöhnlich gut, aber es läuft. Schließlich seid ihr jetzt hier. Alles besser als in Amerika, da waschen sie dein Hirn. Da fressen sich alle gegenseitig. Hier lassen mich die Leute in Ruhe mein Ding machen.«

Carla dachte einen Moment darüber nach, ob es unangebracht war, dass der Alte ihnen seine Lebensgeschichte auftischte, und was genau »sein Ding machen« außer dem Job in der Bar bedeuten sollte, beschloss dann aber, dass es nichts sonderlich Ungewöhnliches war. Die Flüchtenden, die Nachteulen, die Kaputten – all jene kannte sie von zuhause, zumindest, wenn sie in einer ähnlichen Spelunke wie dieser gelandet war, und gerade von den Menschen jenseits des Tresens erfuhr man mitunter mehr, als man eigentlich hören wollte.

»Auf Amerika! *Kanpai!*«, feixte Parker. Alle stießen an und kippten den Schnaps hinunter.

Der Alte schien den Spaß zu verstehen und wankte zurück hinter die Theke. »Solange dieses Riesenarschloch das Sagen hat, geh' ich dreimal nicht zurück«, brummte er zum Abschluss.

Die Playlist war einige Minuten später bei schrillem Heavy Metal aus den Achtzigern angekommen, als die schwere Tür aufschwang und zwei augenscheinlich schon sehr betrunkene japanische Männer um die vierzig lautstark ins Lokal gestürmt kamen – natürlich wieder in Anzügen und mit Aktenkoffern in ihren Händen. Sie begrüßten den Barkeeper freundlich und nahmen die beiden verbliebenen Hocker in Beschlag. Der Amerikaner begab sich umgehend ans Bierzapfen. Das waren also die Stammgäste? Wie Rocker sahen die nicht aus, fand

Carla, und sie waren auch wesentlich früher aufgetaucht, als der Mann vermutet hatte.

Etwa weitere zehn Minuten später betrat eine von Kopf bis Fuß in Schwarz gekleidete Frau die Bar, inklusive eines an eine vornehme Hexe erinnernden Hutes, mit dickem Make-up im Gesicht und grellem roten Lippenstift. Sie fügte sich außerordentlich gut in das morbide Ambiente des Ladens ein.

»Ah, Michiko-*san*.« Der Alte richtete ein paar Worte an den Neuankömmling – ob er dabei einwandfreies Japanisch benutzte oder nicht, vermochte Carla nicht zu sagen – warf ihr einen Kuss zu und machte sich anschließend daran, mit mehreren Flaschen aus dem Schnapsregal einen Cocktail zusammenzumixen. Die Frau lehnte sich ein paar Meter von den dreien entfernt an die Wand – schließlich waren alle Plätze schon besetzt, die beiden Anzugträger auf der linken Seite schienen, im Gegensatz zu ihrem ausgelassenen Hineinplatzen zuvor, nun in ein ernstes Gespräch vertieft –, zündete sich eine Zigarette an und musterte sie aufmerksam. Sie hatte etwas Spinnenhaftes an sich, fand Carla, und das Bild einer schwarzen Witwe kam ihr in den Sinn, einer unnahbaren Königin, die ihre Männer auffraß, nachdem sie sich mit ihnen gepaart hatte. Ihre eigene Vorstellungskraft amüsierte sie. Was würde sie tun, sollte Hans in Japan von einer riesigen Spinne gefressen werden?

Carla entschuldigte sich kurz und suchte die einzige Toilette auf, einen winzigen Raum, in dem sie sich kaum umdrehen konnte. In dem mit Stickern verzierten Spiegel musterte sie ihr eigenes Gesicht, ihre immer ein wenig müde aussehenden Augen, ihre dunkelbraunen Locken, die sie so liebte. Sie übte ein Lächeln – es fiel ihr schon beinahe leicht. *Du hast tatsächlich Spaß*, bestätigte sie sich selbst, *das ist gut*. Parker war ein cooler Typ und Hans weniger anstrengend als sonst. *Es geht doch, Japan. Es geht doch, Carla.*

Nachdem sie sich erleichtert hatte, kehrte sie in die Bar zurück, nur um zu sehen, wie sich die Spinnenfrau, offenbar in derselben Sekunde, als Carla sich entfernt hatte, zur Theke begeben hatte und sich jetzt unter den wachsamen Augen des Amerikaners mit den beiden Männern unterhielt.

»Da bist du ja«, begrüßte Parker sie, als Carla wieder Platz auf ihrem Hocker genommen hatte und die Fremde mit einer Mischung aus Irritation und Neugier ansah. »Wir wollten schon einen Suchtrupp losschicken! Michiko hat nach dir gefragt.«

»Ach ja?«

Die Japanerin hatte eine neue Zigarette im Mund und musterte Carla nun eindringlich, ihre Pupillen so schwarz wie das Kajal um diese herum. Carla überkam das Gefühl, die Frau könne aus irgendeinem Grund tatsächlich wissen, was ihr gerade durch den Kopf ging. Langsam merkte sie, wie der Alkohol zu wirken begann.

Michiko sagte etwas, das natürlich nur Parker verstehen konnte, und ihre Stimme klang ungewöhnlich hoch. Hans schien sich zwar allergrößte Mühe zu geben, ihr zu folgen, davon ausgehend, wie angestrengt er sie beim Sprechen anstarrte, aber sein Japanisch, so wusste Carla, war aller Ambition zum Trotz den Kinderschuhen längst noch nicht entwachsen.

Parker übersetzte. »Michiko fragt, was euch besser gefällt, Deutschland oder Japan.«

»Was ist denn das für eine oberflächliche Frage?« Hans klang enttäuscht. Von der ersten Begegnung mit einer Einheimischen hatte er sich offenbar mehr erhofft.

Parker setzte sein Parker-Grinsen auf. »Eine sehr übliche. Also?«

Auch Carla war ein bisschen verwundert über die Frau, die so mysteriös aussah. Man hätte erwarten können, sie wollte die Touristen auf einen Underground-Rave einladen oder ihnen zumindest Drogen verkaufen. Das wäre um einiges spannender gewesen.

Trotzdem spielte sie mit. »Nun ja, ich bin erst eineinhalb Tage hier, ich habe noch kaum etwas kennengelernt. Wie soll ich mich jetzt schon entscheiden können?« Sie drehte eine noch nicht angezündete Zigarette zwischen den Fingern.

Parker übersetzte.

»Japan ist nicht gut«, ließ Michiko daraufhin in gebrochenem Englisch verlauten, zur Verwunderung aller. »Nein, anders: Tokio ist nicht gut. Geht nach Norden. Norden.« Sie lächelte und hielt zur Verdeutlichung einen Zeigefinger nach oben.

»Nach Hokkaido? Kommst du von dort?« Hans hatte die Arme verschränkt und sich zurückgelehnt, er musterte die Frau skeptisch. Michiko schien mit seinem Englisch ihre Probleme zu haben und sah Parker hilfesuchend an, welcher sich in seiner Funktion als Dolmetscher sichtlich wohlzufühlen schien und weiter übersetzte. Sie antwortete auf Japanisch, bestimmt eine Minute lang schien sie ihm etwas zu erzählen, und Parker hörte aufmerksam zu.

»Michiko kommt nirgendwo her«, lachte er, als sie zu Ende gesprochen hatte. Man konnte merken, wie wenig ernst er das Gespräch nahm. »Aber sie sagt, es ist egal, wo jemand herkommt. Alle landen sie hier. Alle werden sie in Tokio angespült, manche früher, manche später, und die meisten können einfach wieder gehen. Andere aber nicht – die werden gefressen.«

»Gefressen?«, hakte Hans ein. »Gefressen von wem?«

Schwarze Witwe, ertappt!, schoss es Carla durch den Kopf.

Parker übersetzte die Nachfrage, aber Michiko breitete nur die Arme aus und fing lauthals an zu lachen sowie mit ihrer sehr hohen Stimme irgendwelche Worte zu rufen, die schon beinahe wie ein Mantra oder eine Art Gesang klangen. Dazu begann sie, von einem Fuß auf den anderen zu treten, als würde sie auf der Stelle tanzen.

Carla versuchte sich zusammenreißen, musste dann aber auch losprusten und stimmte in das Gelächter mit ein. Hans verdrehte die Augen, während die anderen lachten. »Die Alte ist ja übergeschnappt. Wieviel Zeit haben wir noch?«, knurrte er.

Parker japste nach Luft. »Nicht mehr viel, aber habt ihr nicht Bock auf Clubbing? Ich bin jetzt richtig in Feierlaune!«

»Sagtest du nicht, du musst morgen arbeiten?«

Die Japanerin drehte sich einmal im Kreis und eilte dann ein Stück an der Theke entlang, wo sie den alten Barkeeper, der die ganze Zeit weder etwas gesagt noch eine Miene verzogen hatte, in ein Gespräch zu verwickeln schien. Carla sah ihr hinterher. So eine seltsame Person.

»Muss ich, und das war auch nur ein Spaß«, hörte sie Parker sagen, ohne den Blick von der schwarzen Witwe abwenden zu können. »Warten wir das Wochenende ab. Dann zeige ich euch den richtig coolen Kram in Tokio. Freut euch drauf!«

Die Straßen waren merklich leerer geworden, als sie sich auf dem Weg zurück zur Shinjuku Station befanden. Ein paar Radfahrer waren unterwegs, dieselben Raucher standen noch immer in ihren Ecken und rauchten, aber der große Ansturm hatte sich gelegt – so als hätte eine Lautsprecherstimme, der man unbedingt Folge leisten musste, den Notstand ausgerufen und die Menschen angewiesen, in ihren Häusern zu bleiben. Gleichzeitig flackerten die Neonreklamen unbeirrt weiter, aber die ganze Szenerie strahlte nun eine andere Atmosphäre aus als zuvor. Carla fühlte sich schläfrig und konnte den Alkohol deutlich spüren. Tokio hatte nun etwas Friedliches, Gemütliches an sich, und auch sie war nicht mehr ansatzweise so aufgekratzt wie den Rest des Tages.

Das Angebot des amerikanischen Barkeepers auf einen letzten Schnaps hatten sie ausgeschlagen, und Parker schien auch von seinem Vorschlag, auf einen Absacker noch mit ins Hostel zu kommen, nichts mehr wissen zu wollen (in seiner freundlichen Absage fiel wieder mehrfach das Wort »Langweiler«). Sie umarmten sich zum Abschied, und nur wenig später fand sich Carla allein mit Hans in der U-Bahn wieder, seitwärts nebeneinandersitzend. Ein paar Geschäftsleute und Studenten waren in ihre Smartphones oder telefonbuchdicke Manga-Bände vertieft, niemand schenkte dem eindeutig als solches zu erkennenden Touristenpärchen Beachtung. »Touristenpärchen« klang irgendwie merkwürdig, kommentierte Carla im Stillen ihre eigenen Gedanken. So austauschbar und wenig einzigartig.

»Ich hoffe, dieser Australier auf unserem Zimmer schnarcht nicht wieder so gemein wie letzte Nacht«, knurrte Hans und musste laut gähnen. Seine Hand ruhte die ganze Fahrt über auf ihrem Bein.

»Ich wünschte nur, ich könnte die Leute besser verstehen«, sagte Carla, ging nicht auf seine Anmerkung ein und schaute ausdruckslos aus dem Fenster auf der gegenüberliegenden Seite des Waggons. Schilder und Lichter zogen vor pechschwarzem Hintergrund rasend vorbei. »Bestimmt haben sie alle ihre Geschichte zu erzählen. Diese Stadt ist einfach so verflucht groß.«

Hans antwortete nicht. Sie hätten sich darüber unterhalten können, wie ihnen das erste Mal auszugehen in Tokio gefallen hatte, aber entweder waren sie zu müde, zu angetrunken, oder aber es bestand einfach keine Notwendigkeit, ihre Erfahrungen schon gemeinsam auseinanderzunehmen und analysieren zu müssen. Vor ihrer Abreise, so ging es Carla durch den Kopf, hatten sie mehr miteinander gesprochen.

Als sie etwa eine Stunde später im Bett lag und das Schnarchen des Australiers besonders ruhig und gleichmäßig geworden war, hatte sie, verglichen mit der Nacht zuvor, wenige Probleme einzuschlafen. In ihrem Traum begegnete sie Teddybären und Spinnenfrauen.

DER TURM

Die Strahlen der Morgensonne, die durch den Spalt ihres Bettvorhangs fielen, streichelten zart ihre Wange. Carla lag bereits seit einer guten Stunde wach.

Es war ein ständiges Kommen und Gehen in dem gemischten Achtbettzimmer, und als ein anderes Paar um sieben in der Früh lautstark zu streiten begonnen hatte, war sie jäh aus dem Schlaf gerissen worden. Eine Weile lang hatte sie die Fugen in der Holzdecke ihrer Schlafzelle betrachtet und, noch halb träumend, keine Lust verspürt sich zu bewegen, obwohl ein neuer Tag bereits angebrochen hatte und die Zeit, die ihr zur Verfügung stand, begrenzt war. Möglicherweise wäre sie auch wieder eingeschlafen, mittlerweile aber dämmerte ihr, dass das wohl eher Wunschdenken war. War das tatsächlich ein kleiner Kater, den sie in ihren Gliedmaßen spürte?

Schlussendlich raffte Carla sich auf und machte sich auf den Weg nach unten – ein Automatenkaffee und eine frühmorgendliche Zigarette würden sie zu den Lebenden zurückholen.

Der Vorhang zu Hans' Kapsel war vollständig zugezogen, aber an seinem linken Fuß, der daraus hervorstach und ohne ein Anzeichen von Bewegung in die Luft ragte, konnte sie erkennen, dass er sich noch im Land der Träume befand. Zwar besaß das Hostel keiner dieser klassischen Schlafkapseln, die sich mit einer Tür verschließen ließen, aber die aufeinandergereihten Holzzellen mit Vorhängen kamen dem recht nahe. Carla wollte Hans noch nicht wecken. Für den heutigen Tag hatten sie noch keinerlei Pläne geschmiedet. Parker stand nicht zur Verfügung, also würden sie etwas zu zweit unternehmen müssen, so viel stand fest. Sie stellte sich bereits auf Cosplayer, Videospiele und quietschbunten, möglicherweise nervtötenden Kram ein, für den Hans so brannte. Sollte er sie nicht tatsächlich überraschen und von einer ganz anderen Idee überzeugen können.

Die Morgenluft war frisch, und der Lärm der schon längst hellwachen Stadt drang aus der Ferne an sie heran. Das Hostel befand sich in einer eher ruhig gelegenen Seitenstraße im Bezirk Asakusa. Zwar war der Sensō-ji-Tempel – eines der absoluten Wahrzeichen der Stadt und ein beliebter Touristenmagnet – nur wenige Minuten entfernt, in jene Straße aber verliefen sich dennoch nur wenige Menschen. Es gab ein paar Restaurants und Klamottenläden, natürlich einen Convenient Store, sonst aber nichts, das die Aufmerksamkeit der Massen erregen würde. Wieder fielen ihr Senioren auf, die ihre Hunde ausführten. Eine Schulklasse – die Kinder waren vielleicht um die sechs oder sieben Jahre alt – tummelte sich an der Straßenseite. Die Schüler liefen Hand in Hand als Zweierpärchen in Reih und Glied hintereinander her, und alle trugen gelbe Plastikhelme, die an Bauarbeiter erinnerten. Zwei Lehrerinnen oder Erzieherinnen, die ihrerseits nicht wesentlich älter als Carla aussahen, liefen voran und redeten aufgeregt auf die Meute ein.

Carla blies den Rauch durch die Nase aus. Schon dreimal morgens wach geworden und immer noch in Tokio – beeindruckend. In ein paar Stunden, sobald es in Frankfurt Morgen war, würde sie mit ihrer Mutter telefonieren, das hatte sie versprochen. Ansonsten lag der Tag ausgerollt wie eine schlohweiße Tapete vor ihr, und sie wusste noch nicht, mit welchen Farben sie ihn würde füllen können.

Die automatischen Schiebetüren hinter ihr öffneten sich, und jemand trat neben sie hinaus ins Freie. Zuerst schnaufte er, ging kurz in die Knie und streckte sich dann der Länge nach, die Arme weit über den Kopf erhoben. Es gab ein leises Knacken in seinen Schulterblättern.

»Es ist ziemlich kalt heute, nicht wahr?«, hörte Carla ihn sagen. Es überraschte sie – sowohl auf einmal anständiges Englisch zu hören als auch von einem Fremden angesprochen zu werden. Sie drehte sich zur Seite und erblickte einen einheimisch aussehenden Mann, vielleicht ein oder zwei Jahre jünger als sie, wie er seine Arme dehnte und sie dabei freudestrahlend ansah. Den kurzen Shorts und seinen Nike-Schuhen nach zu urteilen, war er im Begriff, sich auf eine morgendliche Runde Joggen vorzubereiten.

»Schon«, antwortete sie, mehr fiel ihr nicht dazu ein. Der Zigarettenrauch brannte leicht in ihrer Kehle, und sie fühlte sich noch nicht wirklich besser. Ihre Morgenroutine schien das genaue Gegenteil von der dieses Typen zu sein.

»Das ist ungesund«, sagte der Japaner dann auch, als hätte sie ihre Gedanken laut ausgesprochen. Carla lächelte nur und drehte sich einige Zentimeter in die andere Richtung. Ihr Verlangen nach einem Gespräch hielt sich in Grenzen. Dies war ihre Werkseinstellung, völlig Unbekannten hatte sie für gewöhnlich nichts zu sagen.

Der Fremde aber ließ nicht locker. »Du sprichst nicht viel, was? Wohnst du hier im Hostel?« Er schien händeringend Kontakt zu Touristen suchen zu wollen.

»Ja. Mit meinem Freund.« Vielleicht würde das ihn abwimmeln.

»Verstehe.« Mittlerweile war er dazu übergegangen, Kniebeugen zu machen. »Ich wohne auch hier, aber ich habe keinen Freund«, lachte er dann. »Vielleicht hast du mich gesehen. Ich helfe Hiroshi-*sama*. Du weißt schon: den Flur kehren, die Bettwäsche falten, solche Dinge. Es ist ehrliche Arbeit. Und es hilft mir, Geld für die Universität zu verdienen.«

Jetzt, wo er es sagte: Sie hatte ihn tatsächlich schon ein oder zweimal auf den Gängen gesehen. Ein Nebenjobber, *arubaito* nannten die Japaner das. Demnach müsste er ein bisschen älter sein, als er aussah. Und sein Kommunikationsbedürfnis schien besonders ausgeprägt zu sein.

»Ja, ich glaube, du hast recht.« Bestimmt würde er jeden Moment aufbrechen wollen, also machte Carla gute Miene zum bösen Spiel.

»Ich bin Kenichi. Wie heißt du?«

»Carla. Aus Deutschland.« Sie war sich sicher, die Frage nach ihrer Herkunft wäre die nächste gewesen.

»Es freut mich, dich kennen zu lernen, Carla aus Deutschland.« Er grinste sie breit an, bevor er sich bückte und versuchte, mit den Fingerspitzen seine Zehen zu erreichen. Es war kein kompliziertes, mehrdimensionales Grinsen wie das von Parker, in dem so viele verschiedene und mitunter widersprüchliche Informationen mitschwangen, sondern ein aufrichtiges und kaum bemühtes, vielleicht aber auch perfekt einstudiertes und deshalb absolut nichtssagendes Grinsen. Schwer zu sagen. Die Menschen grinsten hier viel.

Sie riss sich zu einem »Mich auch« hin. Kenichi schien freundlich zu sein, und dem Anschein nach interessierte er sich eben für die Gäste des Hostels, was nicht verwunderlich war, wenn er schon unter so vielen Fremden arbeitete. Aber so kurz nach dem Aufwachen wäre es Carla lieber gewesen, in Ruhe gelassen zu werden. Was viele ihr mitunter als Kälte auslegten, schien ihn allerdings nicht in die Flucht zu schlagen.

»Ich werde mich ein bisschen auspowern, bevor meine nächste Schicht beginnt«, erklärte er dann doch plötzlich in der unmissverständlichen Absicht, das Gespräch zu beenden. Noch immer sah er sehr fröhlich dabei aus. »Ich wünsche dir einen schönen Tag.«

Bevor sie ein »Gleichfalls« erwidern konnte, war er auch schon losgelaufen, drehte sich nicht mehr um und verschwand kurz darauf um die Ecke, in Richtung des Sensō-ji-Tempels. Carlas Blick verweilte einen Moment in dieser Richtung, dann ergriff sie die Gelegenheit, sich eine neue Zigarette anzustecken, bevor sie wieder nach oben gehen würde. Immerhin: ein erster kurzer Moment in der Fremde, der nur ihr gehörte, ihr ganz allein, und den sie nicht mit Hans würde teilen müssen. Eine kleine Errungenschaft! Beim Rauchen fragte sie sich, wie Kenichi es wohl anstellen würde, inmitten der ganzen Menschenmassen, die sich nur wenige hundert Meter entfernt durch die Straßen schoben, anständig seinen Sport auszuüben. In Tokio sollte man am besten fliegen können.

Beinahe wäre sie mit Hans zusammengestoßen, als sie die Tür zum Schlafsaal öffnen wollte. Er sah noch sehr verschlafen aus, wahrscheinlich konnte auch er den Alkohol der vergangenen Nacht deutlich spüren. Zu ihrer Überraschung nahm er sie in den Arm und drückte sie fest an sich.

»Wolltest du dich heute etwa ohne mich ins Getümmel stürzen?« Sein Atem war alles andere als frisch, trotzdem gab er ihr einen Kuss auf die Wange.

»Mir war nach einem kurzen Frühstück vor dem Frühstück«, erwiderte sie und hauchte ihn aus Rache an.

»Du weißt doch, so viel günstiger als zu Hause sind die Zigaretten hier nun auch nicht, also sei vorsichtig.«

»Jawohl, Sir. Gehst du jetzt duschen?«

»Stinke ich etwa?«

Sie bejahte und gab wiederum ihm einen kleinen Kuss.

»Jawohl, *Ma'am*«, murmelte er und schlich träge wie ein Walross in Richtung des Waschraums, der sich an das Zimmer anschloss. Auch an diesem langsamen Morgen schien alles in Ordnung zu sein.

Bald hatten sie sich darauf geeinigt, auch in Ermangelung von Parker als Fremdenführer, den Tag in einem nahegelegenen Park zu verbringen – schließlich war es heute etwas milder, und die Sonne knallte nicht, wie an den letzten Tagen, erbarmungslos vom Himmel – und am Abend zum Tokio-Tower zu gehen, von dessen Spitze aus sie den Sonnenuntergang betrachten wollten. Es musste die seltene Chance genutzt werden, zu zweit etwas zu unternehmen, das sich mit ein bisschen Fantasie als romantisch bezeichnen ließe. Weder Hans noch Carla waren große Anhänger davon, sich einander ständig ihre Zuneigung beweisen zu müssen, wer macht das auch heute schon noch, ab und zu aber konnte zumindest Carla sich für den Kitsch, die Schmetterlinge, die ganz großen Gefühle begeistern. Außerdem könnte das ein Pflaster kleben auf den Streit, auf die Anspannung, das ganze Chaos, das vor der Abreise zwischen ihnen geherrscht hatte. *Gib dein Bestes*, sagte Carla im Stillen zu sich selbst. *Ganbatte*, wie die Japaner zu sagen pflegten.

*

Die Menschen wussten das Wetter zu nutzen. Auf der gigantischen Rasenfläche mit nur wenigen schattenspendenden Bäumen, die von kleinen asphaltierten Wegen unterbrochen wurde, hatten sich Dutzende versammelt, um im Gras zu liegen und verschiedenen Beschäftigungen nachzugehen. Carla erspähte glücklich aussehende Paare und Familien mit kleinen

Kindern, welche Seifenblasen bliesen, viele hatten Hunde in sämtlichen Größenordnungen mitgebracht, sie lasen in Büchern oder Zeitschriften, einige waren damit beschäftigt, etwas zu essen, oder sie saßen einfach nur so da, manchmal auch allein, und beobachteten die anderen bei deren Treiben. Stimmengewirr und leise Musik aus jemandes tragbaren Boxen erfüllten die Luft von irgendeiner Ecke aus. Über manche Frauen, die sich mit Sonnenbrille, Hut und sogar Leggins sowie dünnen Handschuhen vor der heute nicht so unerbittlich brennenden Sonne zu schützen versuchten, amüsierte Carla sich. Ihre eigene gebräunte Haut hob sich vom saftigen Grün des Grases ab.

Hans war in ein dünnes Buch mit der Aufschrift *Kanji-Crashkurs* vertieft. Mehrfach hatte er es innerhalb der letzten Wochen in Angriff genommen, sich autodidaktisch in die japanische Sprache einzulesen und seine bislang bloß rudimentären Kenntnisse, die maßgeblich von seinem Anime-Konsum herrührten, aufzumöbeln. Sonderlich von Erfolg gekrönt waren seine Bemühungen bisher jedoch nicht gewesen, und er wurde auch nicht müde zu betonen, wie sehr ihn dies frustrierte. Doch er gab nicht auf. Ohne Parker als Übersetzer wären sie bei ihren bisherigen Unternehmungen aufgeschmissen gewesen, und heute konnten sie sich auf diesen Luxus nicht verlassen, also machte Hans aus der Not eine Tugend. Seine Stirn lag in Falten, wie immer, wenn er sich konzentrierte, und es ließ ihn beinahe ein paar Jahre älter aussehen.

»Es gibt ein Kanji, dass aus dreimal dem Zeichen für ›weiblich‹ besteht, und es bedeutet ganz viele unterschiedliche Dinge. Keines davon besonders erfreulich«, sagte er einmal. Oder: »Unfassbar viele Begriffe haben einen lautmalerischen Hintergrund. Das Wort für Frosch zum Beispiel ist ›kero‹. Weil der Frosch ›kero, kero‹ macht, wenn er quakt. Faszinierend, nicht?«

Carla stellte sich vor, wie sich ein kleiner, sprechender Frosch zu ihnen gesellen würde. »Kero«, würde der Frosch sagen, »welch angenehmes Wetter heute, nicht? Leider habe ich meinen Hut zuhause vergessen, aber glücklicherweise ist die Sonne ja nicht so schlimm. Kero.« Dann würde er mit seiner langen Zunge eine Fliege fangen, diese genüsslich verspeisen und aufgeregt davonhüpfen.

Hans legte das Buch schließlich zur Seite, beugte sich zu ihr herüber und gab ihr einen Kuss auf die Wange. »Es freut mich, dass du mit mir hierhergekommen bist«, sagte er mit einem zufriedenen Lächeln. »Wirklich. Ich finde, das muss ich dir einfach einmal sagen.«

Carla versuchte sich nicht anmerken zu lassen, wie sehr sie diese plötzliche Geste der Zuneigung vor dem Hintergrund all ihrer kürzlichen Zweifel überraschte. Seine Worte lösten augenblicklich ein warmes Gefühl in ihrer Brust aus.

»Ich freue mich auch«, erwiderte sie und drückte ihre Lippen auf seine. »Nur wir zwei.«

Für etwa zehn Sekunden waren beide mit Küssen beschäftigt, als Carla aus den Augenwinkeln bemerkte, wie ein kleines Kind, schätzungsweise noch keine vier Jahre alt, neben ihnen stand und sie mit großen Augen und offenem Mund betrachtete. »Hallo«, sagte sie laut. Der kleine Junge fuhr zusammen und nahm die Beine in die Hand. Hans und Carla mussten lachen. Und ein kleines bisschen peinlich, ging Carla durch den Kopf, war ihr dieser Moment dann doch. Wie in einer kitschigen romantischen Komödie oder einer dieser schnulzigen Seifenopern, die ihre Mutter so mochte.

Noch etwa zwei Stunden lang genossen sie die entspannte Atmosphäre im Park, kehrten dann in einem Running-Sushi-Restaurant ein – Sushi gefiel Carla neben Ramen vielleicht am besten – und machten sich letztendlich in einer heillos überfüllten U-Bahn in Richtung des Tokio-Towers auf. Es war erst später Nachmittag, und die Sonne würde noch für einige Stunden nicht untergehen, aber Hans und Carla hatten beschlossen, sich in der Nähe des berühmten Ausflugsziels ein Café zu suchen und die Dämmerung abzuwarten, bevor sie den Turm besteigen würden. Es war angenehm, fand Carla, nicht viel zu tun zu haben und erledigen zu müssen oder von Parker von einem Touristen-Spot, den man »auf gar keinen Fall verpassen« durfte, zum nächsten gescheucht zu werden. Der heutige Tag fühlte sich wahrhaftig und tatsächlich nach richtigem Urlaub an.

Oder?

Daran, dass hin und wieder Blicke auf ihr ruhten, hatte Carla sich mittlerweile gewöhnt. Aber dieses Mal war etwas anders. Es war einige Stunden später, und sie konnte den Menschen, dessen Aufmerksamkeit sie offenbar auf sich gezogen hatte, nirgends erspähen, aber auf eine merkwürdige Art und Weise spüren. Das unangenehme Gefühl in der Magengegend begleitete sie nun schon seit ein paar Minuten. Oder war es ein Kribbeln auf der Schulter? Sie konnte es nicht sagen. Erst hatte sie dieses Gefühl unten in der Warteschlange vor dem Tower beschlichen, wohin sie sich um ungefähr sechs Uhr begeben hatten und wo sich bei diesem Wetter wirklich viele Menschen tummelten, dann in der Lobby, nachdem sie zwei Eintrittskarten gelöst hatten, und jetzt überkam es sie erneut, als sie aus dem Aufzug traten. Wer auch immer sie anstarrte, die Person schien ihr zu folgen.

»Alles in Ordnung?«, fragte Hans, als sie sich schließlich hilfesuchend an seinen Arm klammerte und den Kopf in alle Richtungen drehte. Er klang nicht wirklich besorgt, bloß ein bisschen müde.

»Es … es ist nichts«, murmelte sie.

Um sie herum scherten sich viele Familien mit kleinen Kindern, noch wesentlich mehr Paare, als vorher im Park zu sehen gewesen waren, und größere Gruppen von Schülern oder Studenten, immer wieder unterbrochen von den ein oder anderen Touristen, welche deutlich als solche zu erkennen waren. Nichts, das Carla sehen konnte, verhieß irgendeine Bedrohung. Gab es tatsächlich ein Problem, oder war nur ihre Anspannung am Werk, die ihren sechsten Sinn auf Alarmbereitschaft umgeschaltet hatte? Carla maßregelte sich selbst. Selbst wenn es derart selten der Fall war: Ein romantisches, ja, ein kleines bisschen außergewöhnliches Date mit Hans konnte sie ja wohl kaum so aus der Fassung bringen. Suchte sie unterbewusst nach Fehlern, nach Ungereimtheiten, anstatt sich ein einziges Mal auf den Moment zu konzentrieren und ihn genießen zu wollen?

Die rotorange lackierten Stahlträger des Tokio-Towers leuchteten in der frühen Abendsonne. Es dauerte nicht mehr lange bis zum Sonnenuntergang, und so ließ sich auch das rege Treiben erklären. Nicht nur Touristen von außerhalb, auch viele Einheimische konnten es kaum erwarten, von den beiden Aussichtsplattformen des Fernsehturms, der sein Vorbild, den Eiffelturm, sogar noch um ein paar Meter überragte, die bestmöglichen Fotos zu schießen, um damit ihre Social-Media-Kanäle zu füttern. Carla zeigte sich üblicherweise von jedweder Art der digitalen Selbstdarstellung vollkommen unbeeindruckt. Hans zückte zwar hin und wieder sein Smartphone, aber dies vor allem, um die ungewohnten Alltagsdinge, die ihn in Japan umgaben, abzulichten, und weniger, um Fotos von sich selbst vor irgendwelchen Tempeln als Beweis oder Trophäe seines Reiseerfolgs anzufertigen. Beide fühlten sich inmitten des Meeres umherwandernder Displays wie Fremdkörper. Als Carla über die Gewohnheiten ihrer Mitmenschen nachdachte, fiel ihr auf, dass das ungute Gefühl so plötzlich verschwunden schien, wie es gekommen war. Bestimmt hatte ihr bloß ihr eigener Kopf, der sowieso mitunter zu den merkwürdigsten Abschweifungen fähig war, einen Streich gespielt. Es blitze grell in ihr Gesicht, als sich eine Familie mit zwei Kindern vor einem Miniaturmodell des Turmes von einer Bekannten fotografieren ließ. Viermal Lächeln festgehalten für alle Ewigkeit.

Hans, keinen Verdacht schöpfend, was sie wirklich belastet hatte, gab ihr einen Kuss auf die Stirn und verabschiedete sich für einen Moment, er müsse dringend zur Toilette, bevor sich die beiden für die Aufzüge zu den Aussichtsplattformen in eine Schlange stellen müssten, aus der es stundenlang kein Entkommen geben würde. Carla sah sich nach einem Raucherraum um, hatte aber auf diesem Stockwerk kein Glück, das hätte sie unten zu Füßen des Turmes erledigen müssen. Sie lehnte sich an einen Pfeiler, entspannte sich und beobachtete weiterhin die Menschen. Ihre Gedanken schweiften wieder ab, eigentlich müsste sie ja doch einige Fotos für ihre Mutter schießen, und außerdem ...

Auf einmal spürte sie warmen Atem in ihrem Nacken.

Carla zuckte zusammen, riss die Augen auf und fuhr blitzartig herum. Hinter ihr befand sich nur ein Stück Wand und direkt daneben eine Fensterfront, durch die sich weitläufig das Gelände überblicken ließ. Wie war das möglich? Sie war sich sicher, dass sie definitiv soeben gespürt hatte, dass jemand *hinter ihr* gestanden hatte und ihr offenbar gefährlich nahegekommen war. Doch neben dem Pfeiler starrte ihr nur ihr eigenes, ratloses Gesicht als matte Spiegelung von der Fensterscheibe entgegen. Dahinter hatte sich der Himmel allmählich rot zu färben begonnen. War es nur ein Luftzug gewesen? Nein, die warme Luft stand regelrecht in dem großen

Saal – man konnte förmlich riechen, wie viele Menschen hier unterwegs waren. Es drang kein Wind von draußen herein.

Ihr fiel ein kleiner Junge auf, der einen orangefarbenen Luftballon an einer Schnur hielt und sie mit großen Augen anstarrte. Bestimmt hatte er mitbekommen, wie sie sich ganz plötzlich – und offenbar grundlos – erschrocken hatte. War es vielleicht derselbe wie vorhin im Park? Erst überlegte Carla, aus bloßer Scham die Hand zum Gruß zu heben und sich zu einem Lächeln hinreißen zu lassen, dann aber verwarf sie die Idee. *Mach dich nicht auffälliger, als du ohnehin schon bist.*

»Ich fühle mich nicht besonders gut«, entfuhr es ihr sofort, als sie Hans in der Menge erspäht hatte, noch bevor er wieder richtig zu ihr aufgeschlossen hatte. »Seitdem wir hier angekommen sind.«

»Ich verstehe«, erwiderte er nach einem kurzen Moment des Zögerns. »Wegen der vielen Menschen, nicht wahr? Ich finde es auch anstrengend. Möchtest du, dass wir gehen? Noch haben wir die Tickets nicht entwerten lassen, bestimmt können wir auch an einem anderen Tag –«

»Ich habe das Gefühl, dass irgendetwas hinter mir … hinter uns her ist.«

»Wie bitte? Jemand oder *etwas*? Hast du einen Stalker?« Obwohl er sie nicht gänzlich ernst zu nehmen schien, begann nun auch Hans, sich mit in Falten gelegter Stirn umzusehen. Einige der Leute hatten ihnen mittlerweile neugierige Blicke zugeworfen. Gleich zwei Ausländer auf einmal, die sich besorgt nach etwas umsahen, das nur sie zu sehen schienen, wirkten offenbar äußerst verdächtig.

»Ich weiß, es klingt seltsam, aber … Ich meine, statistisch gesehen ist es doch absolut möglich, dass unter so vielen Menschen auch ein Verrückter ist. Vielleicht ein Perverser? Da gibt es doch genügend Geschichten.« Carla rang nach Worten.

44

Ihr Verstand arbeitete nicht richtig, aber irgendetwas musste sie ihm schließlich erzählen, um nicht hysterisch zu wirken. Es war ihr trotz allem wichtig, was Hans von ihr dachte.

»Ja«, murmelte dieser nur kleinlaut, anstatt sie wegen ihrer befremdlichen Aussage aufzuziehen. »In Zügen, vor allem.« Dann aber fing er an zu grinsen. »Glaub mir, wenn dich einer anfasst, bekommt er es auf der Stelle mit mir zu tun!« Er ballte beide Fäuste und nahm die Haltung eines Boxers ein. »Und links! Und rechts! Und dann mitten in die Fresse!« Hans ließ die Muskeln spielen, wollte witzig sein, und beinahe hätte Carla gelacht, würde ihre Irritation nicht immer noch so tief sitzen.

»Lass uns bitte gehen.«

Sie zündete sich eine Kippe an, noch ehe sie den käfigartigen Raucherbereich im Außengelände zu Füßen des Tokio-Tower betreten hatte. Obwohl es auf dem Gelände von Menschen nur so wimmelte, befand sich keine andere Person darin.

Hans grübelte. »Wenn wir uns heute Abend offensichtlich nicht den Tokio-Tower ansehen … Einem netten Abendessen bist du aber doch nicht abgeneigt, oder?«

Sie betrachtete ihn, während er sprach – Hans war sein Unmut über die verpasste Chance deutlich anzusehen.

»Oder möchtest du in die Unterkunft zurück? Wir können natürlich auch –«

»Vielleicht brauche ich nur eine Minute«, würgte sie ihn ab. »Oder zwei.«

»Möchtest du über irgendetwas reden?«

»Wie kommst du darauf?«

»Nur so eine … Idee.«

Einen Moment lang schwiegen beide, und Carla rauchte. Dann betrat doch noch jemand den Raucherbereich, würdigte sie keines Blickes und zückte eine der in Japan äußerst beliebten, schneeweißen Mentholzigaretten. Carla sah den Mann an.

Er trug eine Jeansjacke, wie sie in den Achtzigern Mode gewesen waren, und einen großen Hut, der sie an einen Cowboy erinnerte.

»Vielleicht habe ich mich einfach noch nicht an all diese Menschen gewöhnt«, dachte sie laut.

Hans seufzte. »Das kommt an einem Ort wie diesem wenig überraschend.« Es klang tatsächlich ein bisschen vorwurfsvoll. »Sei doch erst mal froh, dass uns Parker heute nicht mit seinem andauernden Gerede auf die Nerven geht.«

»Ich dachte, ihr liebt euch. Wie Brüder.«

»Das tun wir.« Hans kratzte sich am Kinn und wiederholte: »Das tun wir.«

Die freudige Aufgeregtheit, die sie den Rest des Tages gespürt hatte, war dahin, und Carla wusste, dass es nun an ihr lag, die Stimmung zu retten, bevor ihr Freund, den sie schließlich um seinen Aufstieg auf den Turm gebracht hatte, zu schmollen beginnen würde.

»Weißt du was? Die gucken dich an, weil du so schön bist.«

»Was?« Diese Bemerkung von Hans kam überraschend, gerade in so einem Moment. Carla war schon kurz davor gewesen, sich im Innern selbst zu geißeln, weil sie ihm mutmaßlich die gute Laune verdorben hatte.

»Du fühlst dich unwohl, weil du ständig angestarrt wirst. Das habe ich doch richtig verstanden, oder? Ich kann das zwar kaum nachvollziehen …« Er lachte schelmisch ob seiner cleveren Ironie. »Ich meine, ich bin mir zwar recht sicher, dass die Frauen hier total auf mich abfahren, aber die würden das niemals so öffentlich zeigen. Glaube ich zumindest. Ich wette, Männer sind da ganz anders.«

»Lieb von dir. Und ja, du hast es begriffen. Danke.« Beide sprachen miteinander, aber niemand machte Anstalten, den anderen zu berühren. Der Vorrat an Zärtlichkeiten für diesen Tag schien aufgebraucht. Carla ging das Telefongespräch mit ihrer Mutter durch den Kopf, dass sie vorhin im Park, als Hans in sein Lehrbuch vertieft gewesen war, geführt hatte. Wie es denn laufen würde, hatte sie wissen wollen, wie es Carla in Japan denn gefiel, oberflächlicher Smalltalk, aber in erster Linie: wie sie, Carla, sich denn bei alledem *fühlte*, und diese Frage zielte höchstwahrscheinlich nicht nur auf die Umstände der Reise ab. Mütterliche Intuition hielt Carla für einen Aberglauben, aber hatte ihre Mutter ihr etwa signalisieren wollen, dass sie aus ihrer Außenperspektive eine Änderung in Carlas Umgang mit Hans hatte feststellen können?

»*You're welcome*«, antwortete Hans auf ihre letzte Bemerkung, was Carla aus ihren Gedanken riss.

Sie warf ihre Zigarette in den säulenartigen Aschenbecher, auf dem, den bunten Bildern nach zu urteilen, eine Art Anti-Raucher-Kampagne aufgedruckt war, und fasste Hans an den Handgelenken. »Ich bin schön«, sagte sie selbstbewusst. »Ich weiß. Und um auf deinen Vorschlag zurückzukommen: Natürlich bin ich einem netten Dinner mit einem ebenso schönen Mann nicht abgeneigt. Im Gegenteil.« Carla versuchte krampfhaft, alle Zweifel abzuschütteln und das, was sie gerade gesagt hatte, selbst zu glauben. Zumindest Hans' Gesichtsausdruck veränderte sich schlagartig: Er erstrahlte regelrecht, als fiel ihm eine schwere Last von den Schultern.

Wortlos schob sich der Cowboy, der bestimmt mehr als eine Zigarette am Stück vernichtet hatte, an ihnen vorbei ins Freie.

»Suchen wir einen Laden aus, in dem es keine Perversen gibt«, scherzte sie.

Der Mond war aufgegangen, und der Tokio-Tower thronte über ihnen wie ein Riese, dessen Haupt hoch in den Nachthimmel hinaufragte.

四 HINTER VERSCHLOSSENEN TÜREN

Es ist eine ihrer frühesten Kindheitserinnerungen. Das Bild dazu wirkt in ihrem Kopf wie eine dieser verwaschenen, verwackelten VHS-Aufnahmen, die sich aus den ausgehenden neunziger Jahren bis kurz nach die Jahrtausendwende hinübergerettet hatten, bevor sie letztendlich doch ausstarben.

Sie rennt über die Wiese, fällt der Länge nach hin, weint ein bisschen, da sie sich das linke Knie aufgerissen hat, matschiges Gras klebt an ihrer Haut, dann aber gibt sie ihrem Dickkopf nach und läuft tapfer weiter in Richtung der gläsernen Schiebetür, die den Garten vom Erdgeschoss der Doppelhaushälfte trennt, in dem Carla mit ihrer Mutter wohnt. Sie ist fünf, vielleicht schon sechs. Über den Zaun hat sie ins Grundstück nebenan nach dem Nachbarsjungen gerufen, doch der war weit und breit nicht zu sehen, dabei hatte sie die Anweisung erhalten, eine kurze Weile nach draußen spielen zu gehen, Mutter hätte drinnen etwas zu besprechen. Mit dem merkwürdigen Mann, der vor ein paar Minuten an der Tür geklingelt hat. Erst hatte Mutter gar kein Wort herausgebracht, was komisch ist. Aber alte Freunde, so weiß Carla, wissen manchmal gar nicht, wie sie miteinander umgehen sollen, wenn sie sich lange Zeit nicht gesehen haben. Und sie will Mutter ja auch nicht stören. Jetzt jedoch, wo ihr Spielkamerad nirgends aufzufinden ist, ist es allein draußen viel zu langweilig. Außerdem brennt ihr Knie.

Im Wohnzimmer ist niemand. Es ist ein bisschen kalt, weil Carla beim Herausgehen die Tür aufgelassen hat. Seltsam, sonst macht Mutter ihren Gästen doch immer Kaffee, und sie dürfen auf der großen hellbraunen Couch sitzen. Jetzt aber ist niemand hier. Etwa in der Küche? Auch nicht. Sie müssen nach oben gegangen sein, denkt Carla, in Mutters Zimmer – vielleicht möchte Mutter mit dem Mann allein sein. Aber ihr Knie juckt jetzt ganz fürchterlich, und sie hat vergessen, in welchem Schrank die Pflaster mit den Dinosauriern darauf verstaut sind, die den Schmerz immer in Nullkommanichts verschwinden lassen.

Leise, sie ist barfuß, schleicht Carla die Treppenstufen hinauf. Und tatsächlich, aus dem Schlafzimmer ihrer Mutter kann sie dumpfe Stimmen hören. Die Tür ist nicht geschlossen, bloß angelehnt. Wenn Carla einfach so ins Zimmer hereinstürmt, wird Mutter bestimmt sauer, also beschließt das Mädchen, erst einmal durch den Türspalt zu spähen. Vielleicht ist es auch besser, wenn sie später wiederkommt, egal, aber auf gar keinen Fall möchte sie angeschrien werden oder gar später bestraft dafür, dass sie einen Fehler gemacht hat. Es gibt kleine und große Fehler, sie macht sehr oft welche. Mittlerweile weiß sie, ab wann ihr die Fehler nicht mehr als »klein« durchgehen. Und Mutter dabei zu stören, wie sie gerade Liebe macht, das ist auf jeden, *jeden* Fall ein großer.

Zögernd schleicht sie an den nur wenige Zentimeter breiten Spalt heran und lugt hindurch.

*

Im Dunkeln funkelte Tokio wie ein nicht enden wollendes Meer aus Smaragden, Diamanten, Saphiren und allen anderen Edelsteinen, deren Namen Carla sich nie richtig merken konnte. Das Restaurant, das sie sich noch im Raucherbereich des Tokio-Tower ausgesucht hatten, befand sich im elften Stock – von hier oben hatte man eine fantastische Aussicht über die Lichter der Stadt. Hans hatte während der letzten Minuten Gefallen daran gefunden, verschiedene Strategien auszuprobieren, damit ihm das Yakiniku-Fleisch, das die Gäste auf einer heißen Platte in der Mitte ihres Tisches selbst zubereiten mussten, besonders gut gelang. Die Flasche Weißwein, die sie zusätzlich zu der gigantischen Menge rohen Fleisches geordert hatten, war bereits zu einem Drittel leer. Der nicht gerade preiswerte Laden, in dem sie nun schon seit einer guten Stunde saßen, kombinierte seinem offensichtlichen Selbstverständnis zufolge in Auswahl und Ambiente das Beste aus zwei Welten: traditionelles japanisches All-you-can-eat, besonders geeignet für größere Gruppen, und europäischer Chic, der nicht nur Touristen anlocken sollte, sondern auch bei den Einheimischen einen ausgezeichneten Ruf genoss, wie Carla wusste. Französische oder italienische Küche – beziehungsweise das, was als solche beworben wurde – waren in Japan besonders beliebt, denn in so exotischen Ländern wie den europäischen speist es sich sehr vornehm, schien die landläufige Meinung. Anstatt des Fleisches zum Selbstbraten hätten sie hier auch Pasta oder Pizza und zum Dessert Crème brûlée ordern können.

Hans lud Carla mit der Fürsorge eines Familienvaters die nächste Portion fertiges Grillgut auf den Teller und schenkte sich selbst Wein nach. »Ich fahr' heut' nicht mehr«, scherzte er mit demselben Humor. »Bestellen wir uns später ein Taxi. Oder versuchen wir einfach, wie sonst auch, noch einen Zug zu erwischen.«

In der Lokalität war, überraschend für diese Uhrzeit, kaum etwas los. Aber Carla hätte es auch wenig glaubhaft gefunden, nachdem sie – wie sie es Hans gegenüber auf dem Weg auszudrücken versucht hatte – aufgrund eines Anfalls von Agoraphobie das Weite suchen wollte, sich nun mit ihm zusammen in einen total überfüllten Laden zu quetschen. Viele Menschen wären dem Abend natürlich sowieso nicht gerecht geworden, lief dieser doch immer noch unter dem Motto romantisches Date.

»Ich freue mich, dass du nicht sauer auf mich bist«, sagte sie.

Hans machte nur eine abwinkende Handbewegung. »Hauptsache, wir verbringen Zeit miteinander. Der Tokio-Tower läuft nicht weg. Wusstest du übrigens, dass der zehn Meter höher ist als das Original? Diese Japaner, mannomann.«

»Die können es eben«, gab sie zu bedenken. In Odaiba gab es schließlich auch einen Nachbau der Freiheitsstatue.

»Ich hab' eine dumme Idee«, meinte Hans nach einer Weile und hielt sich eine Hand vor den Mund wie ein kleiner Junge, dem ein böses Wort herausgerutscht war.

Carla zog eine Grimasse. »Feiern gehen, uns richtig abschießen und im Morgengrauen nach Hause wanken, nur um einen weiteren Tag völlig grundlos in die Tonne kloppen zu können? Bin sofort dabei!«

»Nein«, erwiderte er und kniff verschwörerisch die Augen zusammen. »Ich finde, wir haben uns ein bisschen … besondere Zeit verdient. Nur wir zwei, bloß wir allein. Ich möchte es uns heute Nacht schön machen. Was hältst du davon?«

»Redest du von dem Quickie im Park, den du mir vor so langer Zeit versprochen hattest? Endlich! Ich dachte schon, meine Vagina müsste austrocknen.«

»Nein, Witzbold! Wenn schon, dann den *real deal*. Wir gehen in ein Love Hotel. Das kitschigste, das wir finden! Das steht doch sowieso auf unserer Liste, oder nicht? Und es gilt sogar als Sightseeing, wenn du so möchtest, schließlich ist es *ty-pisch*.« Er dehnte die Silben unnötig lange. »Also? Komm schon, ich führ dich aus!«

Carla gab sich skeptisch. »Aber wir haben doch kein Geld für ein –«

»Na, hör mal! Wir konnten uns heute Abend verdammte *fusion cuisine* leisten, dann ist doch wohl auch ein dummes Stundenhotel drin!« Hans grinste über das ganze Gesicht, aufgeregt, voller Vorfreude.

Sie bewunderte seine Art, mit der anfänglichen Enttäuschung über die verpasste Chance, auf den Tokio-Tower zu steigen, umzugehen. Wollte er unbedingt *ihr* etwas Gutes tun oder doch in erster Linie sich selbst? Vielleicht war es auch so – und diesen Gedanken versuchte Carla direkt zu verscheuchen –, dass ein Tag in Tokio, ohne etwas *Typisches* gesehen oder ausprobiert zu haben, ihm während seines lang ersehnten Urlaubs am anderen Ende der Welt nicht gut genug war, bloß verschwendete Zeit. War sie überhaupt in der Stimmung für seinen Vorschlag? Oder viel eher: Wollte sie überhaupt noch mit diesem Kerl schlafen?

»Ich habe gehört, dass viele dieser Hotels – gerade in den eher überlaufenen Ecken – nicht unbedingt gut auf ausländische Gäste zu sprechen sind.« Carla nippte verlegen an ihrem Weinglas.

Hans starrte ins Leere. »Auf Schwule auch nicht.«

Sie stieß einen kleinen Lacher aus. »Ebenso unerfreulich. Aber das hat ja glücklicherweise nichts mit uns zu tun.«

Wieder schwieg er einen Moment. Dann sagte er plötzlich: »Weißt du was? Manchmal habe ich auch ein merkwürdiges Gefühl, wenn wir hier durch die Gegend laufen.«

»Inwiefern?«

»Als wäre ich schon einmal hier gewesen.«

»In diesem Laden?« Sie fischte mit ihren Stäbchen das nächste Stück Fleisch vom Teller.

»Nein, du Dumpfbacke. In Japan.«

Carla lachte hohl. »Das kommt davon, dass du dich zuhause mit kaum etwas anderem beschäftigt hast, Schatz. Japan hier, Japan da ...«

»Mach dich nicht über mich lustig!« Hans grinste, er schien über diese Äußerung nicht verärgert zu sein.

»Du weißt doch, nichts läge mir ferner.«

Es gehörte bei ihnen zum normalen Umgang miteinander, sich ständig gegenseitig aufzuziehen. Außenstehende, und das schloss selbst Parker mit ein, konnten das nicht immer nachvollziehen – aber hier verstand sie sowieso kein Mensch, wenn sie sich auf Deutsch Ausdrücke an den Kopf warfen oder sich lauthals über den anderen aufregten, natürlich immer mit einem Augenzwinkern. Trotzdem ließ Carla vorsichtshalber den Blick durch den Saal wandern. Ob sie belauscht wurden, das vermeintlich schon stadtbekannte Touristenpaar? Aber keiner der nur in spärlicher Anzahl vorhandenen Gäste würdigte sie eines Blickes.

»Vielleicht hast du einfach vorher schon den ein oder anderen feuchten Traum von Love Hotels gehabt.« Carla ließ nicht locker. »Und ein nettes – nein, gleich zwei! Gleichzeitig! – zwei nette japanische Mädels verwöhnen dich und machen alles, was du willst.«

»Ich habe höchstens einmal von *dir* in einem Love Hotel geträumt«, erwiderte Hans.

»Danke, genau das wollte ich hören.«

»Aber du warst als Maid verkleidet. Du hast endlich einmal für mich *gecosplayt!*«

»Das wird auf ewig ein Traum bleiben, Schatz.«

Sie leerten zügig den Rest der Weinflasche – vor dem übriggebliebenen Yakiniku-Vorrat musste zumindest Carla kapitulieren –, zahlten (Hans war sichtlich erfreut, dass sein Japanisch dafür auszureichen schien) und standen kurz darauf wieder in den grell erleuchteten Häuserschluchten.

»Und jetzt googeln wir einfach nach der nächstbesten Absteige um die Ecke?« Sie verschränkte die Arme und musterte ihn skeptisch.

»Nicht wirklich. Ein kleines bisschen Stil wäre schon ganz nett, findest du nicht? Parker wird bestimmt eine Empfehlung für uns haben. Der ist Profi in solchen Dingen.«

»Kein Parker heute! So war es abgemacht.«

»Na gut, ausnahmsweise.« Hans hatte bereits sein Handy gezückt.

Während er nach Love Hotels suchte, rief Carla sich den entsprechenden Eintrag aus dem Expertenlexikon ins Gedächtnis: In Japan, einem Land in der schon lange schwelenden Krise wegen einer rapide alternden Bevölkerung, gehörten Sex und die Gespräche darüber strikt hinter geschlossene Türen, jedoch meist nicht in die eigenen Privatwohnungen, wo hinter papierdünnen Wänden die Familienmitglieder lauerten und jedes noch so kleine Geräusch mitbekommen konnten. Kürzliche Abenteuer und die gegenwärtige Partnerwahl würden vielleicht nach ein paar Schnaps zum Thema unter wirklich engen Freunden – und sei es nur, um mit den neuesten Eroberungen zu prahlen –, in den meisten Fällen galt im öffentlichen Leben jedoch: »Don't ask, don't tell«. Love Hotels, eine gigantische Industrie, die im Ausland gut und gerne den Stempel »typisch« aufgedrückt bekam, waren der logische Ausweichort, eine Paralleldimension, in der man gegen das nötige Kleingeld für ein paar Stunden oder eine ganze Nacht so tun konnte, als sei es nicht auf merkwürdige Art und Weise verpönt, seine Sexualität und sich selbst auszuleben. Ein Ort wie Tokio war übersäht von diesen Orten: Manche waren verzweifelte Bruchbuden, andere um einiges vornehmer, alle jedoch boten die Gelegenheit, den körperlichen Begierden fernab des sonst allgegenwärtigen Publikums freien Lauf zu lassen. War für die meisten Einheimischen mutmaßlich die reine Zweckmäßigkeit Grund genug, ein *rabu hoteru* anzusteuern, verwandelten sich diese Orte für Touristen zu – O-Ton Parker – sagenumwobenen Tempeln der Lust, verrucht, exotisch und auch ein bisschen verboten, für viele mutmaßlich ein wichtiger, *once-in-a-lifetime*-Bestandteil der Japan-Experience wie der Besuch in einem *onsen* oder einmal in einem Internetcafé zu übernachten. Carla war sich bewusst, dass Hans' Vorschlag beide Gründe vereinte: Er wollte sich mit ihr vergnügen, hatte aber auch etwas von seiner To-Do-Liste zu streichen, und diese lag ihm ebenso sehr am Herzen. Wenigstens wurde ihr bei beidem die zentrale Rolle zuteil.

Sie entschieden sich für ein preislich etwa mittelklassiges Etablissement, das von ihrem Standpunkt aus in gut zehn Minuten mit der U-Bahn zu erreichen war. Wie üblich saß ihnen der Fahrplan im Nacken – »In Tokio klappen sie um Mitternacht die Bürgersteige hoch«, kommentierte Hans –, aber zumindest er spielte laut mit dem Gedanken, einfach die ganze Nacht im Hotel zu verbringen und am nächsten Morgen ausgeruht in ihre eigene Unterkunft zurückzukehren. Das dafür nötige Geld, und das dürfte eine nicht zu unterschätzende Summe sein, wollte er damit aufwiegen, die nächsten zwei Tage nur günstiges, vorgefertigtes Essen aus dem Konbini zu sich zu nehmen – das schien ihm ein fairer Tausch dafür, endlich eine seiner lang gehegten Fantasien erfüllen zu können. Carla bemühte sich, so gut es ging, seine Gedankengänge nachzuvollziehen, spielten Sex und gutes Essen in ihrem Leben doch so ziemlich gleichwertige Rollen.

Aber sie wusste: Ihm ging es um den Kick.

Der Kassierer hinter der verdunkelten Glasscheibe störte sich nicht daran, zwei *gaijin* vor sich zu haben, wiederholte mit gelangweilter Stimme den Preis für vier Stunden und die Zimmernummer, kassierte und händigte ihnen dann wortlos den Schlüssel aus. Niemand hatte den anderen sehen können, es wurde Wert gelegt auf maximale Anonymität. Natürlich hatte Hans' grauenerregender Akzent sie zumindest als Fremde verraten. Allerdings schienen sie einen der Läden gefunden zu haben, in dem sich nicht weiter darum geschert wurde, wer genau mit wem mitten in der Nacht anrückte und um was zu tun. *Your secret is safe with us.*

Mit einem furchtbar engen Aufzug fuhren Hans und Carla in den siebten Stock und suchten die Zimmernummer, die auf ihrem Schlüssel gedruckt war. Es dauerte nicht lange, bis sie sie gefunden hatten. Als Carla den Schlüssel im Schloss drehte, durchzuckte sie ein warmes Gefühl, eine Mischung aus Anspannung und der immer seltener werdenden Freude, etwas zum ersten Mal zu tun.

Alles würde gut gehen.

Nur: In ihrem Zimmer saß schon jemand.

Carla traute ihren Augen kaum, aber sobald sich die Tür weit genug geöffnet hatte – ihre Hand schien sich wie von selbst zu bewegen –, konnte sie die Frau sehen, die auf dem Bett saß und mit ausdruckslosem Gesicht in ihre Richtung blickte. Zumindest dachte Carla, es handelte sich um eine Frau. Der Schreck riss sie beinahe von den Füßen.

Denn die Haut der Gestalt war schlohweiß, wie frisches Papier, ihr Mund und ihre anderen Gesichtszüge schienen nichts weiter als dünne Striche. Sie sah aus wie eine zum Leben erwachte Zeichnung und kaum wie ein echter Mensch. Vor allem ihre völlig leeren, pechschwarzen Augen bohrten sich in Carlas

Gesicht wie eine im Sprung aus dem Dunkeln angreifende Katze. Noch dazu, und es fiel Carla erst den Bruchteil einer Sekunde später auf, war eines ganz besonders unheimlich an der Erscheinung: Obwohl sie den Kopf in Richtung der offenen Tür gedreht hatte, saß sie mit dem Rücken zu Carla und Hans. Ihr Hals beschrieb beinahe einen 180-Grad-Winkel. Carla stockte der Atem. Ehe sie wusste, wie ihr überhaupt geschah, hatte sie einen spitzen Schrei ausgestoßen und die Tür mit voller Wucht wieder zugeknallt.

»Hey! Was ist los mit dir?« Hans griff sie von hinten an den Schultern. Aus einem anderen Zimmer entlang des Flurs hörten sie augenblicklich eine schrille Frauenstimme rufen, und irgendwo daneben klopfte jemand zornig an die Wand.

»Da – da ist jemand in unserem Zimmer«, stammelte Carla, drehte sich zu ihm um und sah ihm in die Augen, starr vor Schreck.

»Hm? Aber das kann doch nicht sein«, versuchte Hans sie zu beschwichtigen. »Und wenn doch … Vielleicht hat uns der Chaot da unten nur den falschen Schlüssel gegeben, und das Zimmer ist eigentlich schon besetzt. Oder es ist die gottverdammte Putzfrau, aber … musst du so einen Aufstand machen? Lass mich nachsehen.«

»Es … es war nicht …«

Erst war es Carlas Impuls, ihn wild schreiend davon abzuhalten, die Tür wieder zu öffnen, so furchterregend war der Anblick der Gestalt gewesen, aber etwas in ihr gab nach – weder hatte sie die Kraft noch den Willen, sich Hans in den Weg zu stellen. Würde auch er die Person sehen können, blieb ihm gar nichts anderes übrig, als ihr sofort Glauben zu schenken.

Hans riss die Tür auf.

»Da ist niemand«, stellte er nüchtern fest, nachdem er einen flüchtigen Blick ins Innere des Zimmers geworfen hatte.

Natürlich ist da niemand mehr, schoss es Carla augenblicklich durch den Kopf. So war es doch immer mit Gespenstern: Schaut jemand anderes nach, sind sie verschwunden. *Als Nächstes erklärt er mir, dass ich verrückt geworden bin.*

Hans hatte sich wieder zu ihr umgedreht, und ein ernstzunehmender, durchaus besorgter Blick lag auf seinem Gesicht. »Carla« – eigentlich nannte er sie so gut wie nie beim Vornamen –, »geht es dir auch wirklich gut? Ist das etwa der Wein?«

»Ich bin nicht verrückt«, flüsterte sie.

»Hey …« Er ging vor ihr in die Knie, fasste sie zärtlich an den Handgelenken und sah von unten zu ihr herauf. »Niemand hat behauptet, dass du verrückt bist. Du dachtest, du hättest etwas Komisches gesehen, das ist alles. Wir sind beide sehr müde. Komm, lass uns reingehen.«

Vier Zimmer den Gang runter hatte sich eine Tür geöffnet, und ein Mann mittleren Alters war in den Flur getreten, er hatte zerzaustes Haar und trug eine Art Bademantel – keinen Kimono, sehr viel schlichter, vermutlich Hoteleigentum. Er rief ihnen etwas auf Japanisch zu und klang nicht sonderlich erfreut.

»*Daijoubu!*«, brüllte Hans ihm über den Flur entgegen – alles in Ordnung – und schob Carla unsanft ins Innere des Zimmers. Sie ließ ihn wortlos gewähren. Die Tür fiel klackend ins Schloss.

Was wohl passiert wäre, hätte das Gespenst nun immer noch – oder wieder – auf dem Bett gesessen? Carla konnte es sich nicht ausmalen. Aber sie hätte es wohl, komme, was schlussendlich wolle, in Kauf genommen. Eine lähmende Ruhe hatte urplötzlich Besitz von ihr ergriffen. Es handelte sich nicht um Angst, nicht im Geringsten, vielmehr – die Erkenntnis schlich sich erst leise an, wurde aber schnell sehr deutlich – war es ihr völlig gleich. Es passierte eben, was passieren würde.

Eine Weile saßen sie auf dem Bett und schwiegen, bloß Carla und Hans und keine schwarzweiße Frau mit gebrochenem

Nacken, die sie aus toten Augenhöhlen anstarrte. Carla entdeckte einen Aschenbecher auf dem Nachttisch, platzierte ihn mitten auf den Bettlaken und kramte in ihrer Hosentasche nach den Zigaretten.

»Kann ich eine haben?« Hans hatte die Schuhe ausgezogen und saß im Schneidersitz neben ihr, sein Gesicht ungewohnt fahl. Sie sah ihn kurz erstaunt an und reichte ihm dann kommentarlos das Päckchen. Nur einen Moment später war der winzige Raum von einem Schleier blassen Dunsts erfüllt.

»Also?«, fragte sie zwischen zwei Zügen. »Ist es so, wie du es dir vorgestellt hast?«

Hans sah sich um. Das Zimmer hatte eine winzige Fensterfront, die mit dunklen Vorhängen verdeckt war. Durch die Ritze schimmerten die Lichter der Stadt von draußen herein. Die in einem einst wohl grellen Rot gestrichenen Wände hatten den Zahn der Zeit, mutmaßlich einschließlich jahrzehntelangem Zigarettenrauch unzähliger, in Vergessenheit geratener Gäste, nicht schadlos überstanden. An manchen Stellen bröckelte die Farbe ab und enthüllte die nackte Wand darunter. Außer Bett und Nachtschrank gab es keine Einrichtungsgegenstände, und das leise Surren des Airconditioners war das einzige Geräusch. Trotzdem schien die Luft im Raum zu stehen.

»Absolut. Äußerst glamourös«, witzelte er, drückte nach nur wenigen zaghaften Zügen seine Zigarette aus und beugte sich zu Carla herüber. »Findest du nicht?« Er gab ihr einen Kuss auf die Stirn.

Findest du nicht? Als Hans nur wenige Minuten später im siebten Stock des allerschäbigsten Spukhotels Tokios in sie eindrang, entschied Carla – und es handelte sich um keine spontane Eingebung, sondern war das Ergebnis eines langwierigen und anstrengenden Denkprozesses –, sich noch während ihres gemeinsamen Urlaubs von ihm zu trennen.

五

»Ich hab' deine Nachrichten gelesen. Offenbar hattet ihr ja auch ohne mich einen halbwegs entspannten Tag, oder?«

Parker lehnte an der Außenwand des Convenient Store, vor dem sie an diesem Vormittag verabredet waren, und hatte zu sprechen begonnen, noch bevor sie drei Meter an ihn herangekommen waren. »Weder wurdet ihr von den Yakuza entführt noch unterwegs von Godzilla gefressen. Was soll ich sagen? Ich bin mächtig stolz!«

Er trug eine Anzughose, hatte aber sein Jackett abgenommen, und den Temperaturen entsprechend waren die ersten zwei Knöpfe seines geradezu peinlich weißen und glatt gebügelten Hemdes geöffnet, das zu ihm privat so gar nicht passen wollte. Er hatte heute zur frühen Mittagsstunde Feierabend machen können, es schien ein ruhiger Tag in der Kanzlei zu sein. Nun war er wieder mit jeder Faser seines Körpers in seiner Lieblingsrolle angekommen: der des Fremdenführers, der das Monster Tokio kannte wie seine Westentasche.

Am Vortag war es Carla nicht aufgefallen, dass Hans Parker offenbar ständig in Echtzeit Auskunft gegeben hatte, wo er sich gerade befand und was er tat, und jetzt war sie zu müde, sich darüber aufzuregen. Sie konnte nicht einmal, wie sonst üblich, einen sarkastischen Kommentar abgeben. Das Wort Privatsphäre schien für Hans jedoch nicht mehr sonderlich viel Bedeutung zu besitzen – insbesondere dann nicht mehr, wenn spannende Geschichten über Carla dieser Privatsphäre entfleuchen konnten. Parker wusste Bescheid über den abgebrochenen Besuch auf dem Tokio-Tower, die Massen von Fleisch in dem pseudoitalienischen Restaurant, das schäbige Stundenhotel. Allerdings hatte Hans – zum Glück – die Begegnung mit dem Gespenst für sich behalten, davon wusste Parker nichts.

Damit er nicht denkt, seine Freundin sei durchgedreht? Carla konterte den Einfall mit einem eigenen Gedankengang: Parker wusste ebenfalls nichts davon, dass der Sex bestenfalls durchschnittlich gewesen war, Hans aber, entweder keinen Verdacht schöpfend oder schlichtweg ignorant, auf seine Kosten gekommen zu sein schien. Oder davon, dass sie den Entschluss gefasst hatte, so sehr es ihr überraschenderweise auch das Herz zu brechen schien und seitdem ihre Gedanken beherrschte, ihre kaputte Beziehung noch hier, in diesem Land, zu beenden.

Als sie kurz darauf in einem zum Zerbersten gefüllten Café zusammensaßen und zu dritt versuchten, den heutigen Tagesablauf zu besprechen, schienen die gestrigen Ereignisse keine Rolle mehr zu spielen. Die Stimmung war merkwürdig ausgelassen. Zumindest artete das Gespräch zwischen Hans und Parker anstelle von konkreten Vorschlägen bald in popkulturellen Nonsens aus.

Parker stocherte aufgeregt mit dem hölzernen Rührstäbchen in seiner Kaffeetasse herum. »Kennt ihr diesen Werbeclip? Den verfluchten? In dem diese Frau ihrem Dämonenkind den … den Hintern mit Kleenex-Tüchern abwischen will?«

Hans stützte sein Kinn auf der Faust ab. »Sie will ihm nicht wirklich den Hintern abwischen. Das wäre viel zu eklig fürs Fernsehen. Es sitzt einfach nur da.«

Carla starrte zum Fenster heraus und hörte nur halbherzig zu, ihre Gedanken ganz woanders. Trotzdem wollte sie nicht schweigen. »Dämonenkind? Beunruhigend.«

»Warum hat sie überhaupt ein Dämonenkind?«, wollte Hans wissen.

Parker versuchte seine Stimme geheimnisvoll klingen zu lassen. »Genau genommen ist es ein … Ogerkind. Ich weiß es doch auch nicht! Tatsache ist: Die Schauspielerin ist im Nachhinein in der Klapse gelandet. Andere behaupten, sie sei gestorben. Nachdem sie *tatsächlich* ein Ogerkind geboren haben soll! Das ist gruselig, oder?«

»Du bist zu viel im Internet unterwegs«, erwiderte Hans.

»Das sagt der Richtige, Mister ›Ich lasse meine Freundin allein zurück und gehe zocken, obwohl ich kein Wort Japanisch verstehe‹.«

Schließlich musste Carla einhaken. »Hört auf damit! Alle beide!«

Zwar hatte Hans sie am allerersten Tag ihres Aufenthalts tatsächlich in Akihabara kurzzeitig aus den Augen verloren, weil er sich unbedingt einen Game-Store ansehen musste, und war dann zehn Minuten verschwunden geblieben. Es machte sie dennoch wütend, dass Parker, sobald er Hans ärgern wollte, so oft dessen scheinbar vernachlässigendes Verhalten seiner Freundin gegenüber erwähnte. Als wäre sie ein Kind, auf das man ständig aufpassen musste! Und Hans ein schlechter Mensch, wenn er seinen vermeintlichen Pflichten nicht nachkam.

»Kein Wort?« Hans fühlte sich hörbar in seiner Ehre verletzt. »Na, hör mal, du kleiner …«

Noch mehr regte es Carla auf, dass ihre Worte einfach in der

Luft um ihn herum zu verpuffen schienen, und sie entschuldigte sich unter dem Vorwand, die Toiletten aufsuchen zu müssen. Stattdessen lehnte sie sich in dem kleinen Flur, der zwischen dem Innenbereich des Cafés und den sanitären Anlagen lag, an die Wand, stützte den Hinterkopf dagegen und atmete tief durch. Ein oder zwei Minuten würde sie einfach dortbleiben – sie konnte den beiden Idioten nicht länger beim Reden zuhören. Dummerweise saßen diese direkt neben dem Durchgang und wurden von Sekunde zu Sekunde aufgebrachter, sodass sie auch hier keine wirkliche Ruhe bekam. Ihren aufkeimenden Zwist schienen Hans und Parker allerdings bereits vergessen zu haben: Mittlerweile ging es darum, wie der verfluchte Werbespot aus den Achtzigern Fernsehzuschauer wahlweise in den Selbstmord oder den Wahnsinn getrieben haben sollte. Auf morbide Art und Weise wünschte Carla sich, die Legende wäre wahr.

»Einen Tag Auszeit?«

Beide waren baff, als sie ihnen, sobald sie zum Tisch zurückgekehrt war, schnurstracks diesen Vorschlag unterbreitet hatte.

»Ja. Ich möchte mich gern ein bisschen allein durch die Stadt schlagen. Einmal treiben lassen. Den Kopf freikriegen und so.« Carla rang sich ein müdes Lächeln ab.

Hans sah sie wortlos an.

»Klar!« Parkers Augen loderten auf. Wahrscheinlich schossen ihm sofort tausend Dinge durch den Kopf, die er mit Hans unternehmen konnte, ohne dass die wachsamen Augen *der Freundin* ihnen auf Schritt und Tritt dabei folgten, und es löste Begeisterung in ihm aus. »Klar«, wiederholte er. »Nimm dir alle Zeit, die du brauchst! Wir beide gehen dann irgendwo … gamen oder so. Irgendwas Dummes tun, wozu du eh keine Lust hättest. Oder, nein, noch besser: Hans, was hältst du von einem Abstecher in ein Maid-Café? Wie wärs?«

Jetzt war es Hans, der sich zu einem müden Lächeln hinreißen ließ. Carla war davon ausgegangen, keine großartigen Widerworte von ihm zu hören.

*

Sie verabschiedeten sich vor dem Café, und Carla versprach, sich in ein paar Stunden zu melden, damit sie wenigstens den Abend gemeinsam verbringen konnten, obwohl sie in erster Linie Pause von der ständigen Gesellschaft brauchte, um sich in aller Ruhe eine zwar einfühlsame, aber auch unmissverständliche Art des Schlussmachens – ausgerechnet im ersten gemeinsamen Urlaub! – zu überlegen. Auch wenn es wahrscheinlich nicht gleich am selben Tag soweit sein würde – nachts ganz allein sein wollte sie trotzdem nicht. Weder erschien es ihr verlockend, in der Lobby des Hostels einsam vor dem Fernseher vor sich hin zu brüten, noch ohne Begleitung in eine Bar oder ein Restaurant zu gehen – nicht zuletzt, weil sie noch immer kaum ein Wort Japanisch verstand. Der Gedanke ließ sie sich beinahe ein bisschen schuldig fühlen, als benutzte sie die beiden. Gleichzeitig aber hielten es auch Hans und Parker für keine gute Idee, sie nach Anbruch der Dunkelheit allein durch Tokio irren zu lassen, ob aus Beschützerinstinkt oder aus Pflichtbewusstsein, war ihr egal. »Man weiß ja nie«, hatte Parker gesagt, und der sollte es wissen. Carla musste an die Verrückte denken, denen sie am zweiten Abend in der Bar begegnet waren. *Richtig. Man weiß ja nie.*

Sie machte sich auf den Weg zurück ins Hostel. Die Nacht im Love Hotel war eine Spontanidee gewesen, und dort hatte es zwar einiges an billigen Badeutensilien gegeben, mit denen sich wenigstens der gröbste Dunst der Nacht hatte vertreiben lassen. Trotzdem wollte sie sich ein wenig frisch machen, bevor sie den Tag irgendwo allein verbringen sollte. Schon von Weitem konnte sie ein bekanntes Gesicht vor den Toren der Unterkunft ausmachen.

»Ah, *the lovely miss* Carla *from Germany! O-hisashiburi desu ne!*« Das Lächeln auf Kenichis Gesicht war so breit, es schien dieses beinahe in zwei Hälften zu zerreißen. *Long time no see!* Fast wirkte es so, als hätte er ihr aufgelauert, und es kam wenig überraschend, dass er sich offenbar noch bis ins Detail an sie erinnern konnte.

»Oh, hey, die Putzfrau«, witzelte Carla mürrisch.

Der Japaner trug eine Art Schürze über seiner Kleidung, die, wie sie beobachtet hatte, die Uniform der Hostelbediensteten war, deren Bänder nun aber locker herabhingen, anstatt ordnungsgemäß zusammengeknotet zu sein. Wahrscheinlich machte er gerade eine Dienstpause und verbrachte diese damit, draußen zu stehen und sich die Passanten anzuschauen, die an seinem Arbeitsplatz vorbeiliefen.

»Komisch.« Er musterte sie von oben bis unten. »Ich sehe dich immer nur allein. Dabei sagtest du doch, dass du mit deinem Freund hier seist.«

»Er und sein Kumpel haben heute Jungs-Tag. Ich habe frei.«

»Jungs-Tag?«

»Wahrscheinlich gehen sie sich irgendwo Pornos besorgen.«

»Ich verstehe.«

Carlas Kehle war trocken, trotzdem fischte sie aus Verlegenheit eine Zigarette aus der Packung. Ihre unfreiwillige Bekanntschaft einfach so stehen zu lassen und direkt ihr Zimmer aufzusuchen, brachte sie nicht übers Herz. *Verhalt dich wie ein normaler Mensch*, sagte sie zu sich selbst und dachte an die misstrauischen Blicke im Tokio-Tower. Sie musste sich zusammenreißen, um die Worte nicht tatsächlich auszusprechen.

»Wie gefällt es dir?«, wollte Kenichi wissen.

»Was? Japan?«

»Nein«, erwiderte er, sichtlich irritiert ob ihrer Reaktion. »Das wäre eine langweilige Frage. Das Leben an sich, vielleicht. Alles.«

»Welche Art von Frage ist das denn?«

»Das ist eine gute Frage.«

»Ah …« Lief ja ausgezeichnet.

Plötzlich sprudelte es nur so aus ihm heraus. Kenichi erklärte ihr unaufgefordert, wie schwierig es üblicherweise für ihn war, mit den Gästen des Hostels ins Gespräch zu kommen. Zu High-School-Zeiten hatte er ein halbes Jahr in Neuseeland verbracht und anschließend weiterhin ein paar Jahre Englisch in der Abendschule gelernt. Trotzdem wollten die meisten Europäer oder Amerikaner, die hier übernachteten, nichts von ihm wissen, dabei bemühte er sich fleißig um ihre Aufmerksamkeit.

»Vielleicht denken sie, dass du ein bisschen aufdringlich bist«, wandte Carla ein.

Er sah sie mit großen Augen an. »Findest du auch, dass ich aufdringlich bin? Wirklich?«

Sie blies den Rauch aus und verzog zustimmend das Gesicht. »Zumindest bist du bisher der einzige Typ von hier, der mich von sich aus angesprochen hat.«

Daraufhin erstrahlte er. »Ich denke, das ist gut, oder?«

Sie schmunzelte. »Ja. Vielleicht ist es das.«

Einen kurzen Moment sagte niemand ein Wort. Bis Kenichi ihr auf einmal einen Vorschlag unterbreitete: »Ich weiß nicht, was du heute vorhast. Aber ich habe Pause und bin auf dem Weg in den Tempel. Sobo-Tempel. Es ist Freitag, und freitags gehe ich immer dorthin.« Er hielt kurz inne, als sammle er all seinen Mut, und fragte dann: »Möchtest du mich vielleicht begleiten?«

Carla ließ sich den Vorschlag durch den Kopf gehen, möglicherweise einen Moment zu kurz. »Warum nicht«, willigte sie ein. Genau genommen hatte sie noch keine Überlegungen angestellt, wie genau sie den Tag verbringen wollte. Hauptsache, nicht in Gegenwart von Hans, der ihr nicht glaubte und in dessen Leben sie keine Priorität mehr zu besitzen schien. Warum dann nicht auch – der Gedanke ließ sie innerlich grinsen – in Gesellschaft eines anderen Mannes? Außerdem hatte sie die Befürchtung, dass Kenichi ganz schön enttäuscht sein würde, sollte sie sein Angebot ablehnen. »Das ist eine gute Idee«, führte sie also weiter aus. »Allerdings muss ich noch kurz auf mein Zimmer, mich frisch machen und so. Du verstehst.«

Wie sie erwartet hatte, begann Kenichi zu strahlen. »Ich werde genau hier auf dich warten!«

»Ich bin von nichts anderem ausgegangen«, rief sie ihm lachend zu und war schon kurz darauf hinter den Schiebetüren verschwunden.

*

Der Sobo-Tempel, von dem Kenichi gesprochen hatte, war nicht weit entfernt, und so hatte es sich nicht gelohnt, den Zug zu nehmen, außerdem wollte Kenichi sich während seiner Pause die Beine vertreten. So schlenderten sie etwa fünfundzwanzig Minuten durch wenig atemberaubende Wohngebiete in Tokio. Kenichi erzählte ihr, wie er an seinen Job im Hostel gekommen war, was er studiert hatte, wie sein Vorgesetzter Hiroshi ein ganz schöner Idiot sein konnte, er ihn aber trotzdem widerstandslos verehrte, und ebenfalls die eine oder andere Anekdote, die er dann doch mit irgendwelchen Gästen erlebt zu haben schien. Carla hörte den ganzen Weg über aufmerksam zu. Ihr Interesse an seinen Ausführungen wunderte sie selbst ein wenig, aber es bedeutete auch, zumindest für eine Weile nicht mit ihren eigenen Gedanken allein sein zu müssen. Trotzdem hatte sie ihm unterwegs die Notlüge aufgetischt, dass sie sich in etwa zwei Stunden mit Hans treffen wollte – als eine Art Ausweg, sollte Kenichi ihr doch zu aufdringlich werden. Es verschaffte ihr kleine Gewissensbisse, ihren Noch-Freund für solch ein Manöver heranzuziehen, aber die Ankündigung war ihr schneller über die Lippen gekommen, als sie das Für und Wider hätte abwägen können. Und würde Kenichi nicht ohnehin bald wieder seine Schicht aufnehmen müssen?

Schließlich erreichten sie den Tempel um kurz vor zwei Uhr nachmittags. Das Gelände lag versteckt im Schatten hoher Geschäftsgebäude, sodass die Sonne kaum auf das Dach des Hauses fiel und es gänzlich in ein irgendwie unwirklich erscheinendes Zwielicht getaucht war. Es waren keine Menschen zu sehen, somit schien es sich nicht um eine bedeutende Anlaufstelle zu handeln und offenbar auch um keine von hohem touristischem Wert. Bisher war Carla nicht in vielen Tempeln gewesen – nicht, weil sie sich nicht für die japanischen Traditionen interessierte, sondern einfach deswegen, weil die Stadt sie bisher dermaßen auf Trab gehalten hatte, dass Ausflüge von eher kultureller Natur bisher einfach nicht zustande gekommen waren. Es war ohnehin an der Zeit gewesen, das zu ändern – schließlich waren ihre Tage in diesem fremden Land genauestens abgezählt.

»Wir sind da. Du hast es geschafft«, freute Kenichi sich, als wäre ihre Anreise ein Akt äußerster Anstrengung gewesen und bedürfte seines Lobes als Belohnung.

Carla begutachtete den Eingang des Tempels. Die Unterschiede zwischen buddhistischen Tempeln und den in Tokio ebenso zahlreich anzutreffenden Shinto-Schreinen waren ihr im Groben bewusst, auf den ersten Blick konnte sie jedoch nur selten erkennen, welcher Variante sie gegenüberstand. Zu beiden Seiten des Tors befanden sich schlichte helle Holzzäune, dahinter schien auch die Pagode, die wie eine Krone auf dem Haupt des Hauses saß, aus sehr leicht wirkendem Holz angefertigt zu sein. Es gab keinerlei Dekorationen, der Anblick war weder prunkvoll noch irgendwie außergewöhnlich.

»Warum kommst du hierher?«

»Um meine Großmutter zu ehren. Warte bitte. Ich brauche eine Kerze.«

Neben dem Eingang erkannte Carla eine mit weißem Sand gefüllte Vorrichtung, eine Art hüfthohen Trog, in denen vereinzelte, noch vollständig intakte Kerzen steckten, an denen sich Besucher offenbar bedienen konnten. Ganz im Klaren war sie sich über die religiösen Zusammenhänge nicht, aber entweder hatte seine Großmutter in der Nähe gewohnt oder ihr Grab befand sich auf dem Tempelgelände. Ihr die Ehre zu erweisen, konnte wohl nur hier geschehen und nirgendwo sonst.

Als Kenichi sich eine der langen weißen Kerzen ausgesucht und Carla gebeten hatte, ihre Schuhe auszuziehen, folgte sie ihm ins Innere des Tempels. Sie hatte kaum einen Fuß hereingesetzt, als er sein Feuerzeug zückte und die Kerze anzündete. Sofort fiel Carla auf, wie dunkel es innerhalb des Gebäudes war. Als hätte jemand das zwischen den Hochhäusern hindurchkriechende Tageslicht einfach abgeschnitten.

Die Flamme flackerte für einen Moment ruckartig und wurde wieder still, obwohl es keinerlei Wind innerhalb des Tempels zu geben schien. Carla fror ein wenig, ansonsten aber rang es ihr keine größere Gefühlsreaktion ab. Kenichi vor ihr tapste weiter voran, ohne sich umzudrehen. Dann blieb er vor einer Statue stehen, ging in die Knie und setzte die Kerze in einem Ständer ab, in dem bereits sechs andere steckten.

Manche waren bereits bis auf ihre kurzen Stummel heruntergebrannt, andere sahen aus, als seien sie nach nur kurzem Brennen gelöscht worden.

»Es ist eine Weile her, dass jemand hier einen Fuß hineingesetzt hat«, sagte er mit demselben entspannten Lächeln, das sie schon die ganze Zeit an ihm beobachtet hatte.

»Sieht ganz danach aus«, erwiderte sie, und es klang wieder mal genervter, als es hätte sollen.

»Das ist alles nicht so dein Ding, was?« Er richtete sich auf und musterte ihr Gesicht im Flackern des Kerzenscheins, der ihn nun von hinten anstrahlte und bloß noch wie eine Silhouette wirken ließ.

»Was genau meinst du?«

»Das alles hier. Die Tempel.« Er zögerte einen Moment. »Die Toten.«

Carla verzog das Gesicht. Es waren in erster Linie die Lebenden, mit denen sie in letzter Zeit ihre Schwierigkeiten hatte.

Für einen Moment schwiegen sich beide an. »Weißt du was?«, sagte Kenichi dann plötzlich. »Wir probieren etwas aus.«

»Was möchtest du ausprobieren?«

»Ich möchte jemanden rufen.«

Sie hob den Blick. »Was … meinst du damit?«

Sein friedliches Lächeln schien wie in Stein gemeißelt, er verzog keine Miene. »Einen von denen. Du kannst mit ihnen sprechen, weißt du? Aber nur manchmal. Oft haben sie auch keine Lust dazu. Zwar möchten die meisten, dass wir ihnen gedenken. Manche wiederum ärgert es, dass sie selbst im Nachleben von uns nicht in Ruhe gelassen werden.«

Carla stieß einen nervösen Lacher aus. »Du machst doch Witze, oder?«

Er sah ihr direkt in die Augen, für, so schien es ihr, eine Ewigkeit. Seine Mundwinkel bewegten sich keinen Millimeter. Sie betrachtete seinen dunklen Augen, konnte nicht sagen, ob sie aussahen wie immer oder gerade besonders leer waren, und wollte gerade den Mund aufmachen – als er den Kopf zur Seite drehte und zu lachen begann.

»Ja«, kicherte er. »Ich mache Witze. Aber du hättest dein Gesicht sehen sollen.«

»Das ist nicht nett«, murmelte Carla und versuchte dann, unter Zuhilfenahme ihres limitierten Wissens ihre Verunsicherung zu überspielen. »Bist du fertig? Müsstest du dich nicht noch verbeugen und in die Hände klatschen oder so was?«

»Nein.«

Und sie kam sich nur noch dümmer vor.

Als Kenichi und Carla ins Freie traten, schien die Mittagssonne wieder besonders unerbittlich durch die Hochhausdecke. Es war heißer geworden, die Luft war stickig und schwül, und der Gesang der Zikaden mischte sich mit dem herüberdonnernden Verkehrslärm einer nahegelegenen Straße. Carla atmete tief durch. Wie lange waren sie in diesem Tempel gewesen? Es kam ihr vor wie eine Ewigkeit. Sie kramte in ihrer Tasche nach Zigaretten.

»Diese Dinger bringen dich eines Tages noch ins Grab«, spottete Kenichi, als sie ihre Kippe anzündete.

»Dann kannst du mich von jenem Tag an eben in einem deiner Tempel besuchen kommen«, erwiderte sie und versuchte, es leicht und schlagfertig klingen zu lassen. Wie gewollt und angestrengt es sich tatsächlich anhörte, machte sie betroffen. Für ein paar Minuten standen sie nebeneinander in der grellen Sonne und lauschten dem Gesang der Insekten, während Carla rauchte.

»Noch eine Stunde«, sagte Kenichi plötzlich.

»Wie bitte?«

»Na, bis dein Freund wieder an der Reihe ist. Schon vergessen?« Er grinste, sie sah ihn nur wortlos an. Sie kannte diesen Typen erst seit etwa einem Tag, aber er schien schon ziemlich genau verstanden zu haben, was los war.

»Ich denke, ich werde jetzt schon zurückgehen«, erklärte sie. »Diese Hitze macht mir wirklich zu schaffen. Ich brauche etwas Kühles zu trinken.«

»Wir können da vorne in ein Café –«

»Danke, aber nein. Ich gehe wirklich zurück. Es hat Spaß gemacht, mit dir Zeit zu verbringen. Aber ich muss jetzt für eine Weile nur für mich sein. Wir sehen uns bestimmt im Hostel.«

Sein Lächeln war wie weggewischt. »Na gut. Ich verstehe.«

»Du hast doch auch bestimmt nicht den ganzen Tag frei, oder?«

»Oh …«

Sie verabschiedeten sich, und Carla schlenderte den Fußsteig der dicht befahrenen Straße hinunter, die hinter dem Tempelgelände lag. Sie besorgte sich im nächstbesten Konbini einen günstigen Eiskaffee, ein neues Päckchen American Spirit, liebäugelte auch mit einem Onigiri, ließ es dann aber bleiben und ging weiter, bis sie einen kleinen Park fand, in dem sie sich unter dem Schatten eines Baumes auf einer Bank niederließ.

Er mochte jemanden rufen, hatte Kenichi gesagt. Es war offensichtlich, dass er sich mit ihr, der unerfahrenen Touristin, einen Spaß erlaubt hatte, aber für einen Moment hatte sie ein ungutes Gefühl in der Magengegend gespürt, als sie diese Worte hörte. Ohnehin war sie, und erst jetzt wurde es ihr richtig bewusst, in der Gegenwart dieses Kerls die ganze Zeit über nervös gewesen. Nicht weil Hans ihr das Leben schwer machte – nein, wegen dieses Kerls. Er wirkte nicht besonders hübsch oder interessant auf sie, aber vielleicht hatte sie einfach seine Aufmerksamkeit genossen? Gar gebraucht? Sie öffnete ihre Zigarettenpackung und fischte mit den Fingern eine Kippe heraus, als ihr einfiel, dass es in einem Park wie diesem bestimmt nicht erlaubt war zu rauchen, und steckte sie dann resigniert wieder zurück. Wenn sie über etwas nachzudenken hatte, rauchte sie sonst Kette. In Japan war das Ausüben einer Sucht ein bisschen sehr umständlich.

Ob er tatsächlich mit seiner toten Großmutter sprechen konnte? Der Gedanke ließ Carla nicht wieder los.

Nachdem sie ein wenig geruht hatte, spazierte sie eine Weile durch eine nahe gelegene Einkaufsstraße. Sie war rastlos, und es erschien ihr nicht mehr besonders verlockend, die Zeit einfach an Ort und Stelle totzuschlagen, sie wollte stattdessen in Bewegung bleiben. Das Getümmel, das Durcheinander der Stimmen und Geräusche – es half ihr, in der Realität zu bleiben, um gedanklich weder zu Geistergeschichten noch zu wirren, unvernünftigen Ideen über ihre womöglich bald endende Beziehung abzudriften.

*

Es war nicht das Abwegigste, das hätte passieren können, als sie dann später, es war bereits früher Abend, an dem Ort ihrer Verabredung nur Parker erspähte und keinen Hans, weit und breit. Als hätte sie damit rechnen können, oder als griffen ihre Gedanken auf wundersame Weise in die Realität ein, wie in dem Film »Die Reise ins Labyrinth«, in dem Jennifer Connelly sich wünschte, ihr kleiner Bruder würde sich in Luft auflösen, und der dann tatsächlich von Koboldkönig David Bowie entführt wurde.

»Ich weiß nicht, wo Hans ist«, erklärte Parker, bevor sie

überhaupt danach fragen konnte. Seine Miene war ungewohnt ernst.

»Hat er nichts gesagt?«

»Wir waren in einem Maid-Café …«

Carla stieß einen schrillen Lacher aus. »Und dann ist er mit einem der Mädchen im Hinterzimmer verschwunden, und sie sind nie wieder zurückgekommen, nicht wahr? Willst du das sagen? Das sieht ihm ähnlich.«

Er ging nicht auf ihren Spott ein. »Nein. Er ist tatsächlich auf einmal einfach … weg gewesen. Wie vom Erdboden verschluckt. Ich habe versucht, ihn auf dem Handy zu erreichen, aber ich komme nicht zu ihm durch.«

»Wieso hast du mir nichts gesagt?« Ihr Telefon hatte die ganze Zeit geschwiegen, obwohl sie sich extra eine japanische SIM-Karte zugelegt hatte, um im Fall der Fälle auch dann erreichbar zu sein, wenn sie sich einmal in eine der wenigen Ecken Tokios verirren sollte, in denen es kein öffentliches WLAN gab. Nur eines der Dinge, bei dem sie schlussendlich nicht Hans' bevormundenden Ratschlägen gefolgt war – auch wenn sie für diesen Luxus einen Vertrag hatte abschließen müssen, der für weitaus länger als zwei Wochen laufen würde.

»Das ist erst vor etwa zwanzig Minuten gewesen.«

»Wie?«

»Wir waren in Akihabara. Wir kommen aus dem Café, gehen auf die Straße – und auf einmal ist er nicht mehr da.«

»Du hast ihn in der Menge verloren.«

Jetzt musste Parker doch grinsen. »Ja! Das fürchte ich auch.«

Carla verkniff sich einen garstigen Kommentar.

»Der findet uns schon wieder«, beschwichtigte Parker sie. »Wir warten einfach eine Weile und bleiben ganz in der Nähe. Hans ist ein großer Junge, der kommt allein zurecht. Und du weißt ja, er ist wie ein Hund – er wird dich überall finden, ganz egal, wie lange es auch dauern mag. Er kehrt immer wieder zu dir zurück.«

»Er hat dir wirklich nichts gesagt, oder?«

»Worüber?«

Sie zögerte einen winzigen Moment. »Das zwischen ihm und mir alles … scheiße ist?« Gleichzeitig wurde ihr bewusst, dass Hans vermutlich gar nicht das Gleiche zu empfinden schien. Er hatte wahrscheinlich noch überhaupt nichts begriffen.

Parker sah ein bisschen irritiert aus, Carla aber hatte sich die Reaktion extremer vorgestellt. Er und Hans kannten sich außerordentlich gut – es musste also auch Parker aufgefallen sein, dass seit einiger Zeit etwas in der Luft zu liegen schien.

»So hat er es nicht ausgedrückt, nein. Beziehungsweise: Er hat gar nichts Konkretes dazu gesagt. Aber, weißt du, ich bin auch nicht blind …«

»Und ich bin vermutlich nicht gerade die Beste darin, mir die Dinge nicht anmerken zu lassen.«

Parkers unermüdliches Lächeln kippte ein wenig ins Großväterliche. »Nicht wirklich, nein. Hin und wieder kann man in dir lesen wie in einem offenen Buch. Ach, was sage ich? Eigentlich ständig!« Sie wusste nicht, was sie darauf erwidern sollte. Ihr war klar, dass Parker recht hatte.

Er geriet ins Plaudern. »Das bedeutet aber auch, dass du jetzt die einmalige Chance hast, bevor der werte Herr uns findet, mit dem größten Experten aller Expatriates Tokios ungestört ein Privat-Meeting abzuhalten, in dem du ihn alles fragen kannst, was du schon immer wissen wolltest! Egal, wie dubios, egal, wie merkwürdig – wir sind unter uns! Ich werde mein Bestes geben, jedes deiner dunklen Geheimnisse für mich zu behalten.«

»Ich habe keine dunklen Geheimnisse«, antwortete sie und fragte sich gleichzeitig, ob das überhaupt stimmte. »Du hast wahrscheinlich in erster Linie Lust auf Dinner und einen Drink irgendwo, richtig?«

Parkers Gesicht ließ etwas Ähnliches wie Stolz aufblitzen. »Vielleicht sollte ich mir Gedanken machen, ob nicht ich derjenige bin, in dem man lesen kann wie in einem offenen Buch.«

WILDLIFE

Gigantische Wolkengebilde zogen über das Firmament, und alles war in ein orangerotes Licht getaucht. Die Tage rauschten nur so an ihr vorbei, empfand Carla. Sie stand morgens auf, kam aufgrund der Hitze noch langsamer in die Gänge als zuhause, zerbrach sich den ganzen Tag den Kopf über Hans und die Menschen an sich, ab und zu geschah etwas Befremdliches – wie die Präsenz, die sie im Tokio-Tower gespürt hatte, oder die Erscheinung im Love Hotel –, und schon war es wieder Abend geworden, welcher meistens nicht ohne geselligen Alkoholkonsum vonstattengehen würde. Nutzten die meisten Menschen ihre Urlaubstage und Reisen in fremde Länder, um dem Hamsterrad zu entgehen und fernab des alltäglichen Trotts außergewöhnliche Erfahrungen zu machen, Dinge zu erleben, über die sich hinterher freudestrahlend berichten ließ, kam sie sich vor, als wäre sie bloß in einer anderen, neuen Art von Routine gefangen, einem nie enden wollenden Kreislauf, aus dem es kein Entkommen gab.

Parker hatte sie in einen Curry-Imbiss unter freiem Himmel geführt, der sich nur zwei Blocks entfernt von ihrem ursprünglichen Treffpunkt befand. Verglichen mit dem dezent gehobenen Restaurant des letzten Abends wirkte der Laden schon beinahe heruntergekommen. Er befand sich in einer belebten Seitenstraße; an den Namen des Viertels konnte sie sich schon nicht mehr erinnern. Die Luft war erfüllt von Gesprächen und dem Klirren von Gläsern. Es gab hier mehrere Food-Stalls in Reih und Glied, meistens bestanden diese lediglich aus einer Art Theke, hinter der die Köche vor den Augen der Gäste ihre Gerichte zubereiteten, und Menschengruppen saßen direkt davor auf engem Raum an viel zu kleinen Tischen beisammen. Zwischen den einzelnen Häuschen fielen aufgehängte Plastikplanen von oben herab – ob diese maßgeblich der Unterscheidung der einzelnen Geschäfte dienten oder lediglich Insekten abhalten sollten, vermochte Carla nicht zu sagen. Die ganze Szenerie hatte etwas sehr Lebendiges an sich, es wimmelte nur so von Leuten, und ständig schien irgendjemand irgendetwas zu brüllen. Touristen konnte Carla nicht viele erspähen, zumindest keine nicht-asiatischen.

Parker drückte ihr eine eiskalte Bierflasche in die Hand, die direkt ins Schwitzen geraten war, sobald der Wirt sie aus dem Kühlschrank entnommen hatte, und ließ sich mit einem zufriedenen Seufzer auf den niedrigen Plastikstuhl ihr gegenüber fallen. Sein Rücken und der eines Japaners, welcher hinter ihm in die andere Richtung blickend mit einer größeren Gruppe zusammensaß, berührten sich fast.

»Ich komme gerne an Orte wie diese«, sagte er und nahm einen kräftigen Schluck. »Es ist beinahe so, als könnte ich einfach in der Menge verschwinden. Mich auflösen. Niemand starrt mich an, niemand stellt Fragen. *Amerikajin desu ne?* Das hättest du wohl gern! Ha!« Wie Parker es schaffte, konsequent diese übertrieben gute Laune am Leben zu erhalten, konnte Carla nicht nachvollziehen. Das musste doch unfassbar anstrengend sein.

»Manchmal denke ich, du hast dir dein Nest in Japan schon eingerichtet und es dir darin so richtig gemütlich gemacht. Du möchtest gar nicht wieder zurück, stimmt's?« Parker hatte schlussendlich recht behalten, fand Carla – es war tatsächlich an der Zeit, ihm einige Fragen zu stellen, jetzt oder vielleicht nie.

Parker stellte sein Bier auf dem extrem niedrigen Tisch zwischen ihnen ab, lehnte sich zurück und verschränkte die Hände hinter dem Kopf, nun in noch gefährlicherer Nähe zu seinem Hintermann. »Ach«, machte er, »die Frage aller Fragen! Ich habe keine einfache Antwort darauf.«

Einen Moment lang schwiegen beide und nippten verlegen an ihren Bieren.

»Weißt du was? Auch ich habe meine Geheimnisse«, sagte er schließlich und beugte sich nach vorne. Sein Gesichtsausdruck nahm etwas Geheimniskrämerisches, Mysteriöses an, und Carla hatte Schwierigkeiten zuzuordnen, ob dies nun echt oder wieder bloß gespielt war. »In dieser Stadt gehen manchmal Dinge vor sich, die wir von zuhause so nicht kennen. Dessen bist du dir mittlerweile vermutlich bewusst. Das kann man sich allerdings durchaus zum Vorteil machen. Besonders, wenn du *gaijin* bist. Und wenn du einen gewissen … nennen wir es: Hang zum Experimentieren hast.«

Sie hatte keine Ahnung, wovon er sprach. »Worauf willst du hinaus?«

Und es ging Carla durch den Kopf, wie wenig sie dann doch über Parker wusste. Wegen seines offenbar sehr engen Verhältnisses zu Hans hatte sie ihm von vornherein vertraut, und seitdem sich alle drei in Japan aufhielten, gehörte er zum Inventar – es war normal, ihn die ganze Zeit um sich zu haben. Aber was trieb dieser Kerl wirklich, wenn weder Hans noch Carla in der Nähe waren? Mit Sicherheit konnte sie nur sagen, dass er es irgendwie geschafft hatte, als Gehilfe beziehungsweise »Praktikant« in einer kleinen Anwaltskanzlei in Tokio zu arbeiten, was Carla schon beeindruckend – und merkwürdig – genug fand. Sie hingegen war froh, wenn sie sich auf ihrem stockendem Touristenjapanisch einen Kaffee bestellen konnte. »Meine Chefin und ich, wir verstehen uns gut. Ich meine … richtig gut«, offenbarte er dann und nahm den nächsten Schluck Bier. Anschließend wurde seine Stimme leiser, er flüsterte beinahe. »Sie ist Anfang vierzig – aber auch verdammt heiß, das sag ich dir! Dieses Klischee, dass sich asiatische Frauen besonders gut in Form halten – was soll ich sagen? Es stimmt! Zumindest oft. Sie ist verheiratet, aber sie empfindet absolut gar nichts für den Kerl. Der ist offenbar ein totaler Jammerlappen.«

»Und du …?«

»Ja! Wir schlafen miteinander.« Er lachte laut auf und kippte mit seinem Stuhl ein Stück nach hinten. Der Japaner in seinem Rücken nahm endlich Notiz von ihm, warf ihm einen verärgerten Blick über die Schulter zu und knurrte etwas. »Jetzt ist es raus!«, erfreute Parker sich weiter daran, dass die Katze nun endlich aus dem Sack war, und kümmerte sich nicht um den Mann. »Ich sagte doch, erwarte keine einfache Antwort! Nein, es ist sogar *beschissen kompliziert*, das alles. Sie wird diesen Idioten niemals verlassen! Das kann sie gar nicht, wenn du verstehst. So etwas ist in ihrem schnurgeraden Lebenslauf nicht vorgesehen. Die beiden haben ein Kind. Allein die Tatsache, dass sie ihren Job nach dem schwangerschaftsbedingten Ausfall zurückbekommen hat, grenzt schon an ein Wunder.«

Carla blieb ihm einen Kommentar dazu schuldig. Nur noch wenig konnte sie überraschen. Parker blickte sie jedoch erwartungsvoll an, als warte er auf ein Lob, so wie ein Dreizehnjähriger, der seinen Schulkameraden gerade ein Bild seiner umwerfenden Freundin präsentiert hatte. Sie ließ sich schließlich zu einem lakonischen »Gratuliere« hinreißen. Dann fiel ihr spontan eine geeignete Folgefrage ein: »Aber wärst du denn auch gerne ... so richtig mit ihr zusammen?«

»Ich weiß es nicht.«

»Natürlich nicht.«

Er grinste. »Dafür müsste ich zuhause alles hinter mir lassen. Und ich bin mir nicht sicher, ob ich für immer in einem Land leben möchte, in dem es mir praktisch auf die Stirn geschrieben steht, dass ich hier nicht hingehöre. Ich bin verdammt noch mal gebrandmarkt, *if you know what I mean*. Und wer weiß, vielleicht serviert sie mich eines Tages einfach ab. Dann stehe ich da und habe nichts.«

»Aber solche Gedanken brauchst du dir doch sowieso nicht machen, richtig?«, lenkte Carla ein. »Immerhin wird sie ihren Mann niemals für dich verlassen.«

»Das ist korrekt. Träumen ist aber nicht verboten.«

So ist es, stimmte sie ihm in Gedanken zu. Davon träumen, mit jemandem zusammen zu sein, ist nie verboten. Oder davon träumen, jemanden loszuwerden ...

»Ich habe es Hans nie erzählt«, fuhr Parker fort, als sie nichts verlauten ließ, und diese Information überraschte sie. »Er würde bloß lästern, dass ich nur wegen den Frauen hier wäre. Ganz falsch ist das zwar nicht, er würde mich aber trotzdem nur damit aufziehen!« Er brach in schallendes Gelächter aus. »Trotzdem, wenn ich nun so darüber nachdenke: Ich würde euch ja schon gerne alle einander vorstellen. Aber auch das geht nicht. In der Öffentlichkeit können wir uns nicht zusammen blicken lassen.«

»Wo trefft ihr euch? In den Hotels?«

»Selten. Wir warten bis Feierabend. Und wenn alle außer uns nach Hause gegangen sind ... Das ist schon geil, im Büro. Auf ihrem Schreibtisch, stell dir vor! Manchmal komme ich früh morgens zur Arbeit und bin schon megaheiß auf sie. Und ich kann in ihren Augen sehen: Sie wünscht sich auch, dass der Tag ganz schnell vorbeigeht. Die Zeit kann unfassbar langsam sein, wenn du unter Strom stehst, aber nicht zum Schuss kommst. Wir bleiben jedoch immer professionell. Ich mache alles, was sie von mir verlangt. Ja, Madame, sicher, Madame. *Ossu.* Und wenn endlich die Rechner runtergefahren werden und die Sekretärin und alle anderen Mitarbeiter nach Hause gegangen sind … Bäm! *Otsukare!*«

»Danke, dass du mir dein Porno-Skript vorgelesen hast.«

»Nun sei doch nicht so!«

Jetzt musste Carla tatsächlich kichern, und es tat gut. Sie trank mit einem großen Schluck ihr Bier aus und ging dann zu ihrer Zigarettenschachtel über. »Es freut mich, wenn du deinen Spaß hast. Weißt du … Ich finde, du solltest in Japan bleiben. Oder zumindest deinen Job noch eine Weile verlängern. Möglicherweise findest du auch bald eine andere Frau? Eine, die auch wirklich mit dir zusammen sein kann, meine ich.«

Ihre eigenen Worte versetzten ihr augenblicklich einen Stich. *Wirklich mit dir zusammen sein.*

»Das wäre schön«, murmelte Parker zustimmend und sah auf einmal recht nachdenklich aus. »Ja, das wäre schön.«

Beide sahen von Zeit zu Zeit auf ihre Telefone, aber Nachrichten von dem verschwundenen Hans blieben aus. Carla ertappte sich dabei, wie sie sich dennoch, trotz allem, keine wirklichen Sorgen um ihn machte. Sie genoss die Zeit mit Parker, und es mochte egoistisch von ihr sein, aber die Hauptsache war doch, dass sie eine gute Zeit hatte, oder etwa nicht?

Das dampfende Curry auf dem Tisch zwischen ihnen hatten beide noch nicht angerührt.

*

Dass ihre Gedanken dann und wann abdriften konnten, wusste Carla schon, seit sie ein Kind war. Manchmal ging die Fantasie vollends mit ihr durch.

Wahrscheinlich überlappten sich nun in ihrer Erinnerung willkürlich einige Szenen aus den wenigen Anime, die sie unbewusst bei Hans aufgeschnappt hatte und die sich jetzt in ihrem Kopf breit machten. Jedenfalls fielen ihr in der Bahn allerlei kuriose Dinge ein, die Hans zugestoßen sein könnten: Vielleicht hatte ihm ein Dämon ein verzaubertes Notizbuch vor die Füße geworfen, und jetzt war er als Hauptverdächtiger in einen riesigen Kriminalfall verwickelt. Oder aber er war von einer höheren Macht entführt worden und musste zusammen mit weiteren unglücklichen Ausgewählten gegen fiese Außerirdische in den Kampf ziehen, vielleicht sogar als Pilot eines riesigen Roboters. Möglicherweise hatte man ihn auch nur niedergeschlagen und ihm eine seiner Nieren herausoperiert, was die mit Abstand uncoolste Geschichte wäre. Wo immer aber er auch war, sie war *hier* und wie beflügelt von der Gewissheit, dass sie – das allererste Mal *seit Langem* – tun und lassen konnte, was sie wollte.

Parker hatte am kommenden Tag vieles vor, nicht zuletzt die nächsten halsbrecherischen Versuche, seine Mätresse davon zu überzeugen, dass er *der Eine* war, und so musste er früh nach Hause zurückkehren. Carla hatte ihm versichert, dass sie den Rest der Nacht allein zurechtkam, bevor sie Hans bei ihrer Rückkehr ins Hostel bestimmt friedlich schlummernd in seinem Bett vorfinden würde. Allein zurechtkommen war schließlich von vornherein der Plan für den heutigen Tag gewesen, nicht wahr?

Ein bisschen verwegen kam sie sich tatsächlich vor, als täte sie etwas Verbotenes, aber insgeheim hatte sie folgenden Teil des Plans schon vor ein paar Stunden geschmiedet – spätestens zu dem Zeitpunkt, als Hans' Verschwinden Gewissheit geworden war: Was könnte ihrer neu gewonnenen Freiheit passender Ausdruck verleihen als allein in dieser fremden, verrückten Stadt in einen Club zu gehen? Ohne Hans und ohne Parker, schließlich brauchte sie keine Kindermädchen. Tanzen. Trinken. Ihre Sorgen vergessen. Vielleicht ein klein wenig flirten? Mindestens bis zur ersten Bahn des nächsten Morgens würde sie durchhalten müssen. Je weiter Carla die Idee in ihrem Kopf ausschmückte, desto besser gefiel sie ihr.

Sie stieg an einer zufällig ausgewählten Station aus der U-Bahn, suchte den nächstgelegenen Convenient Store auf und verband ihr Telefon mit dem dortigen WLAN, um das Guthaben ihrer Karte nicht unnötig aufzubrauchen. An Auswahl mangelte es im Tokioter Nachtleben nicht, und für die meisten Nightclubs konnte sie sich durch eine Vielzahl von Reviews meist amerikanischer Touristen wühlen, die sehr oft zu ihrer Zufriedenheit ausfielen. Spontan entschied sich Carla für ein Venue namens *Wildlife*, das nur etwa zehn Minuten zu Fuß von ihrem Standpunkt entfernt lag. Mit Händen und Füßen bestellte sie ein Ersatzpäckchen Zigaretten bei dem gelangweilt aussehenden Mädchen hinter dem Tresen – vermutlich eine Studentin, die sich durch Nachtschichten etwas dazuverdienen wollte – und machte sich auf den Weg. Als sie auf die Stadtkarte auf ihrem Telefon blickte, stellte Carla schließlich verwundert fest, dass sie sich nur wenige Stationen von ihrem Hostel entfernt befand – als wäre sie unbewusst im Kreis gefahren. Tokio schien sich über die Grenzen von Raum und Zeit hinwegsetzen zu können und immer wieder neu um sie herum zu entstehen.

Im Gegensatz zu den grell blinkenden Fassaden in Kabukichō wirkten die Umgebung und auch das Äußere des *Wildlife* wie von einem anderen Planeten. Wenn man es nicht genau wusste, würde man dahinter keinen Nachtclub vermuten, zu sehr erinnerte das Stadtbild dieses Teils von Tokio an eine ruhige Wohngegend für eher betuchtere, um nicht zu sagen spießigere Leute. Ein paar Menschen, meistens jüngere Männer, lungerten auf der Straße herum, rauchten, telefonierten und beachteten sie nicht – zumindest nicht offensichtlich. Den ein oder anderen verstohlenen Blick aus den Augenwinkeln erntete Carla dann doch, und wieder fühlte sie es eher, als dass sie es ausdrücklich wahrnahm. Weil sie als Frau allein unterwegs war oder doch, weil sie irgendwie verloren aussah? Konnten diese Männer sehen, was sie im Schilde führte? Carla wusste es nicht. Gleichwohl zwang sie sich, nicht zurück zu starren und sich Tagträumen hinzugeben, welche Art von Person jemand denn sein könnte und was sie so alles tagein, tagaus in ihren Leben trieb. *People watching*, eine ihre Lieblingsbeschäftigungen in der Bahn. Heute Abend ging es allerdings nur um sie und um sie allein – selbst wenn manisch lachende Spinnenfrauen, die Gestalt mit dem Teddybären vom Shinjuku-Square oder Godzilla höchstpersönlich in ihrer Nähe aufkreuzen sollten.

Der Türsteher des *Wildlife*, der noch keine fünfundzwanzig zu sein schien, kontrollierte ihren Ausweis, lächelte ähnlich strahlend und undurchschaubar wie Kenichi, und schon stieg Carla die Treppe hinab. Wummernde Bässe flogen ihr entgegen, noch ehe sie die Tür geöffnet hatte, dann umhüllte sie muffige Luft – ein scharfer Kontrast zu der frischen Sommerbrise draußen –, und es tat ihr gut, etwas Vertrautes zu spüren, wie ein Eintauchen in die Erinnerung eines früheren Lebens, in dem es Alltag war, sich durch genau solche Eindrücke von dem Lärm in ihrem eigenen Kopf abzulenken. Also: Auf in die Nacht.

Auch das Innere des *Wildlife* wirkte so, als sei es in der Zeit hängengeblieben. Wenn etwas Carlas vor Antritt der Reise vorgefertigtem Bild Tokios mit aller Kraft widersprechen wollte, dann war es der allgegenwärtige Neunziger-Charme der Clubs, Kneipen und Bars, der so gar nicht modern wirken wollte und auch nicht so »*fancy*«, wie man es von der größten Metropolregion der Welt vielleicht erwartet hätte. Die Tanzfläche war überschaubar, und so wirkte das anwesende Publikum größer und zahlreicher, als es wohl tatsächlich war. Der Laden schien proppenvoll. Zuckende Leiber, wohin sie auch sah, die sich im Stroboskoplicht aneinanderdrängten, während eine R'n'B-Nummer, die maximal aus den frühen Zweitausendern stammte, aus den Lautsprechern dröhnte.

Carla atmete tief ein und ließ sich in die Menge gleiten wie ein Schmetterling, der aus seinem Kokon ausbrach und endlich in voller Blüte erstrahlen konnte.

Eine Weile versank sie in den Bässen und dem Trubel, genoss die Anonymität, die ihr beim Tanzen schon immer das Liebste gewesen war, und versuchte, wieder die leere Leinwand in ihrem Kopf heraufzubeschwören, die nun zumindest für eine Nacht gefälligst leer zu bleiben hatte. Wie viel Zeit auf diese Weise verging, vermochte Carla nicht zu sagen, aber es fühlte sich gut an. Draußen konnten die Welt sich zu drehen aufhören, Außerirdische angreifen oder ein Krieg ausbrechen – hier unten gab es nur sie und die Musik. Hans, Parker, die Uni und Deutschland, alles zerfloss in grellem Scheinwerferlicht und ging sie nichts mehr an. Schnell hatte Carla eine Flasche Bier geleert. Dann zwei. Drei. Wieviel Yen-Scheine dies fraß, fiel ihr zwar auf, aber für den Moment war auch das ihr egal.

Beinahe hätte sie sich gefragt, ob sie bereits begonnen hatte, ein bisschen wirklichen Spaß zu haben, als ihre Ausgelassenheit auf einen Schlag verschwinden sollte. Auf dem Rückweg von der Theke schob Carla sich durch die Menge und wollte zur selben Stelle zurückkehren, an der sie noch einige Minuten zuvor getanzt hatte, als sie ein scharfes, beißendes Gefühl der Vertrautheit überkam, fast wie ein Déjà-vu. Aus den Augenwinkeln hatte sie etwas gesehen. Carla ging einen weiteren Schritt nach vorn und warf einen Blick zurück über die Schulter.

Es gab keinen Zweifel.

Da war Hans. Und er war nicht allein. Neben seiner Gestalt, die Carla durch die Vordermänner nicht gänzlich erkennen konnte – *aber es war Hans, absolut kein Zweifel!* –, bewegte sich in dem Lichtfeuerwerk eine zweite Person. Hans' Hände waren beide an der Hüfte des Mannes.

Als hätte jemand den Slow-Motion-Modus aktiviert, verzerrte sich Carlas Wahrnehmung. Die fliegenden Arme um sie herum bewegten sich nun zäh und schwerfällig, die Musik und die Stimmen verschwommen zu einem einzigen, langgezogenen Ton, wie zu einem dumpfen Grollen. Dazu kam das Gefühl, als würden ihre Füße in den Boden sinken, als wäre sie in Treibsand geraten, für einen Moment ohnmächtig und unfähig, den Blick von dem zu lösen, was sie sah.

Die Gesichter der beiden Männer kamen sich näher, verflucht nahe, und dann – es war, als schlug Carla ein Unsichtbarer mit der Faust direkt in den Magen – drückten sich ihre Münder aufeinander.

Stillstand. Die Szene fror ein, als würde ein Stream nicht weiter laden. Carla konnte ihr eigenes Gesicht zwar nicht sehen, aber bestimmt hatten andere um sie herum bemerkt, wie sie inmitten des Getümmels plötzlich zu Stein erstarrt war, wie festgeklebt an dem Anblick, der sich ihr bot. *Sortiere deine Gedanken.* Hans. Mann. Kuss. *Fuck.*

Dann ein Drop: Stille wie ein Einatmen, Explosion, und das

Geschehen lief schlagartig wieder in Echtzeit weiter. Die Musik stürzte wie eine Welle über ihr zusammen, und das tosende Meer verschlang sie.

Jemand rammte ihr den Ellenbogen in die Seite. Carla zuckte zusammen, taumelte einen Schritt. Ein Mädchen warf ihr im Laufen einen überraschten Blick hinterher, deutete eine leichte Verbeugung als Geste der Entschuldigung an und hastete davon. Es war, als würden die Gliedmaßen der Clubgäste nun nach Carla greifen, als wäre die tanzende Menge ein Dornenbusch, dessen Ranken versuchten, sie zu fassen zu kriegen. Carla riss sich los, konnte aus dem Augenwinkel noch erkennen, wie die beiden Männer leidenschaftlicher wurden, und dann rannte sie, stieß mit ein paar Leuten zusammen und stolperte auf die Damentoilette. Die Tür fiel krachend ins Schloss.

Das mechanische Licht der Neonröhre an der Decke flackerte nervös und spiegelte sich in den Kacheln an der Wand. Carla konnte jedes einzelne winzige Insekt auf dem Porzellan erkennen. Es fiel ihr schwer, einen Fuß vor den anderen zu setzen, ihre Knie zitterten unerbittlich, also stütze sie sich mit beiden Händen auf einem der Waschbecken ab und warf einen Blick in den Spiegel: Ihr Haar klebte ihr in Strähnen an der Stirn, ihre Augen waren verquollen. Wann hatte sie sich so verausgabt? Sie japste nach Luft. Dumpf drang die Musik von außerhalb an sie heran. Das Dröhnen ließ sie glauben, die Wände vibrierten, und das gleißende Licht machte sie schwindelig.

Zwei Mädchen mit grellem Make-up tauchten aus einer der Kabinen empor, bauten sich hinter ihr auf, versuchten an ihrem Kopf vorbei in den Spiegel zu schauen, verzogen missbilligend das Gesicht und verließen den Raum. Eines der beiden sagte etwas in einem genervten Tonfall – Carla nahm an, dass damit sie gemeint war. *Guck dir die an.* Sie fasste sich an die Hosentasche und stellte erschrocken fest, dass sie ihre vorhin erst gekauften Zigaretten irgendwo verloren haben musste. Sie sah sich im dem engen Toilettenabteil um, doch konnte auf dem Boden nichts finden. Plötzlich drehte sich ihr Magen um. Eilig hastete sie in eine der Kabinen und erbrach sich in die Schüssel. Nachdem sie sich sicher war, dass nichts mehr nachkommen würde, verschloss sie die Tür und ließ sich auf die Toilette sinken.

Einige Minuten harrte sie so aus und versuchte, an nichts zu denken, doch es gelang ihr nicht. Die Bilder in ihrem Kopf verschwammen. Immer wieder blitzte Hans von ihrem geistigen Auge auf, eng umschlungen mit dem Mann, ihre Münder aufeinandergedrückt. Ein Gefühl, als würde sie fallen. Sie wünschte sich nichts sehnlicher als weg zu sein, weit weg von allem hier, den Menschen, dem Lärm, der Einsamkeit. Carla war sich sicher, dass von nun an nichts mehr so sein würde wie jemals zuvor.

Jemand schlug mit der flachen Hand gegen die Toilettentür und riss sie aus ihren Gedanken. Wortlos richtete Carla sich auf – ein kleiner, verzweifelter Energieschub durchströmte sie –, sie spülte und öffnete. Doch niemand war zu sehen, sie musste sich das Klopfen eingebildet haben. Unbedingt sollte sie sich zuallererst um neue Zigaretten kümmern, sonst könnte sie sich vermutlich bald gar nicht mehr zusammenreißen. Aber noch einmal durch die Menge wandern und das Risiko eingehen, abermals etwas zu sehen, das sie nicht sehen wollte?

Die Außentür klickte, und wieder betrat jemand den Raum. Carla versuchte, Blickkontakt zu vermeiden, und wollte sich an der Person vorbei nach draußen stehlen, doch dann wurde sie von einer silberhellen Stimme auf Englisch angesprochen.

»Scheiß-Party, was?«

Carla sah auf und erkannte eine groß gewachsene, europäisch anmutende Frau in etwa ihrem Alter. Die langen,

strohblonden Haare fielen ihr glatt über die Schultern.
»Allerdings«, antwortete Carla mürrisch. »Aber ich muss jetzt trotzdem wieder –«

Sie wurde jäh unterbrochen: »Hast du Bock, 'ne Line zu ziehen?«

»Ich nehme im Ausland keine Drogen.«

»Wo kommst du her?«

»Deutschland.«

»Oh.«

Kurz zerbrach sich Carla den Kopf darüber, wie denn dieses »Oh« gemeint war. »Und du?«

»Finnland«, antwortete die Blonde und inspizierte ihre Wimperntusche im Spiegel. »Aber ich bin schon eine ganze Weile in Tokio. Für den Job. Bist du Touristin?«

»Richtig. Wir bleiben aber nur zwei Wochen.«

»Du und …?«

Carla schluckte. »Ein Freund«, antwortete sie nach kurzem Zögern.

»Hast du was für japanische Männer übrig?«, fragte die Finnin, ohne weiter auf Carlas Antwort einzugehen.

»Darüber mache ich mir nicht wirklich Gedanken«, erwiderte Carla.

»Also bist du vergeben«, schmunzelte die Finnin, und Carla hasste das Gefühl, ertappt worden zu sein. »Du solltest es vielleicht einmal ausprobieren«, fuhr sie fort und bemusterte noch immer eindringlich ihr eigenes Gesicht. »Sie tragen dich auf Händen, wenn du erst einmal gelernt hast, die Gentlemen von den notgeilen Spinnern zu unterscheiden. Ich tobe mich hier aus, weißt du? Es muss ja nicht immer gleich eines von diesen übertriebenen Love Hotels sein, die kann ich mir auch kaum leisten. Ich lasse mich aber sehr gerne einladen!« Sie lachte und zog sich den Lippenstift nach. Carla konnte nur vermuten, warum eine völlig Fremde ihr solche Dinge erzählte. Plötzlich drehte besagte Fremde sich um und streckte Carla ihre Hand entgegen. »Ich bin Ellen. Schön dich kennenzulernen.«

»Carla.« Sie schüttelte die Hand. Hatte sie nicht gerade noch das Weite suchen wollen?

»Lust auf 'nen Drink, wenn du schon kein Speed haben willst?«

Zu zweit betraten sie wieder den Saal, in dem sich nichts geändert hatte, außer, so dachte Carla, dass die Musik nach der kurzen Pause noch heftiger zu dröhnen schien als zuvor, geradezu brachial. Es musste mittlerweile nach zwei Uhr morgens sein. Ellen ging voran und zog Carla durch die Menschenmenge, dabei ließ sie ihren Arm die ganze Zeit nicht los. Ein bisschen nervös warf Carla Blicke nach rechts und links. Hans musste hier noch irgendwo sein. Ellen beschäftigte sich kurz mit dem Barkeeper – ob sie Japanisch sprach oder nicht, konnte Carla in dem Lärm nicht ausmachen –, und keine Minute später drückte sie ihr einen Cocktail in die Hand.

»*Kanpai*. Auf die Männer.«

»Du sagtest, du arbeitest hier? In Tokio?« Carla versuchte, gegen den Lärm anzubrüllen. Ihr war kaum nach Smalltalk zumute, aber sie hatte mittlerweile entschieden, diese Gelegenheit zu nutzen, um zumindest für den Moment Ablenkung davon zuzulassen, dass sie gerade ihren Freund mit einem anderen Mann ertappt hatte und dieses bizarre Duo noch irgendwo zugegen sein mochte. Nach dem einen Drink würde sie verschwinden. Und definitiv nicht ins Hostel zurückkehren, sondern irgendwo anders die Nacht verbringen.

Ellen hatte Carla entweder nicht gehört oder ignorierte die Frage absichtlich. Sie schürzte die Lippen, packte sie erneut am Arm und zog sie dann ein paar Meter auf die Tanzfläche hinaus.

Elegant schob Ellen sich mitten durch die tanzenden Menschen wie Moses durch die Wellen, und Carla blieb nichts anderes übrig als ihr zu folgen. Dann begann Ellen sich zu bewegen, den Cocktail mit ausgestreckten Armen hoch über dem Kopf erhoben. Carla stand nur da und sah der jungen Frau zu, während sie versuchte, nicht von den Tanzenden um sie herum berührt zu werden. Sie fühlte sich nicht unwohl per se, und in einem anderen Leben liebte sie es ja zu tanzen, jetzt gerade aber fühlten sich ihre Beine an wie Blei. Der Schock saß offenbar tief.

Es dauerte nicht lange, bis Ellen Blickkontakt mit einem japanischen Mann aufgenommen hatte, und nur einen weiteren kurzen Moment später wurden die Bewegungen der beiden enger. Minuten verstrichen. Dann fasste er sie am Nacken und brachte seine Lippen zu ihrem Ohr, was Ellen lachen ließ. Kein Wort drang durch den Lärm zu Carla herüber.

Mittlerweile hatte sie ihr Getränk beendet, spielte kurz mit der Idee, sich schnell bei Ellen zu verabschieden und nun endlich das Weite zu suchen – oder besser: ohne ein Wort das Weite zu suchen –, entschied sich dann aber mit aller Kraft dagegen. Sie kämpfte sich zurück zur Bar – um die Aufmerksamkeit des Barkeepers musste sie nicht lange buhlen – und bestellte sich mit dem Zeigefinger auf der Karte einen Shot. Der Schnaps gab ihr ein wohliges Brennen knapp über dem Herzen, und sie merkte, wie sich dessen Schläge wieder beruhigten. Carla versuchte, sich das Bild von Hans und dem Fremden ins Gedächtnis zu rufen, es sich vor ihrem geistigen Auge so detailliert wie möglich vorzustellen, als könnte sie so ihre eigene Erinnerung verifizieren, doch es wollte ihr nicht mehr gelingen. Allein die Tatsache, dass sie nicht Reißaus genommen hatte und jetzt hier in Gesellschaft dieser Finnin war, brachte sie ins Grübeln.

Mein Freund betrügt mich, noch dazu mit einem Mann, aber ich laufe nicht einmal weg. Warum laufe ich nicht weg?

Ellens Hände auf ihren Schultern rissen Carla aus ihren Überlegungen.

»Hey, ich bin raus für heute. Taichi und ich werden in ein Hotel gehen«, verkündete die Blonde fröhlich.

»Alles klar. Viel Spaß. Ich werde mich dann jetzt auch auf den Weg machen.«

»Weißt du –« Ellen musterte Carla von oben bis unten. Es war offensichtlich, dass sie angetrunken war. »Warum kommst du nicht mit? Ich weiß zwar nicht, was der Grund dafür ist, dass du schaust wie zehn Tage Regenwetter, aber ich bin mir sicher, ein bisschen Ablenkung würde dir guttun.«

Carla starrte in ihr Gesicht. Der Mann, Taichi, stand daneben und grinste Carla eindringlich an, als wollte er sie wortlos dazu auffordern, Ellens Angebot doch anzunehmen. Er war vielleicht dreißig, trug einen dieser Samurai-Bärte zu seinen längeren Haaren und machte noch einen halbwegs nüchternen Eindruck.

Warum läufst du nicht davon?

»Deal«, hörte Carla sich sagen, und ehe sie sich's versah, hatte Ellen sie wieder grinsend bei der Hand genommen und zog sie durch die Menge.

Der Japaner folgte ihnen wortlos.

UNVERSEHRT ZURÜCK

Viele Fragen drehten sich unaufhörlich in Carlas Kopf, ineinander verschwimmend. Zu allererst: Warum war sie *schon wieder* in einem Love Hotel? Und: Warum hatten sie zu dritt ein Zimmer bekommen? Warum sah alles so viel vornehmer aus als in der Absteige, in der sie mit Hans gewesen war? Außerdem: Warum in drei Teufels Namen war sie überhaupt mitgekommen? Die Nacht war zunehmend ihrer Kontrolle entglitten, und auch jetzt hatte sie auf all diese Fragen keine zufriedenstellenden Antworten. Der Schleier des Alkohols hatte sich mittlerweile gelichtet, und ihr war nicht länger, als drehe sich ihr jeden Moment der Magen um, wie bloß ein paar Stunden zuvor im Taxi (Oder in der Bahn? Sie konnte sich nur noch erinnern, dass ihr abgrundtief schlecht gewesen war.), aber ganz wohl fühlte sie sich noch immer nicht. Vor allem nicht bei dem ungewohnten Anblick, der sich ihr nun bot.

Taichi, der neueste Fremde in der langen Liste von Fremden, die sie in letzter Zeit umgaben, lehnte neben dem gekippten Fenster an der Wand und zog wortlos an einer Mentholzigarette. Er war nackt, und sein in einem kaum definierbaren, rötlichen Ton schimmerndes Haar klebte ihm an den Schläfen.

Der schwache Geruch von Minze überdeckte den seines Körpers und drang bis zu Carla auf dem Bett heran. Taichi hatte seit Minuten kein Wort gesprochen – er schien bekommen zu haben, wofür er mitgekommen war, und hinterher bedurfte es wohl keiner weiteren Kontaktbemühung. Hin und wieder kratzte er sich an der Innenseite seiner Oberschenkel. Carla musterte die kleinen, aber auffälligen Tätowierungen auf seinen Schultern und an seiner Hüfte. Verschwommen kam ihr ein diffuser Gedanke über Japaner und Tattoos, heiße Quellen und organisiertes Verbrechen in den Sinn, aber sie bekam ihn nicht zu fassen. Ehe sie jedoch weiter grübeln konnte, griff die Frau neben ihr nach ihrem Handgelenk, zog sie eng an sich heran und schob ihr die Zunge in den Mund. Etwa eine Minute lang ließ Carla sich von Ellens Lippen führen, war sich nicht sicher, wie sehr und ob sie es überhaupt genoss, machte aber auch keine Anstalten, sich dagegen zu wehren.

Die Finnin kicherte, streichelte Carla über die Wange und räkelte sich in den dünnen Laken, als sei sie gerade erst aus tiefem Schlaf erwacht. Die Bettwäsche in diesem Hotel war schlicht gehalten, und die übergroßen bunten Plüschtiere, die über das Bett verteilt waren, wirkten, als hätte jemand einen großen Eimer Farbe darüber ausgeleert: ein quietschgelber Teddybär, eine entfernt an ein Rentier erinnernde Manga-Figur, ein knuffiger Alligator. Es wirkte wie das Kinderzimmer einer Achtjährigen, nur bevölkert von drei Erwachsenen, mit über dem Boden verstreuten Klamotten und der süßlichen Geruchsmischung aus Pfefferminz und frischem Schweiß, die sich wie ein Schleier über alles legte.

»Das Land der aufgehenden Sonne«, flüsterte Ellen in zufriedenem Tonfall und streichelte Carla übers Bein. »Ich kann es kaum abwarten herauszufinden, wie oft meine Sonne heute noch aufgehen wird.«

Taichi schnippte den Stummel seiner Zigarette durch den Fensterspalt und kehrte zu den Frauen zurück. Die Wände waren nicht weiter als eineinhalb Meter von beiden Seiten des Bettes entfernt, trotz seinem gewissen Chic bot das Hotel wieder einmal nicht sonderlich viel Platz. Taichi sagte etwas auf Japanisch, und Carla konnte nicht erkennen, an wen von ihnen es sich richtete. Sie ließ sich zu einem verlegenen Lächeln hinreißen. Der Japaner sah ihr für einen flüchtigen Moment in die Augen, packte dann mit beiden Händen ihren Kopf und drückte seinen Mund auf ihren. Für ein paar Sekunden war sie wie elektrisiert, erwiderte seinen Kuss, ohne genau zu wissen, warum, und ließ seine Hand über ihre nackte Brust gleiten. Seine Bartstoppeln kitzelten auf eine andere Art als die von Hans, er roch anders, und die Weise, wie er sie berührte, war erst recht anders als alles, was sie von Hans bisher gekannt hatte. Carla entspannte sich und genoss diese Andersartigkeit, so lang sie konnte. Was nicht sehr lang war, denn nur einen Herzschlag später, als er näher rückte und sein Becken in ihre Richtung drückte, explodierten die Gedanken in ihrem Kopf wie eine Bombe.

»Nein!«, rief sie, riss sich von ihm los und schubste ihn von sich. Der Mann ließ sich nach hinten sacken, irritiert, stützte sich auf den Unterarmen ab und richtete hilfesuchend das Wort an Ellen. Diese verstand, murmelte »It's okay« und drehte Carlas Kopf zu sich herüber. Diese Menschen schienen sie völlig frei bewegen zu können, als sei sie eine Marionette, die an unsichtbaren Fäden hing. »Du musst das nicht machen, wenn du nicht willst«, sagte Ellen mit einem sanften, beinahe mütterlichen Lächeln und blickte Carla tief in die Augen.

Zwar hatte Carla sich – und sie machte den Schnaps dafür verantwortlich, oder zumindest glaubte sie im Nachhinein, sich das einreden zu können – anfangs ohne Wenn und Aber entblößt, den Berührungen der beiden eine Weile Folge geleistet und sich von Ellen auch kurz an gewissen Stellen anfassen lassen, schließlich aber nur aus sicherer Entfernung zugesehen, wie der Japaner die Finnin eng an sich heranzog hatte und die beiden eine gute halbe Stunde miteinander beschäftigt gewesen waren. Jetzt blockierte etwas vollends in ihr. Der Club, der Schnaps, das Starren der Kuscheltiere, der Blick von Hans, den sie deutlich spüren konnte, auch wenn sie rational wusste, dass er nicht da war – alles wurde ihr zu viel. Ein kleiner Teil von ihr verspürte dennoch den erschreckenden Drang zu kapitulieren und weiter als Marionette der Dinge zu harren, die da kommen mochten. Der größere Teil aber schüttelte die aufkeimende Lust und Neugier ab, stieß sie von sich weg und riss sich von dem Gefühl zu fallen, das soeben noch da gewesen war, los.

Taichi blickte zwischen den beiden Frauen hin und her und sagte wieder etwas. Dieses Mal klang es ungehalten und forsch. Carla strafte ihn mit einem misstrauischen Blick und schwang die Beine vom Bett.

»Wohin gehst du?«, fragte Ellen und griff wieder nach Carlas Handgelenk.

»Ich weiß nicht. Weg?« Carla strich sich eine zerzauste Locke aus der Stirn. »Es ist alles in Ordnung, keine Sorge. Aber ich schlafe mit niemandem, mit dem ich nicht einmal ein vernünftiges Wort wechseln kann.«

»Dann bleibt mehr für mich«, grinste Ellen nur. »Außerdem macht doch genau das den Reiz aus.« Sie richtete sich auf und griff dem Mann, ohne zu zögern, in den Schritt. »Ich vergesse mein Japanisch nur zu gerne. Reden wird überbewertet«.

»Deine aufgehende Sonne ist ein Loop«, hörte Carla sich sagen, erleichtert, dass sie sich so einfach aus der Affäre ziehen konnte und dafür nicht einmal hatte lügen müssen.

»Wirst du trotzdem noch eine Weile hierbleiben?«, fuhr Ellen fort, ohne sie anzusehen, während sie den Arm vor und zurück bewegte und Taichi ein leises Stöhnen von sich gab. »Ich möchte, dass du noch einmal zusiehst.«

*

Das gleißende Licht der Sonne sprang Carla ins Gesicht, als sie ins Freie trat. Wieviel Zeit war vergangen? Sie starrte auf ihr Smartphone und brauchte einen Moment, um festzustellen, dass dieses offenbar schon vor Stunden seinen Geist aufgegeben hatte. Es störte sie jedoch nicht weiter – wer hätte schon versuchen sollen, sie zu erreichen? Etwa Hans?

Es war ungewöhnlich still in der Seitengasse, in der sie sich befand, und zunächst konnte sie sich nicht orientieren. War sie in Kabukichō? Oder noch immer in der nicht weit von ihrer Unterkunft gelegenen Gegend, in der sie den Club gefunden hatte? Es fröstelte sie, trotz der warmen Vormittagsluft, die sich schon bald in sengende Mittagshitze verwandeln würde. Carla konnte sich weiterhin nicht erinnern, ob sie in einem Taxi gesessen hatten, mit der U-Bahn gefahren waren oder sich gar zu Fuß zu dem Love Hotel aufgemacht hatten. Ihr Gehirn war wie aus Watte, dabei hatte sie eigentlich nicht sonderlich viel getrunken.

Taxi. Gute Idee.

Sie bog um die Ecke in eine etwas belebtere Straße ein, erspähte nach nicht einmal zwei Minuten eines, auf dem in leuchtendem Rot angezeigt wurde, dass es frei war, und machte den Fahrer auf sich aufmerksam. Dieser sagte durch das heruntergefahrene Fenster etwas zu ihr, aber Carla, der nun nicht einmal die einfachsten Begriffe auf Japanisch einfallen wollten, nannte nur den Namen ihres Hostels, immer und immer wieder, als sei es das einzige Wort, das sie zu sprechen imstande war. Der alte Mann betrachtete sie argwöhnisch, befahl ihr dann aber mit einer Handbewegung, auf der Rückbank Platz zu nehmen.

Carla presste sich in das dunkle Leder. Sie stank nach Rauch, nach Schweiß, vielleicht auch ein bisschen nach den Körpern der beiden anderen, und sie fühlte sich, wie sie sich selten in ihrem Leben gefühlt hatte: ausgelaugt, aber nicht bezwungen. Allein, aber nicht hilflos.

Die Erinnerungen schälten sich nur langsam aus dem Nebel, wechselten sich dann aber plötzlich in Sekundenschnelle ab, als liefe eine Diashow hinter ihrer Stirn.

Hans, eng umschlungen mit einem Mann, die lachende Ellen, dann das Gesicht des One-Night-Stands und seine kratzenden Bartstoppel auf ihrer Haut, und immer wieder Menschen und Hände, Hände und Menschen. Die Tanzenden im Club erschienen ihr in Retrospektive wie eine einzige Masse, wie ein zusammenhängender, wabernder Organismus, und mittendrin ihr Freund – wie er seine Hände, die doch nur ihr bestimmt sein sollten, nur *ihr*, an einer anderen Person rieb – wie deren Zentrum, wie ein pumpendes, pulsierendes Herz.

Weggewischt war all ihre Ambition, sich eigenmächtig um ein respektvolles und würdiges Ende ihrer Beziehung zu bemühen – jetzt war sowieso alles anders, alles vergeben. Eine Nacht nur war vergangen, in die Hans und Carla, unabhängig voneinander, als sie selbst aufgebrochen waren, aber herausgekommen schienen beide als andere Menschen, das Band, das zwischen ihnen gewesen war, gekappt. Was, wenn sie diesem neuen Hans im Hostel begegnen würde? Immerhin teilten sie sich noch ein Zimmer.

Carla schmiedete einen anderen Plan: Sie musste weg von diesem Kerl, weg von ihrem gemeinsamen Gepäck, vielleicht sogar weg aus dieser Stadt. Aber wohin sollte sie gehen? Sollte sie Parker einweihen? Was *wusste* Parker? War er am Ende gar im Bilde über Hans' Treiben und hatte es bloß vor ihr verheimlicht? Fragezeichen schwebten wie tote, mitten im Flug eingefrorene und nun reglos in der Luft hängende Vögel im Himmel, als das Taxi durch die Straßen brauste.

Der Boden schien sich unter ihr zu drehen, als Carla nur wenig später an der Fassade des Backpacker-Hostels emporblickte. Die Fenster ihres Zimmers lagen nach hinten raus, und so hatte sie keine Möglichkeit, von außen zu erkennen, wer sich gerade darin aufhielt.

Einen Moment lang wünschte sie sich fast, Kenichi zu begegnen – warum, konnte sie nicht wirklich sagen. Würde sie ihm erzählen, was ihr diese Nacht widerfahren war? Der Gedanke verstrich folgenlos, und Carla fasste sich ein Herz, als sie schnellen Schrittes die Eingangstür durchquerte.

Vor dem Aufzug in die oberen Etagen machte sie Halt. Der kurz aufgeflammte Mut, einfach schnurstracks in ihr Zimmer zu stürmen und sich dort einfach dem zu stellen, was sie erwartete, verschwand augenblicklich. Sie konnte die Blicke der beiden Angestellten, die an der Rezeption saßen und offensichtlich gerade nichts zu tun hatten, in ihrem Rücken spüren. Mürrisch entschloss Carla sich, im Foyer Platz zu nehmen und sich erst einmal um ihr totes Telefon zu kümmern. Niemand der Anwesenden würde Fragen stellen, das gehörte zum guten Ton. Sie nestelte ein Ersatzladekabel aus ihrer Jackentasche, nahm auf einem der beigefarbenen Sessel Platz und steckte den Anschluss in eine der zahlreichen aus der Wand ragenden Steckdosen. Das Display leuchtete auf.

Keine Anrufe in Abwesenheit! Aber zwei Textnachrichten.

Carla konnte sich zwar nicht daran erinnern, Ellen ihre Handynummer überlassen zu haben, aber die Message der Finnin öffnete sie als erste.

»*Hey Sweetheart, cooler Abend, nicht wahr? Was dir auch auf dem Herzen brennt, Tante Ellen hat immer ein offenes Ohr für dich! Oder falls du nur mal wieder Abwechslung brauchst – du weißt, was ich meine. Du findest mich hier:*« – ein Google-Maps-Link, der offenbar zu ihrer Adresse gehörte, gefolgt von einer ganzen Reihe aufdringlicher Emojis – »*Love, E.*«

Entgeistert starrte Carla den Text ein paar Sekunden an, unentschlossen, was sie damit anfangen sollte, und drückte ihn dann weg.

Die zweite Nachricht stammte von ihrer Mutter.

*

Bloß keinen Fehler machen.

Zaghaft späht das Mädchen durch den Türspalt – warum ist die Tür nicht verriegelt, wenn Mutter mit ihrem Besuch doch allein sein möchte? – und schluckt. Sie sieht ihre Mutter sitzend auf dem Bett. Daneben steht ein fremder Mann, den sie vielleicht schon einmal in ihrem Haus gesehen hat, sie weiß es nicht genau, aber die beiden sind nicht nackt, sondern ganz normal angezogen, und sie umarmen sich auch nicht, dabei hatte Carla fest damit gerechnet.

Ihre Mutter sieht traurig aus, das Gesicht glänzend nass. Hat der komische Mann etwas Böses zu ihr gesagt?

Niemand bemerkt die kleine Beobachterin, die Erwachsenen sind ganz mit sich selbst beschäftigt. Sie sprechen, aber an die genauen Worte wird sich das Mädchen später nicht mehr erinnern können, diese scheinen auch keine Rolle zu spielen. Denn was sie sieht, ist viel, viel wichtiger.

Der Mann, er trägt einen schwarzen Mantel, wie sie es schon oft im Fernsehen bei Privatdetektiven oder Priestern gesehen hat, greift ihre Mutter am Handgelenk und zieht ihren linken

Arm zu sich, dann öffnet er behutsam ihre Finger und legt mit der anderen Hand etwas hinein. Ihre Mutter schluchzt, begutachtet den Gegenstand in ihrer Hand eine Weile, sieht dem Mann dann ins Gesicht und nickt. Der Fremde nickt auch. Dann umschließt er ihre Hand und das Ding darin mit beiden Händen, beide schließen ihre Augen, und so verharren sie für einen Moment, in dem nichts passiert.

Plötzlich fegt ein Windstoß durch das Zimmer, dabei sind die Fenster doch geschlossen, und Carla spürt, wie sich ein komisches Gefühl in ihrer Brust ausbreitet.

Der Mann und ihre Mutter halten die Augen weiterhin fest geschlossen, umklammern zu zweit den unsichtbaren kleinen Gegenstand, während der merkwürdige Wind mit den Bettlaken spielt. In der Mitte passiert etwas. Erst sieht es aus wie ein Lichtstrahl, dann wie eine Art Nebel, der aus ihren Händen aufzusteigen scheint, ein matter Dunst wie der, der in den Frühlingsmonaten morgens über der Wiese vor dem Haus hängt. Schon bald wirkt das Zimmer wie eine Küche, in der jemand vergessen hat, beim Kochen rechtzeitig das Fenster zu öffnen. Dann verdichtet sich der seltsame Nebel direkt neben dem Bett, wird dicker, nimmt eine Form an. Und ehe Carla begreift, was geschieht, steht eine dritte Person neben dem Bett, als hätte sich in dem Gewirr eine Tür geöffnet, durch die jemand das Schlafzimmer betreten konnte. Sie kann sich nicht erklären, was gerade vor sich geht. Aber sie verspürt keinerlei Angst.

Die dritte Person ist eine Frau, sie sieht ungewöhnlich groß aus, und sie scheint ihrer Mutter wie aus dem Gesicht geschnitten. Ihr dunkles Haar weht in dem merkwürdigen Wind, und sie lächelt, mit Lippen, die das Mädchen so sehr an ihre Mutter erinnern.

Mutter hebt den Kopf und schaut die Erscheinung prüfend

an, dann lächelt auch sie, aber es ist ein trauriges Lächeln, als tue ihr etwas weh.

Das Mädchen freut sich, dass Mutter trotz ihrer Traurigkeit noch lächeln kann, dann aber wundert sie sich über die fremde Frau und vor allem darüber, warum sie so groß ist, schaut genauer hin, voller Neugierde, und sie erkennt: Die Frau schwebt. Wo ihre Füße sein sollten, beginnt die Bettkante, diese Frau *hat* keine Füße. Unter dem wallenden Gewand, das sie trägt, sieht man nur dichten Nebel.

Carla ist erstaunt. Wie kann ein Mensch denn keine Füße haben und trotzdem aufrecht stehen? Ratlos, hilfesuchend, löst sie ihren Blick von der Nebelfrau. Dann hat sie plötzlich einen Kloß im Hals.

Der fremde Mann hat sie bemerkt und starrt ihr direkt ins Gesicht.

*

Nach nur dreimal Klingeln nahm ihre Mutter den eingehenden Internetanruf an. In Deutschland war es gerade einmal kurz nach fünf Uhr morgens, aber die SMS hatte es auf unmissverständliche Weise klar gemacht, dass Mutter bei der ersten Gelegenheit, die Carla wahrnehmen konnte, einen Rückruf verlangte. Irgendetwas schien passiert zu sein – ausgerechnet in einer solchen Situation lief Carla mit ausgeschaltetem Telefon durch die Gegend und hatte keine Zeit gehabt, auch nur einen einzigen Gedanken an die Welt außerhalb von Tokio zu verschwenden, da die Ereignisse vor Ort ihre gesamte Aufmerksamkeit gefordert hatten. In Gedanken rügte sie sich dafür, solch eine schlechte Tochter zu sein.

»Mutter?«, fragte Carla, noch ehe diese sich mit ihrem Namen melden konnte.

»Ich habe versucht, dich zu erreichen, aber es gab kein Durchkommen«, stellte ihre Mutter ohne einen Vorwurf in ihrem Tonfall fest. Ihre Stimme klang normal – nicht, wie Carla erst befürchtet hatte, besonders aufgebracht oder ansonsten irgendwie ungewöhnlich.

»Du hast mir bloß *einen* Text geschrieben. Hättest du nicht gleich anrufen können, wenn es so dringend ist?«

»Ich weiß doch, wie sehr du beschäftigt bist, Schatz. Da *drüben.*« Sie sprach zumindest jenes letzte Wort mit einer sonderbaren Betonung aus. »Bestimmt hast du Spannenderes im Kopf, als dich mit deiner alten Mutter zu unterhalten. Dass du dich allerdings erst sechzehn Stunden später meldest, hatte ich nicht erwartet.«

Da kamen sie nun also doch, die Vorwürfe. Außerdem fand Carla es beeindruckend, wie akribisch ihre Mutter die Stunden gezählt hatte, die eine Antwort auf ihren einzigen, erbärmlichen Kontaktversuch ausgeblieben war.

»Was gibt es denn Besonderes, worüber du unbedingt mit mir sprechen musst?« *Nur raus mit der Sprache.*

»Ich hatte einen Traum«, folgte die Antwort auf dem Fuße.

»Du hattest einen … Traum?«

»Ja. Gewissermaßen … Ich denke viel nach, seit mein kleines Mädchen in der großen weiten Welt unterwegs ist. Ich mache mir Sorgen. Und heute Nacht habe ich etwas Außerordentliches erlebt, stell dir vor. Ich möchte es dir erzählen. Und dann ganz ehrlich von dir wissen, was du darüber denkst.«

Carla spürte einen Schwall Wut in ihrem Bauch aufsteigen. Am liebsten wollte sie ihre Mutter über das Handy anschreien, wollte sich himmelhochjauchzend darüber beklagen, wie elend ihr zumute war, wie verloren sie sich in dieser gigantischen Stadt fühlte, wollte berichten, dass Hans ihr fremd ging und sie ihn auf frischer Tat ertappt hatte, dass allerlei Merkwürdiges um sie herum geschah und sie kurz davor war, den Verstand zu verlieren. Aber ihre Mutter hatte offenbar nichts Besseres zu tun als ihr wegen *eines Traumes* auf die Nerven zu fallen. Wie würden wohl die Angestellten an der Rezeption reagieren, wenn sie jetzt anfing, in ihr Telefon zu brüllen?

»Ich weiß nicht, ob gerade der richtige Zeitpunkt –«

»Du bist heute Nacht bei mir gewesen.«

»Was?«

»Du bist mich besuchen gekommen. In meinem Traum. Zumindest glaube ich *mittlerweile*, dass es ein Traum war – es hat sich alles so echt angefühlt. Ich weiß, es ist unmöglich, aber es warst du, du hast neben meinem Bett gestanden, wir haben miteinander gesprochen. Du hattest Angst. Eine große Angst, aber du konntest mir nicht sagen, wovor. Und jetzt mache ich mir Sorgen um dich. Es ist mir klar, wie verrückt das klingt. Aber es ist schön, deine Stimme zu hören. Und zu wissen, dass du wohlauf bist.«

Es hatte Carla die Sprache verschlagen. »Wohlauf« schien ihr auch nicht gerade der passende Ausdruck dafür zu sein, wie sie sich fühlte. Ein bisschen wunderlich war ihre Mutter schon immer gewesen, aber die Entfernung, die nun zwischen ihnen lag, schien sie sehr zu belasten, und ihre Verwirrung hatte ganz neue Ausmaße angenommen.

»Hör zu«, fing Carla schließlich doch an, ihr gut zuzureden. »Du bist in Sorge, das ist mir klar. Aber darüber haben wir doch gesprochen. Es geht mir gut, und du hast einfach schlecht geträumt, das ist alles. Es gibt keinen Grund, dort mehr hineinzuinterpretieren, als nötig ist.« Noch während sie diese Worte sprach, kam sich Carla wie eine Heuchlerin vor. Genauso hatte Hans sich ihr gegenüber verhalten, als sie überzeugt davon gewesen war, im Love Hotel einen Geist gesehen zu haben. Wenn es Geister gab, warum sollte es ihr selbst dann nicht auch gelungen sein, als Astralprojektion nachts bei ihrer Mutter zu erscheinen, obwohl diese sich nachweislich am anderen Ende des Planeten befand?

»Wo ist der Junge? Gibt er auch gut auf dich acht?« Treffer! Da kam ihr Lieblingsthema also doch noch.

»Hans geht es gut«, log Carla. *Der liegt nur gerade in einem fremden Bett und lutscht irgendeinen Schwanz.*

»Ach so«, antwortete ihre Mutter tonlos, als glaubte sie Carla kein Wort. Wie konnte sie es ihr verübeln? »Und euer Fachmann in Tokio? Pierre, oder wie hieß er noch gleich? Führt er euch auch anständig durch die Gegend?«

Parker! Carla musste Parker finden. Vielleicht würde er ihr sagen können, was hier eigentlich gespielt wurde. Und in dieser vermaledeit riesigen Stadt, so wurde Carla schmerzlich bewusst, war Parker auch der Einzige, an den sie sich noch wenden konnte. Ansonsten war sie ganz auf sich allein gestellt.

»Wir kommen zurecht, hörst du?«

»Na dann … Schatz?«

»Was ist?«

»Komm unversehrt zurück.« Der Satz klang wie eine Aufforderung, fast wie ein Befehl und bloß wenig wie ein guter Wunsch.

Sie wechselten noch ein paar Floskeln, dann gelang es Carla, ihre Mutter abzuschütteln und das Telefonat zu beenden.

Ich mache mir Sorgen um dich, hatte sie gesagt.

Ja, stimmte Carla ihr im Geiste zu, als sie in ihrem Telefon nach Parkers Nummer suchte. *Ich mir mittlerweile auch.*

DER SCHREI

Carla wusste nicht, wieviel Zeit genau vergangen war, aber irgendwann hatte sie all ihren Mut zusammengenommen und sich in das Achtbettzimmer in der dritten Etage begeben, das ihr vielleicht zumindest noch eine Zeit lang als Unterschlupf dienen würde – sie brauchte schließlich dringend eine Dusche und frische Kleider, bis Parker sie am Hostel abholen würde. Gottseidank hatte sie ihn zügig erreichen können, gottseidank konnte er seine Arbeit offenbar einfach so kurzzeitig verlassen. Und gottseidank hielt Hans sich nicht im Zimmer auf – wobei sie dies dann doch verwundert hätte, schließlich schien er Gesellschaft gefunden zu haben.

Sie bräuchte Hilfe, hatte Carla Parker gesagt, und er hatte keine Fragen gestellt.

Das heiße Wasser fühlte sich paradiesisch an, als es auf sie herunterprasselte und das Entsetzen der vergangenen Nacht, zumindest für den Moment, abzuspülen schien wie feinen Sand. Der fremde Mann im Club, der nackte, Mentholzigaretten rauchende One-Night-Stand in dem Meer aus Plüschtieren, das Mädchen aus Finnland – die Erinnerungen verschwanden mit einem Gluckern im Abfluss. Zumindest gefiel Carla diese Idee.

Sie wusste, dass sich all die Bilder schon bald wieder in ihr Bewusstsein graben würden, und zwar mit Nachdruck.

Sie kramte das erstbeste Outfit aus ihrem großen Rucksack, den sie lieblos in ihrer Schlafkapsel verstaut hatte – die Bettwäsche war noch immer zerwühlt –, rastete ein paar weitere Minuten, gedankenverloren, und machte sich wieder auf ins Freie. Auf ihrem Weg begegnete sie keinem Menschen, und auch das Hostelpersonal schien sie zu ignorieren. Glücklicherweise war auch von Kenichi weit und breit keine Spur, der sie bestimmt nur wieder in Smalltalk verwickelt hätte.

»Yo.« Parker hob die Hand zum Gruß, als er wenig später, erneut in vorbildlicher Bürokleidung, vor dem Eingang auftauchte und anschließend direkt wieder zu quasseln anfing. »Alles okay mit dir? Du rauchst ja nicht mal. Hast du etwa einen Kater? Was hast du nun in der Nacht getrieben?«

Carla starrte an ihm vorbei ins Nichts. »Lass uns irgendwo hingehen, wo wir ungestört sprechen können.«

*

Eine Art Allee mit Essens- und Souvenirständen säumte den gigantischen Vorplatz des Sensō-ji-Tempels, erstreckte sich mehrere hundert Meter lang und war so breit wie eine Autobahn. Auch an diesem Tag wimmelte es nur so von Besuchern. Gelächter und das obligatorische Kamera-Klicken japanischer Smartphones erfüllten die Luft. Kurz meinte Carla, sogar einen Fetzen Deutsch ausgemacht zu haben. Es roch nach Sommer, nach warmen Dango und schwitzenden Touristen, denen die japanische Sonne nicht bekam. Alles war ein riesiger Wirrwarr an Eindrücken. *Nimmt sich diese Stadt denn nie eine Auszeit?*, dachte Carla mürrisch. Was wollten die Leute bloß alle hier?

Parker trabte hinter ihr her und beschwerte sich lautstark.

»Das ist also deine Vorstellung davon, ungestört sprechen zu können, ja? Ich habe zwar noch immer keine Ahnung, worum es hier eigentlich geht, aber bei diesem Getümmel kannst du auch gleich ein Megafon auspacken und durch die ganze Gegend brüllen, was —«

»Hier versteht kein Schwein unsere Sprache, Parker.«

Am liebsten hätte sie ihn angeschrien. Die Außenwände ihrer Unterkunft hatten bekanntlich Ohren, und wer weiß, was wieder Verrücktes passieren würde, zöge sie sich mit Parker einfach in eine der Häuserschluchten zurück, um ihm ihr Herz auszuschütten. Immer auf der Hut sein, man weiß ja nie. Das hatte er selbst gesagt.

Mit einem Mal blieb Carla ruckartig stehen, und Parker wäre beinahe gegen sie gestoßen. Der Strom der Leute verlangsamte sich notgedrungen und bildete eine Gasse um sie herum. Sie drehte sich zu Parker um, die Mundwinkel verzerrt, und fasste ihn am Ärmel. »Kann mir endlich mal jemand erklären, was hier eigentlich gespielt wird?«

Die Touristen schoben sich zu beiden Seiten unbeirrt an ihnen vorbei wie ein Fluss, der sich in zwei Richtungen aufteilte. Auf ihrer gierigen Jagd nach den nächsten Souvenirs, gestellten Familienfotos und Süßigkeiten ließen sie sich von nichts und niemandem aufhalten.

Parkers Gesichtsausdruck war wie der eines Dreijährigen, dessen Mutter ihn gerade grundlos angeschrien hatte. »Was meinst du? Was soll hier los sein? Wo ist eigentlich Hans?«

»Das frage ich *dich*.«

Er schüttelte ihre Hand ab und sah zu Boden – konnte sie wirklich einen kurzen Moment Bedauern in seinen Augen erkennen? –, blickte ihr dann aber direkt ins Gesicht. »Ich versuche schon den ganzen Morgen, ihn zu erreichen«, gab er schließlich kleinlaut zu. Er hatte offensichtlich seine

Aufsichtspflicht verletzt und nun Gewissensbisse. »Aber keine Chance. Er ist verschollen. Gestern Abend dachte ich noch, er taucht schon irgendwann wieder auf und würde jetzt bestimmt bei dir sein. Wie ein Hund eben, weißt du noch? Ich habe mich einfach nicht weiter darum geschert, und dann ... *you know* ...«

»Du warst bei ihr, oder?«

»Ihr Typ ist auf Geschäftsreise in Kyushu.« Er mühte sich ein Lächeln ab, es sah merkwürdig schief aus. »Sturmfrei!«, rief er dann und breitete die Arme aus. Eine ausführlichere Rechtfertigung bekam sie nicht.

»Wunderbar ...« Carla wollte dringend rauchen, was an diesem Ort vermutlich einem Terroranschlag gleichgekommen wäre, aber sie hatte noch immer keine Zigaretten an sich.

»Du bist nicht ins Hostel zurückgegangen gestern, oder?«

»Nein.«

Was dann geschah, verwunderte sie sehr. Parker ging einen Schritt auf sie zu und nahm sie, völlig überraschend, in den Arm, locker und beinahe zärtlich. Sein Kinn ruhte auf ihrer Schulter. »Du hast das Richtige getan«, sagte er, und sie fühlte seinen Kopf leicht wippen, als er zur Untermalung seiner Aussage nickte. »Wo auch immer du stattdessen gewesen bist, Hans hat es nicht verdient, dass du auf ihn wartest. Bloß meine bescheidene Meinung ... Seine Vorlieben kann er sich sonst wo hinstecken. Für Typen wie ihn ist hier das verdammte Schlaraffenland.« Ein Anflug von Erleichterung schwang in seiner Stimme mit – er musste nun nicht länger sein Geheimnis, seine böse Vorahnung oder wie immer Carla es auch verstehen und benennen sollte, vor ihr verbergen. Parkers Verhalten blieb unberechenbar, willkürlich.

Ihre Arme hingen schlaff an ihrem Körper herab. Sie wartete auf einen Impuls, Parkers Umarmung zu erwidern, doch keiner kam. Die Gewissheit pulsierte in ihrem Magen. *Vorlieben.*

110

Schlaraffenland. »Hätte ich das wissen sollen? Das hätte ich doch sehen müssen, oder nicht?« Sie spürte, wie ihre Augen feucht wurden.

Parker löste sich von ihr und fasste sie mit beiden Händen an den Schultern. *Wir sind genau gleich groß*, fiel ihr auf, und sie wusste nicht, warum ihr das gerade jetzt durch den Kopf ging. »Nun, ich habe es nicht«, antwortete er. »Und du brauchst dir keine Vorwürfe machen. Scheiß auf das Arschloch.«

»Hat er dir davon erzählt?«

»Er spricht nicht viel und behält die Dinge gern für sich. Das kennst du. Aber vielleicht weiß ich manches einfach, ohne dass es mir wirklich bewusst ist. Ich weiß, wie wenig er es abwarten konnte, endlich zu mir nach Japan zu kommen. Und irgendwann verstand ich.«

»Und du hättest mich nicht … ich weiß nicht … warnen können?«

»Wenn ich hätte ahnen können, dass er uns – dich! – tatsächlich einfach so hängen lässt … wahrscheinlich hätte ich das. Aber vermutlich habe ich mir auch einfach gewünscht, es würde nichts passieren. Auch dir zuliebe.«

»Aber hier bin ich jetzt. Und er ist weg.« Carla gab den Versuch auf, die Tränen zurück zu halten, sie liefen ihr nun einfach übers Gesicht. Es fühlte sich seltsam befreiend an.

Parker strich ihr mit dem Daumen die Feuchtigkeit von der Wange. Sie sah ihm an, dass er, sonst so schlagfertig und charmant, keine Worte fand. Der Lärm um sie herum war auf merkwürdige Art und Weise leiser geworden und drang nur noch vage an sie heran, als befänden sie sich unter einer Glocke aus Glas.

Dann wieder das bemühte Lächeln. »Rechts neben dem Sensō-ji gibt es eine nette Smoking-Area. Wäre doch jetzt genau das Richtige, oder?« Parker gab sich wirklich Mühe.

111

＊

Carla sog den Qualm mit einer Gier ein, die sie so noch nie an sich hatte feststellen können. Der Sensō-ji, ein Koloss von einem Tempel, bäumte sich zu seiner vollen Größe vor ihnen auf. Die Raucherecke befand sich zu dessen Rechten, und es war ein Leichtes gewesen, sich von einem Touristen eine Zigarette schenken zu lassen. Die qualmenden Menschen mussten vom Dach der fünfstöckigen Pagode wie schwelende Ameisen aussehen.

»Wie, mit einem *Mann*? Du hast –«

»Ja. Ich habe Hans mit einem Mann gesehen. Im *Wildlife*.«

»Halleluja.« Parker hielt die Zigarette, die er sich ebenfalls von dem Touristen geschnorrt hatte, wie ein Kind, das sich nicht sicher war, was es überhaupt tat. »Ich rechne ja mit Vielem, grundsätzlich, aber das macht die ganze Sache nur noch absurder.«

»Du wusstest also nicht, dass –«

»Ich sagte dir doch, ich hatte keine Ahnung, was in dem Spatzenhirn deines so genannten Freundes alles abgeht! Dass da irgendwo ein Faible für japanische Mädchen ist, tja, dazu braucht es keinen Doctor Watson, Hans hat *otaku* auf die Stirn tätowiert, aber …« Parker klatschte in die Hände, jauchzend vor Gelächter, und stützte sich auf seinen Beinen ab. Die Ernsthaftigkeit von vor ein paar Minuten schien wieder verflogen. »Aber *Jungs*? *No way!*«

»Wenn es dazu bloß einen Doctor Watson gebraucht hätte, könnte ich von Sherlock Holmes wohl nicht weiter entfernt sein.«

»Und die bloße Tatsache, dass du *durch Zufall* in einer so riesigen Stadt … *Damn*. Was wirst du jetzt tun?«

Carla dachte nach. So richtig hatte sie sich noch keinen Kopf darüber gemacht, wie ihre Pläne nun langfristig aussehen sollten. Weg aus dem Hostel, klar. Warum dann nicht auch …

»Abreisen«, sagte sie und starrte Parker fest in die Augen. Es klang wie eine Mischung aus Feststellung und Frage, und genau so hatte sich der Gedanke auch in ihrem Kopf geformt.

Parker legte die Stirn in Falten und begann dann, sich zu beschweren. »Machst du Witze? Aus der geilsten Stadt der Welt?« Diese Reaktion kam nicht unerwartet. »Nur weil dieser dreckige Mistkerl, an den du im Übrigen nicht mehr als ein paar mickrige Monate verschwendet hast, meint, er müsse hier zum Sextouristen werden? Lass dich nicht verarschen! Nimm dir ein anderes Zimmer, ach was, du kannst sogar bei mir unterkommen, wenn es unbedingt sein muss, aber mach doch das Beste draus! Du hast noch ein paar Tage, zurück nach Hause kommst du schnell genug. Geh raus, amüsier' dich, schnapp dir auch ein paar Locals, *whatever*. Aber gib nicht klein bei.«

Jetzt konnte Carla sogar wieder einen Hauch von Wut in Parkers Stimme erkennen. Er war richtig, richtig sauer auf seinen Kumpel, seit ihm klar geworden war, dass Hans sie tatsächlich hängengelassen hatte – und das signalisierte ihr auch, dass sie ihm schrecklich leidtat. Es stimmte sie für einen kleinen Moment zufrieden, auch wenn Parker im Stande schien, seine Gemütszustände sekündlich wechseln zu können.

Sie blickte gen Himmel, genoss die Sonne auf ihrem Gesicht und konzentrierte sich auf die Geräusche in ihrer Umgebung. Die Stimmen der Touristen, das Gelächter von Kindern, das Klicken der Foto-Apps. Dazu der Duft von Dango, der von den Ständen zu ihnen hinüberwehte. Gab es nicht genug Ablenkung, um trotz allem eine gute Zeit zu haben?

Gerade, als sie Parker fragen wollte, ob er nicht eine Idee

hatte, wo sie die restliche Zeit tatsächlich würde unterkommen können, wurde Carla plötzlich kalt. Es war nicht so, als hätte sich einfach eine Wolke vor die Sonne geschoben – nein, mit einem Mal schien die Temperatur um zwanzig Grad gesunken zu sein, unerwartet und völlig unnatürlich. Die Härchen auf ihren Armen stellten sich auf.

Sie öffnete ruckartig ihre Augen. Auch die Farben um sie herum hatten sich verändert. Mit einem Mal hatte die ganze Szenerie eine bläuliche Tönung angenommen, wie unter einem Fotofilter, und die Bewegungen der Menschen schienen wie in Zeitlupe abzulaufen, träge und alles andere als real. Sie merkte, wie der nach Tabakrauch riechende Atem ihren Lungen entwich. Was passierte hier?

Und dann verschlug es ihr auch den Rest der Luft.

Nicht mehr als ein paar Meter entfernt, inmitten der Menschenmassen, die sich so schwerfällig und wie verlangsamt bewegten, erspähte sie die Gestalt.

Die weiße Haut der Frau glühte fast innerhalb des bläulichen Schimmers, der alles überdeckte; ihre Konturen wirkten erneut wie mit Tusche gezeichnet, und ihr fahles Gesicht mit den toten Augen darin war Carla zugewandt. Ihr Blick, wenn man es denn so nennen konnte, ging Carla durch Mark und Bein.

Als Nächstes bemerkte sie, dass die Figur einen wallenden Kimono trug. Und darunter keine Füße zu sehen waren.

Carla versuchte sich zu rühren, wegzulaufen, doch ihr war, als hielte jemand sie fest. Wie angewurzelt musste sie stehen bleiben, während die Kreatur unweigerlich näherkam. Auf sie zu *schwebte*.

»Parker …« Das Wort verebbte in Carlas Kehle, es erklang kaum mehr als ein Glucksen.

Und dann war die Frau direkt vor ihr, nur wenige Zentimeter von ihrem Gesicht entfernt. Ihr pechschwarzes, strähniges

Haar waberte um ihren Kopf herum, als sei sie unter Wasser, und auch dessen Ränder verschwommen, zerflossen in die blau schimmernde Luft, die sie umgab, wie Wasserfarbe. Das tote Antlitz der Frau starrte Carla direkt in die weit aufgerissenen Augen und, wie es schien, direkt in ihre Seele.

Ich ersticke, dachte Carla. *Ich kriege keine Luft.*

Die Augenhöhlen der Gestalt beschrieben perfekte schwarze Kreise, wie von einem Kind gemalt, völlig ohne Leben.

Dann riss die Frau ihren genauso *falschen*, künstlichen Mund auf, und es ertönte ein nervenzerfetzender Schrei, von dem Carla augenblicklich wusste, dass es ihn nur in ihrem Kopf gab, dass der Schrei aus den Tiefen ihres Bewusstseins stammte und von innen nach außen drang, und dennoch realisierte sie, wie er ihr trotzdem die Gehörgänge zu zerfetzen schien, wie ihr Kopf zu zerspringen drohte, und sie wollte sich die Handflächen auf die Ohren pressen, *machen, dass es aufhört*, konnte sich aber noch immer nicht rühren, dem Angriff des Gespensts völlig ausgeliefert.

Ich sterbe, dachte Carla.

Und mit einem Mal drehte sich der Himmel.

Das nächste, das sie wahrnahm, war der sandige, von Kieselsteinen gesäumte Boden unter ihrem Kopf, das aufgebrachte Gesicht Parkers über ihrem und seine Hände an ihren Schultern.

»Carla! *Hey!*«

Sie japste nach Luft, und wie tosende Böen strömte der Atem in ihre Lungen zurück, brannte wie Feuer, aber brachte sie wieder in die Wirklichkeit. Parkers Gesicht über ihr klarte auf, ein Ausdruck von Erleichterung machte sich darauf breit. »Gott sei Dank!«

Carla neigte den Kopf ein wenig zur Seite. Um sie und Parker herum hatte sich eine Menschentraube gebildet –

Touristen, Kinder, Rikscha-Fahrer –, aber die meisten Leute blieben im Sicherheitsabstand einige Meter zurück. Sie blickte in zahlreiche erschrockene, mitunter regelrecht angsterfüllte Gesichter. Und die ein oder andere Smartphone-Kamera.

Parker kniete neben ihr im Sand, hatte die Hände nun an ihrem rechten Arm und blickte hilfesuchend in den Kreis, während er etwas auf Japanisch rief. Vermutlich fragte er nach einem Arzt? Noch konnte Carla nicht alles in ihrer Umgebung vollständig wahrnehmen, aber er musste nach einem Arzt fragen. Schließlich schien sie einfach so umgekippt zu sein.

Wo war das Gespenst?

Ich bin nicht verrückt, so glaubt mir doch.

Parkers Rufe wurden energischer, offenbar blieben hilfreiche Reaktionen aus der Menge aus, es regierte die sensationslüsterne Gier nach Besonderem, Ungewöhnlichem, und er klang von Mal zu Mal aufgebrachter. *Steht doch nicht einfach nur so rum, wir brauchen Hilfe!* Das musste es doch sein, was er die ganze Zeit sagte, oder?

»Oh, mein Gott! Hey, lasst mich durch!« Diese Stimme klang vertraut. Und sie sprach auch kein Japanisch.

Und dann ging Ellen neben Carla, die noch immer auf dem Rücken lag, in die Knie und griff nach ihrer Hand. »Hey! Bist du bei uns? Geht es dir wieder gut?« Auch in ihrer Stimme lag nichts weniger als Entsetzen.

»Sie ist einfach so umgefallen«, erklärte Parker, der mittlerweile sein Telefon in der Hand hielt, »aber offenbar ansprechbar. Lassen wir sie abholen und in ein Krankenhaus bringen? Das ist doch kein verdammter Sonnenstich!«

»Nein«, erwiderte Ellen entschieden. »Das ist der letzte Ort, an den sie will.«

Ist das so?, dachte Carla. Aus irgendeinem Grund jedoch vertraute sie der Blonden in derselben Sekunde – wenn Ellen das sagte, würde es schon seine Richtigkeit haben.

»Sondern?« Parkers Blick bohrte sich in den der für ihn völlig Fremden. »Hör zu, ich hab' keine Ahnung, wer du bist, aber–«

»Vertrau mir.« Ellen legte einen Arm unter Carlas Rücken und stützte sie, während Carla sich langsam aufzurichten versuchte. Ihr Magen schmerzte, und ihr Kopf fühlte sich seltsam leicht und völlig leer an. Sie wollte etwas sagen, aber kein Ton kam über ihre Lippen.

»Kommt mit mir, alle beide«, fuhr Ellen fort. »Auf dem Weg können wir reden.«

Mittlerweile waren ein oder zwei Personen aus der Menge hervorgetreten und boten, allem Anschein nach, ihre Hilfe an, darunter auch ein uniformierter Sicherheitsmann, aber Ellen winkte ab.

»Ich weiß genau, was du brauchst, Süße«, flüsterte sie in Carlas Ohr. Und unter den wachsamen Blicken Parkers, der Ellen bei jeder kleinsten Bewegung skeptisch beobachtete, half sie Carla auf die Beine.

九　DU BIST NICHT SCHULD

Einen Fuß vor den anderen, nicht taumeln – das war alles, woran Carla denken konnte, als sie, gestützt von den beiden anderen, langsam Seitengassen entlanglief, Straßenkreuzungen überquerte, an Ampeln wartete. Ihr Körper schien ihr nur langsam wieder zu gehorchen, aber von Minute zu Minute ging es ein bisschen besser. *Wo sie mich hinbringen, bin ich in Sicherheit,* versuchte sie sich selbst zu überzeugen und in ihrer Hilflosigkeit Ellen und Parker das notwendige Vertrauen entgegenzubringen. Welche Wahl hatte sie auch, außer ihre rasenden Gedanken zu beruhigen? *Die beiden kennen diese Stadt. Dieses Land. Sie können mir helfen.*

Zwar wirkte die Erscheinung in ihrer Erinnerung nunmehr wie ein böser Tagtraum, trotzdem befürchtete Carla, an jeder Ecke wieder in das tote Gesicht der Papierfrau blicken zu müssen. Der Schock und die schiere Panik versickerten. Aber die Angst blieb.

Die Sonne brannte erbarmungslos auf die Köpfe des so umständlich voranschleichenden Trios herab. Vor einem Konbini setzten sie Carla auf der Bank vor dem Schaufenster ab, hier gab es zumindest Schatten, und eine Minute später kam Parker mit einer Plastikflasche eiskalten Wassers heraus, die Carla, sobald das Gefühl in ihre Arme und Lippen zurückgekehrt war, in nur wenigen Zügen leerte.

»Wir sind gleich da«, sagte Ellen mit einem kleinen Lächeln und strich Carla eine Strähne schweißnassen Haars aus der Stirn. Wie lange sie gelaufen waren, vermochte Carla nicht zu sagen, aber kurz erschien es ihr seltsam, dass sie nicht die U-Bahn genommen hatten, sondern dass Ellens Unterkunft offenkundig fußläufig von Asakusa aus zu erreichen war. Sobald sie sich wieder in Bewegung setzten, hatte sie diesen Gedanken aber schon vergessen.

Sie passierten einen *Rent-a-car*-Parkplatz, bogen um eine Ecke, und schließlich kam ein steril wirkender, penibel weißer Betonklotz zum Vorschein, der sich weit in die Höhe erstreckte. Eine Art Balkon, schwarz gestrichen, verlief ununterbrochen an jeder Etage entlang, und Tür an Tür reihten sich winzige Mietwohnungen aneinander. Die Eingänge waren frei von jeglicher Dekoration, und neben jedem befand sich ein kleines Schild mit den Namen der jeweiligen Bewohner eingraviert. »Neunter Stock«, erklärte Ellen, und als Parker zu protestieren begann, fügte sie hinzu: »Keine Angst. Es gibt einen Aufzug.«

Es war kühl in der Wohnung, als sie eintraten. Offenbar hatte Ellen den Airconditioner – *eakon* für Japaner, alle besaßen einen – auf höchster Stufe laufen lassen, während sie außer Haus gewesen war, ein angenehmer Kontrast zu der sengenden Hitze, die draußen herrschte.

Carla konnte schon fast wieder allein laufen, ließ sich aber sofort erschöpft auf die dunkle Couch sinken. Das Innere des Apartments wirkte genauso steril wie die Außenfront, Ellen schien nicht besonders viel Einrichtung zu besitzen. Ein kleiner Glastisch befand sich vor der Couch, Zeitschriften stapelten sich darauf, eine Kreditkarte lag daneben. An einer

Wand präsentierte sich eine kleine Küchenzeile mit Herd und Kühlschrank, und an einer anderen hingen ein Kalender und eine Pinnwand, an die mit Reiszwecken Rechnungen, Gutscheine und ein paar offenbar preisgünstig ausgedruckte Fotos geheftet waren. Ellen in einem Club. Ellen mit japanischer Begleitung und aufgedunsenem, mit grellen Effekten bemalten Gesicht und Hasenohren. Das Porträtfoto einer alten Frau.

Von dem kargen Wohnzimmer aus erblickte Carla einen durch eine aufgezogene Schiebetür abgetrennten Durchgang in ein ebenso ausdrucksloses Schlafzimmer und dunkle, zerwühlte Bettwäsche. Vermutlich führte von dort ein weiterer Eingang in ein winziges Badezimmer, sonst ließ sich nämlich nirgends eines entdecken.

»Du ... lebst minimalistisch«, stellte Parker fest und äußerte damit haargenau Carlas Gedanken, welcher nach Sprechen noch kaum zumute war.

Ellen lachte nur. Sie hatte sich bereits an die Küchenzeile begeben und Wasser im Kocher aufgesetzt, wahrscheinlich wollte sie Tee aufbrühen. »Ich bleibe nie lange an einem Ort«, erklärte sie, »wisst ihr? Ich bin eine Nomadin, heute hier, morgen dort. Viel Zeug wäre mir bloß im Weg.«

Auf dem Hinweg hatten Ellen und Parker sich unterhalten, auch wenn Carla in ihrem nur halb wachen Zustand kaum das ganze Gespräch mitbekommen hatte. Parker hatte sich verwundert gezeigt, dass Ellen und Carla sich offenbar schon begegnet waren, aber wieder keine übermäßigen Fragen gestellt. »Was tust du in Tokio?«, wollte er jetzt schließlich wissen, nachdem er ebenfalls auf der Couch Platz genommen hatte.

»Dies und das. Hauptberuflich bin ich Journalistin. Aktuell versuche ich mich auch als Travel-Bloggerin, aber das nur nebenbei. Ich bin maßgeblich Asienkorrespondentin für eine finnische Wirtschaftszeitung, deswegen gerade eine Weile in Japan. Aber wer weiß schon, wo es mich als Nächstes hin verschlägt?« So gesprächig war sie im Club nicht gewesen, ging es Carla durch den Kopf.

Ellen ließ sich neben Carla auf der Couch nieder, nun saßen alle nebeneinander, und stellte drei Tassen mit dampfendem Matcha-Tee auf dem Glastisch ab. Carla versuchte sich aufzurichten, schwankte dabei jedoch deutlich, also drückte Ellen sie behutsam in die Kissen zurück und reichte ihr dann eine Tasse. Der süße, wohlige Geruch des heißen Getränks hatte etwas Tröstendes an sich, befand Carla, etwas Warmes und Vertrautes.

»Wir verfrachten dich am besten gleich in mein Bett, wenn du deinen Tee ausgetrunken hast. Du brauchst Ruhe«, schlug Ellen vor.

»Willst du uns nicht endlich berichten, was überhaupt passiert ist?«, forderte Parker Carla auf.

Carla seufzte und nippte zaghaft an ihrer Tasse, die sie mit beiden Händen umklammert hielt, als sei sie kurz vorm Erfrieren. Sie hatte schon längst beschlossen, Nägel mit Köpfen zu machen, und jetzt schien der Moment gekommen: »Ich glaube, ich habe einen Geist gesehen.«

»Einen … Geist?« Carla konnte nicht zuordnen, ob Erstaunen, Belustigung oder bloß Skepsis in Parkers Blick und Tonfall lagen.

Ellen reagierte auf die Offenbarung zunächst nicht.

»Ich weiß, wie bescheuert das klingt«, begann Carla schleunigst sich zu rechtfertigen. »Aber ich … sehe Dinge, seit ich in dieser Stadt bin. Grausige, völlig irreale Dinge. Und damit meine ich nicht meinen so genannten Freund, der sich hinter meinem Rücken an irgendwelche Männer heranschmeißt, sondern … Gestalten. Eine sogar immer wieder, eine Frau – glaube ich –, die nicht aus Fleisch und Blut, sondern aus Papier zu bestehen scheint. Vor dem Tempel hat sie mich angegriffen. Ihre Augen sind tot, sie schwebt über dem Boden, und sie kann sich auf äußerst abnorme Art und Weise verrenken. Ich glaube, sie verfolgt mich! Sie hat geschrien …«

»Hast du zu viel *The Grudge* geschaut, Sarah Michelle?« Carla funkelte Parker böse an.»Ich mache keine Witze, Parker! Das war echt.« *Jetzt sagt schon endlich, dass ich verrückt bin, egal, wer von euch beiden. Und dann lasst mich einfach schlafen!*

Ellen setzte ihre Teetasse deutlich hörbar auf dem Tisch ab, es war, als hätte sie mit dem Löffel an ein Weinglas geschlagen, um das Wort zu erhalten, und es zeigte Wirkung: Sie hatte Carlas und Parkers Aufmerksamkeit. Die Finnin fixierte ihren Besuch fest mit den Augen, ihre Miene überraschend ernst.»Das klingt in der Tat besorgniserregend. Aber weißt du was, Carla? Ich glaube dir.«

Carla erwiderte Ellens durchdringenden Blick und presste die Lippen aufeinander. Sie fühlte sich, als müsste sie gleich wieder anfangen zu weinen.

Ellen schlürfte geduldig ihren Tee, nichts schien sie aus der Ruhe bringen zu können. Dann sagte sie:»Du bist nicht die Einzige, die in dieser Stadt Dinge sieht, die sich nicht ohne Weiteres erklären lassen, weißt du? Glaube mir ruhig. Mir persönlich ist zwar noch nie ein Gespenst oder gar Dämon begegnet, aber mir sind die unterschiedlichsten Schauergeschichten zu Ohren gekommen. Und diese Leute sprachen nicht darüber, was sie im Kino gesehen haben.«

Parker stieß ein nervöses Lachen aus, offenbar war er so gar nicht einverstanden mit dem, was er hörte. Er wandte sich wieder der Carla zu.»Ich glaub's ja wohl nicht«, legte er in trotzigem Tonfall los.»Mir egal, was die Freunde von *der da* so von sich geben, Carla. Du bist — mehr oder weniger — allein in der Fremde. Dein ach so toller Beschützer treibt sich nachts mit fremden Männern herum. Du stehst unter Stress, bist über-nächtigt, verträgst höchstwahrscheinlich noch dazu die Hitze nicht … und, und, und. Da ist es nun wirklich kein Wunder, dass dir dein Kopf langsam Streiche zu spielen beginnt.«

Warum glaubte er ihr nicht? Carla merkte, wie leise Wut in ihr keimte, jedoch nicht so stark wie wegen Hans. Gleichzeitig musste sie daran denken, wie die Frau, die ihr nun überra-schenderweise völlig ungeniert zur Seite stand, nur wenige Stunden zuvor noch die Hände andächtig über ihren Körper hatte gleiten lassen, ihren Mund geküsst und ihre Beine gestrei-chelt hatte, was selbst jetzt noch ein leichtes Kribbeln in ihr auslöste, wenn sie daran dachte. Die Mischung an Emotionen, die in ihr tobten, war fremd, beunruhigend und überwältigend zugleich.

»Du sagst mir also, ich solle aufhören, so verflucht *hysterisch* zu sein?«

»Nein, das ist nicht, was —«

»Dein Typ fickt andere Männer?«, unterbrach Ellen sie mit einem Lacher. »Ich wusste ja von Anfang an, dass bei dir ir-gendeine kranke Scheiße abgeht. Schon als ich dich bleich wie den Tod auf der Toilette gefunden habe. Aber das … ist *köst-lich*.«

Carla wusste nicht mehr, auf wen von beiden sie ihre Wut richten sollte. »Wer hat was von Ficken gesagt? Ich habe ihn bloß mit —«

»Ich wusste, ich tue dir einen Gefallen, wenn ich dich mit-nehme. Wir hätten uns den Loverboy auch liebend gerne teilen können.« Ellen triumphierte.

»Ich weiß gar nicht mehr, was hier gespielt wird«, murmelte Parker und ließ sich mit einem Seufzer in die Kissen fallen. »Haben wir nicht gerade noch über unheimliche Begegnungen der dritten Art gesprochen?«

»Tun wir noch«, probierte Carla es mit Sarkasmus.

Ellen ließ sich nicht beirren. »Du kannst eine Weile hierbleiben«, griff sie ihr Angebot wieder auf. »Du musst ordentlich ausschlafen, und das machst du am besten dort, wo keine Creeps unterwegs sind. Dass ich eine gastfreundliche Ader habe, hast du ja bestimmt schon bemerkt. Außerdem müssen wir Frauen zusammenhalten.«

»Warum tust du das für mich?«

»Sagte ich das nicht gerade?«

Parker schaltete sich ein: »Auch wenn ich dir aus irgendeinem Grund nicht wirklich vertraue, Finnland – die Idee ist gut. Weder sollte Carla allein draußen herumirren noch dort übernachten, wo sie jederzeit Hans begegnen könnte.«

»Du weißt, dass ich direkt neben dir sitze, oder?«, empörte Carla sich.

»Hans«, wiederholte Ellen den Namen in flüsterndem Tonfall. »So, so. Deutsch *as fuck*.«

Niemand sagte mehr etwas, sondern alle schlürften stumm ihren Tee. Wenig später bat Carla darum, am Fenster eine von Ellens Zigaretten rauchen zu dürfen, doch diese befahl ihr, es eine Weile bleiben zu lassen, bis sie sich wieder ganz erholt haben würde. Schlussendlich war es Parkers Idee, an Carlas statt ins Hostel zurückzugehen, um für sie auszuchecken und ihre Sachen abzuholen. Zwar wollte Carla niemandem zur Last fallen, aber sie nahm seine Hilfe trotzdem dankend an, zumal sie sich weiterhin fühlte, als brüte sie eine schwere Grippe aus. Sie konnte sich nicht wirklich erklären, warum alle so nett zu ihr waren – Menschen, die sie lediglich ein paar Tage oder sogar erst seit einer Nacht kannte. Ihr war, als hätte sich ihr ganzes Leben binnen kürzester Zeit auf den Kopf gestellt.

»Halt die Stellung«, sagte Parker, als er kurz vor seinem Aufbruch im Türrahmen stand, nachdem Carla von beiden in

Ellens Bett verfrachtet worden war und sich die Decke bis zum Kinn gezogen hatte.

»Ich gehe nirgendwo hin«, versprach sie. »Versprich mir, dass du …«

»Ja?«

»Dass du nicht auch noch verschwindest.«

Er grinste breit. »Im Bermuda-Dreieck vielleicht. Oder in den Alpen. Aber in Tokio? Nie im Leben.«

Mit einem Lächeln auf den Lippen winkte sie ihm zu und fiel schon kurz darauf in tiefen Schlaf.

*

Da ist ein Gesicht direkt vor ihr.

Erst erkennt sie es unscharf, schemenhaft, doch es scheint näherzukommen, immer und immer näher, und schließlich erkennt sie es: Es ist Hans. Aber irgendetwas fehlt.

Wo sonst eine Aura der Vertrautheit zu spüren gewesen ist, empfindet sie nun nichts. Sie kennt jede Pore seiner Haut, jedes Barthaar, jedes noch so kleine Detail seines Gesichts, all das kennt sie so gut, und doch ist dieses Gesicht jetzt fremdartig, scheint nicht ihm, sondern zu einer gänzlich anderen Person zu gehören, einer Person, die bloß sein Äußeres angenommen hat, die ihr nur etwas vorspielt.

Wie geht es dir? Hattest du einen schönen Tag?

Sie will etwas antworten, will dem Fake-Hans sagen, er soll weggehen, doch kein Ton entspringt ihrer Kehle.

Hey, was ist los mit dir? Kannst du nicht reden? Du darfst mir alles sagen, was du willst. Das weißt du doch. Ich bin doch dein Freund. Du kannst mir vertrauen.

Sie glaubt ihm nicht. Sie will ihm nicht glauben. Seine Stimme klingt wie Kindheit, wie Zuhause, wie oft hat sie sich in diese

Stimme fallen lassen, und zur selben Zeit doch anders, ungewohnt, aus einer brandneuen Welt. Noch immer aber kann sie
keine Gefahr erkennen, so sehr sie auch will.

Du kannst mir vertrauen.

Ich träume, weiß sie, wie sonst soll sie sich diese Gefühle erklären, ihre Ratlosigkeit, den Eindruck, als schwämme sie in
einem endlosen Ozean aus diffusen Erinnerungen, in dem sie
die guten nicht von den bösen unterscheiden kann.

In einem Horrorfilm, denkt sie, würde sich Hans' Gesicht
nun verändern, schlagartig, und wo eben noch er war oder was
sie für sein verzerrtes Abbild hielt, käme die Geisterfrau zum
Vorschein, würde sie anschreien und nach ihr greifen, und
Carla würde schweißgebadet und mit pochendem Herzen in
ihrem Bett aufwachen. Aber das alles ist kein Horrorfilm, das
weiß sie sogar in ihrer Traumlogik, alles ist viel zu echt, all die
Fremden, das Stadtmonster, das sie verschlungen hat und in
seinen stählernen Krallen gefangen hält, dazu das Ding, das sie
verfolgt, und diese verdammte, nie enden wollende Sonne. Alles ist real.

Du kannst mir vertrauen, sagt Hans.

Komm unversehrt zurück, sagt Mutter.

Schönes Wetter heute, nicht?, sagt der kleine grüne Frosch und
hüpft davon.

*

Als Carla aus dem Schwarz auftauchte, wusste sie zunächst
nicht, wo sie sich befand. Blinzelnd wartete sie darauf, dass ihre
Augen sich an die Dunkelheit gewöhnen würden. Ein Wagen
fuhr draußen auf der Straße vorbei, neun Stockwerke unter ihr,
und doch konnte sie das Motorengeräusch deutlich hören.
Anstelle von Scheinwerfern brandete aber nur Mondlicht

durch den Spalt zwischen den Vorhängen. Carla lauschte, bis das Brummen verklungen war. Stille senkte sich über das Zimmer, schwerer noch als jene zuvor. Sonst verstummten die Geräusche in dieser Stadt eigentlich nie. In welcher Gegend wohnte dieses Mädchen?

Einen Moment lang erwartete Carla beinahe, Ellen neben sich im Bett vorzufinden, womöglich splitternackt. Sie würde sie mit ihren großen Augen ansehen, lächeln und sie berühren, und Carla war sich nicht sicher, ob sie es zulassen würde. Aber das Kissen neben ihr war leer, und so war sie erleichtert, nicht weiter über derlei Ideen nachdenken zu müssen.

Zaghaft zog Carla ihre nackten Beine unter der Decke hervor und setzte sie behutsam auf dem Boden ab. Wann hatte man ihr ein Nachthemd angezogen? Zumindest schien sie halbwegs das Gleichgewicht halten und laufen zu können. Es war kühl in der Wohnung, der Airconditioner lief auch nachts auf Hochtouren.

Carla schob sachte die Schiebetür zur Küche beiseite, und da war sie: Ellen schlief auf einem der winzigen Küchenstühle, die Beine hatte sie auf den Glastisch gelegt, und auf ihrem sich langsam hebenden und senkenden Bauch hielt sie eine Zeitschrift umklammert, deren Titel Carla nicht entziffern konnte. Der Anblick hatte etwas erschreckend Friedliches an sich.

Carlas Blick wanderte zur Couch. Aus irgendeinem Grund hatte sie kurz damit gerechnet, dort Parker zu entdecken, schnarchend und mit offenem Mund, aber als sie niemanden erspähte, berichtigte sie sich selbst: Warum hätte er hierbleiben sollen? Zwar wurde Carla von Geistergestalten verfolgt, und ihr eigentlicher Reisebegleiter – *Beschützer*, hatte Parker gesagt – hatte sie abserviert. Aber ansonsten war sie in Sicherheit und ganz grundsätzlich doch eine Erwachsene, die auf sich selbst achtgeben konnte, noch dazu jetzt zusätzlich in der Obhut

Ellens. Parker hatte jedes Recht dazu, seine Nacht lieber in Gesellschaft seiner Liebhaberin zu verbringen.

Carla ließ sich auf die Couch sinken, musterte für einen Moment die schlafende Ellen und fragte sich dann, wo ihre Zigaretten abgeblieben waren. Generell, so fiel ihr auf, hatte sie keine Ahnung, wo ihre Kleider auf sie warteten. Hatte Parker nicht vorhin zum Hostel gehen wollen, um ihre Sachen abzuholen? In der Wohnung konnte sie diese noch nirgends entdecken. Wie lange hatte sie geschlafen? Hätte er zwischenzeitlich nicht längst zurücksein und ihren Kram abliefern müssen, selbst wenn er anschließend nicht hatte dableiben wollen?

In Ermangelung anderer Dinge, die sie tun konnte, stand Carla auf, begab sich an die Küchenzeile und ließ sich ein Glas Wasser ein. Es schmeckte heftig nach Chlor – sie konnte sich nicht einmal daran erinnern, ob Leitungswasser in Japan überhaupt ohne Weiteres trinkbar war. War sie allein wirklich so hilflos? Sie ließ sich auf dem zweiten Küchenstuhl nieder und betrachtete weiter die schlafende Ellen. Ob sie sie aufwecken sollte? Aber um ihr was zu sagen? Über mangelnde Gastfreundschaft konnte Carla sich schließlich nicht beklagen, und sie wollte auch keinen falschen Eindruck erwecken. Ohne ihre Kleider konnte sie die Wohnung mitten in der Nacht ohnehin nicht verlassen. Wo hätte sie auch hingehen sollen?

Die Dunkelheit und die nächtliche Stille in dem Apartment waren bedrückend; nach all dem Trubel des letzten Tages kam Carla die Situation beinahe unwirklich und auch irgendwie nicht richtig vor. Aber ins Bett zurückgehen wollte sie nicht – sie hätte wahrscheinlich sowieso nicht mehr einschlafen können. Also kehrte sie zur Couch zurück, fand gleich die Fernbedienung auf dem Glastisch und schaltete das kleine Fernsehgerät ein, das mitten in einem mit allen möglichen Gegenständen vollgestopften Regal aus der Wand ragte, als sei es mit Gewalt dort hineingequetscht worden. Irgendeine Spielshow oder von ihr aus auch grellbunte Werbeclips würden sie schon eine Weile bei Laune und ihre Gedanken in Schach halten können, natürlich auf niedrigem Ton, bis schließlich – hoffentlich – bald der Morgen graute.

Die eingeblendete Uhr auf einem Nachrichtensender zeigte 2:54 Uhr. Instinktiv griff Carla an die Stelle, an der sich normalerweise ihre linke Hosentasche befand, um diese Zeitangabe mit der auf dem Display ihres Handys zu vergleichen – aber auch von jenem fehlte jede Spur. Kurz hatte sie den Impuls, wieder aufzustehen und die Wohnung wenigstens nach ihrem Telefon zu durchsuchen, aber sobald sie sich in Bewegung setzen wollte, kehrte das Pochen in ihre Schläfen zurück. Was war ihr nur widerfahren? Handelte es sich schlussendlich doch um einen Schwächeanfall, eine brodelnde Mischung aus Stress, Sonne, Heimweh und Herzschmerz? Hatte Parker recht und es gab für alles eine rationale Erklärung? Oder war sie tatsächlich von einem Geist attackiert worden und der hatte irgendetwas mit ihr gemacht?

Die Nachrichtensendung zeigte ein überschwemmtes Gebiet sowie in voller Montur ausrückende Hilfskräfte. Zwar verstand Carla kein Wort des in einem einschläfernden, monotonen Tonfall vorgetragenen Berichts, aber offenbar war irgendwo auf dem Land unter starken Regenfällen ein Damm gebrochen, und ein kleineres Dorf hatte es ziemlich schwer erwischt. Zuhause war so etwas unvorstellbar.

Zuhause. Wie gerne hätte sie jetzt mit ihrer Mutter telefoniert, bloß um eine vertraute Stimme zu hören. Dunkel konnte sie sich daran erinnern, erst kurz vor dem Aufwachen von ihr geträumt zu haben.

Komm unversehrt zurück, hatte sie gesagt.

War Carla unversehrt? Sie kauerte sich im Flimmerlicht des

Fernsehers auf der Couch zusammen, schlang die Arme um ihre Knie und unterdrückte ein Schluchzen. Nein, ehrlich gesagt war sie ziemlich in Mitleidenschaft gezogen worden, und was auch immer diese verdammte Reise hätte werden sollen, nichts davon schien funktioniert zu haben. Stattdessen war Carla belogen worden, von der ersten und einzigen Person in ihrem Leben, die ihr je gesagt hatte, dass sie sie liebte. Ja, sie hatte Hans verlassen wollen, spätestens nach der Geschichte im Love Hotel war sie sich dessen sicher gewesen. Aber nun war er ihr zuvorgekommen, bloß, weil sie sich nicht getraut hatte, und das machte sie höchstoffiziell zur Verliererin, zur Schwächeren. Sie war gescheitert. Mittlerweile war es ihr gleich, welche Art von Interesse Hans an japanischen Männern haben könnte und welche Schlüsse sich daraus ziehen ließen. Nichtsdestotrotz hatte er hinter ihrem Rücken ihr Vertrauen missbraucht, während sie noch daran gearbeitet hatte, eine ehrliche, aufrichtige Aussprache hinzukriegen. Das hatte er doch, oder? Dann wiederum, wenn sie genauer darüber nachdachte: Hatten sie jemals darüber gesprochen, ob sie bloß miteinander schlafen durften und mit niemandem sonst? Carla konnte sich nicht erinnern. Vielleicht hatte sie dies auch bloß angenommen, als den Normalfall, als das, was man als Paar halt so tut. Und war es nicht ihre eigene Idee gewesen, den Tag ohne ihn verbringen zu wollen?

»Es ist meine Schuld«, flüsterte Carla zu sich selbst und zog die Knie näher zu ihrem Kinn. Die Wut auf sich selbst, die noch viel schlimmer war als die auf ihn, konnte sie nicht länger unterdrücken. Hätte sie doch bloß offen mit ihm gesprochen, rechtzeitig, über alles, das sie bedrückte! *Du kannst mir alles erzählen*, hatte Hans' Abbild in ihrem Traum gesagt. *Du kannst mir vertrauen.* Aber weder das eine noch das andere hatte sie getan, und womöglich hatte Hans gar keinen Fehler begangen, denn vielleicht hatten sie überhaupt kein Abkommen geschlossen, welche Regeln für ihre Beziehung denn galten, und so war er ohne ein schlechtes Gewissen losgezogen, um eine Erfahrung zu machen, die sie ihm nicht würde geben können, womöglich sogar ganz ohne Vorsatz, und beim ausgelassenen Feiern im Club hatte eines zum anderen geführt. War es beim bloßen Tanzen und dem Kuss geblieben, just in dem unheilvollen Moment, als sie die Männer erspäht hatte? Und alles, was danach passiert sein könnte, war bloß ein Produkt ihrer unbändigen Fantasie?

Ohne, dass Carla etwas dagegen tun konnte, schob sich das Bild der nackten Ellen und des tätowierten Fremden in ihr Bewusstsein, wie sich die beiden umringt von kitschigen Kuscheltieren liebten, und fast meinte sie, den Geruch des Hotelzimmers und den des Mannes in der Nase zu spüren.

Ihre Wut auf sich selbst wurde größer und größer – vor allem, weil sie Hans doch mit seinen eigenen Waffen hätte schlagen können; an mangelnder Nachfrage wäre es schließlich nicht gescheitert. Hätte das alles noch schlimmer gemacht? Das wusste Carla nicht. Aber nun streckte sie wie in Trance die Beine auf der Couch aus, ihre Finger glitten an ihrem Körper herab, und sie rief sich die Gestalt des tätowierten Mannes vor Augen, fantasierte, wie nicht Ellen, sondern sie unter ihm lag, wie er ihr tief in die Augen sah und sich, so grob und fordernd, wie sie ihn kennengelernt hatte, in Bewegung setzte. Er hatte schließlich beide Frauen gewollt, aber mehr als einen flüchtigen Kuss hatte sie ihm nicht zugestanden. Aus Scham. Oder aus Angst? Angst, was Hans dazu sagen könnte? Der Gedanke erschien Carla nun absurd und amüsant, beinahe hätte sie gelacht.

Das Kratzen seiner Bartstoppeln auf ihrer Haut. Seine feingliedrigen Hände auf ihrer Brust. Das pechschwarze Haar mit dem rötlichen Schimmer, das ihm über die Stirn fiel.

Carla begann zu stöhnen und rang schon kurz danach nach Luft, ihr Körper verkrampfte, und sobald sie zum Höhepunkt kam, war da nicht mehr Hans über ihr, auch nicht ihre Fantasievorstellung des Japaners, sondern Ellen, live und in Farbe, die ihre eigene Hand zur Hilfe nahm, ihren Körper auf Carlas drückte und ihr sanft in den Nacken biss, bis Carla schrie. In ihren Ohren klang ihr eigener Schrei beinahe wie jener der Geisterfrau, den sie in ihrem Kopf hatte hören können, kurz bevor sie das Bewusstsein verloren hatte. Warum musste sie in einem solchen Moment ausgerechnet daran denken?

Zitternd und schwer atmend ließ Carla den Kopf auf die Lehne sinken.

Ellen schmiegte sich an sie. »Nein, du bist nicht schuld«, sagte sie tröstend. »Du hast alles richtig gemacht.«

Carla wollte lächeln, aber selbst dazu war sie zu erschöpft. Sie sah zur Zimmerdecke, auf die das flackernde Fernsehlicht tanzende Schatten warf, und kurz darauf verschwamm ihr Blickfeld wieder in undurchdringlichem Schwarz.

DIE TOTEN

Am nächsten Morgen hatte der Regen, nachdem er auf dem Land für ein riesiges Chaos gesorgt hatte, auch Tokio erreicht. Unaufhörlich fielen die Wassermassen schnurgerade nach unten wie transparente Fäden, die eine solche Kraft zu besitzen schienen, dass sie Löcher in den Boden schlagen könnten. Die Menschen, die trotz dem heftigen Regen unterwegs sein mussten, und das schienen recht viele zu sein, wappneten sich mit einfarbig weißen oder durchsichtigen Regenschirmen gegen das Prasseln und gingen unterhalb des Wasservorhangs ihrem Leben nach, als wäre nichts dabei. Carla beobachtete die Formationen von ihrem Fenster aus dem neunten Stock aus. Die Straße war unter dem Dach aus Schirmen kaum mehr zu erkennen, wie ein Schild bedeckten diese alles unter sich. Nur die strömenden Wassermassen, die von den Bürgersteigen in die Kanalisation flossen, ließen sich auf dem Untergrund daneben ausmachen.

Eines der berühmteren Japanbilder ist der Zebrastreifen in Shibuya, fotografiert aus der Vogelperspektive, dachte Carla, wie er von genau einer solchen Regenschirmarmee überquert wird. Die Klischees kannte sie gut, sie wurden von Mal zu Mal lebendiger.

Ellen, ihre fürsorgliche Gastgeberin, gab ihr wortlos Feuer von dem Stuhl daneben, und Carla zog tief an ihrer Zigarette.

Carlas nach dem Zusammenbruch schweißgetränkte Kleider hatte die Finnin noch in der Nacht, sobald sie eingeschlafen war, in einem Waschsalon um die Ecke gebracht, und auch ihr Mobiltelefon hing nun im Ladekabel neben der Couch. Es war Vormittag. In etwa einer Stunde würde Parker eintreffen und den Rest von Carlas Gepäck vorbeibringen. Ein wenig ergriffen musste Carla zugeben, dass sie die Aufmerksamkeit der beiden zu genießen schien, und sie zwang sich, ihre Schuldgefühle nicht stärker werden zu lassen.

»Gewöhn' dich an den Regen«, unterbrach Ellen Carlas Konzentration. »Der gehört einfach dazu, gerade im Sommer. Ich mag es total, nicht rund um die Uhr auszutrocknen und von der japanischen Sonne versengt zu werden. Zuhause sind wir nämlich … etwas frischere Temperaturen gewöhnt.« Sie kicherte und fuhr Carla durch die braunen Locken. Das Angebot, selbst zu rauchen, hatte Ellen freundlich, aber bestimmt abgelehnt – später würde sie ein Meeting haben und wollte nicht nach Zigarettenrauch riechen. Offenbar hatte sie vor, ihrem Gesprächspartner ziemlich nahe zu kommen.

Beinahe krampfhaft suchte Carla anschließend, als sie so vor sich hin rauchte und den Regen beobachtete, nach Themen, über die sie mit Ellen sprechen konnte – schließlich musste sie ihrer Dankbarkeit irgendwie Ausdruck verleihen und durfte ihre aufopferungsvolle neue Freundin auf gar keinen Fall langweilen. Aber so sehr sie sich auch bemühte: Andere Dinge als Love Hotels, One-Night-Stands mit fremden, tätowierten Männern und Ellens Finger auf ihrer Haut kamen ihr nicht in den Sinn. So blieb sie ihr eine Antwort schuldig. Allein über das furchtbare Wetter würden sie schließlich nicht weiterhin reden können.

»Die Deutschen sind das reisefreudigste Volk überhaupt«, fuhr Ellen, offenbar in allerbester Plapperlaune, nach einer Weile fort. Sie schien zu ahnen, womit Carla haderte, und gemeinsames Schweigen war offensichtlich auch keine Option. »Selbst wenn ich mit Rucksack und Machete tief im kambodschanischen Dschungel unterwegs bin – irgendwann laufen mir immer Deutsche über den Weg. Die sind einfach überall.«

»Du warst im kambodschanischen Dschungel?«

»Unter anderem. Ich schreibe darüber, wie wundersam und wunderbar Orte wie der kambodschanische Dschungel oder die japanische Mega-City aus meiner engen, langweiligen, westlichen Allerweltsperspektive sind, weißt du noch?«

»Und Tokio ist wunderbar?«

»Wunderbar ist gar kein Ausdruck.« Sie schmunzelte, stand auf und machte sich rappelnd an Dingen auf ihrer Küchenzeile zu schaffen. Carla rauchte weiter.

»Warum bist *du* hier?«, rief Ellen ihr dann zu. »Wenn es in Tokio nicht wunderbar ist, warum bist du hergekommen? Nur für die Gespensterjagd?«

Carla überhörte die Anspielung und grübelte einen Moment über die Antwort nach. »Ich hatte nicht wirklich eine Wahl«, stellte sie schließlich fest. »Mein … Ich meine, Hans und Parker wollten nach Japan. Also, Parker war schon in Japan, und Hans wollte ihn besuchen. Glaube ich. Und wir sind vorher noch nie zusammen weggefahren, und –«

»Hans«, wiederholte Ellen. »Stimmt. Dein Typ, der jetzt plötzlich mit Männern vögelt. Den hätte ich beinahe vergessen! So, so. Der wollte also unbedingt nach Japan.«

»Ich weiß nicht, ob er tatsächlich –«

»Und ich weiß nicht, ob du ihn weiterhin verteidigen solltest. Parker-*senpai* hat mir ein paar Dinge erzählt, nachdem du eingeschlafen warst. Mann, ihr scheint das kaputteste Paar zu sein, das in Tokio rumläuft! Gewesen zu sein, meine ich.« Sie holte ein Geschirrtuch hervor und wischte zwanglos über die Arbeitsplatte, als sei es völlig alltäglich, einem Übernachtungsgast zum Frühstück solche Dinge an den Kopf zu werfen.

»Ich verteidige ihn nicht«, murmelte Carla leicht verärgert. Oder tat sie es doch?

»Mir scheint, eure Beziehung war von vornherein verdammt, *love*. Erstbeste Chance und, zack, sammelt er Schwänze. Falls er das zuhause nicht sowieso bereits getan hat.«

»Hat er nicht!«

»Wie kannst du dir da sicher sein? Hast du sein Telefon im Auge behalten? Seine Browser-History gecheckt? *Jeez*, wahrscheinlich hat er einen prall gefüllten Ordner voll mit Filmchen direkt auf dem Desktop und sich nicht einmal Mühe gegeben, diesen Teil vor dir zu verbergen.«

»Warum hätte ich ihm nachspionieren sollen?«

»Weil er ein Mann ist. Ich kenne die Männer. Und du offensichtlich nicht, wenn du dich so naiv gibst.«

Carla sprang auf und riss den Stuhl um. Sie war nicht wirklich sauer – eigentlich hatte Ellen recht mit allem, was sie sagte. Aber irgendeine Art von Gefühlsreaktion schien Carla in diesem Moment angemessen …

»Er hat gesagt, ich kann ihm vertrauen!«, platzte es aus ihr heraus, und sofort musste sie sich auf die Unterlippe beißen. »Er war nett zu mir, und aufmerksam, und wir hatten eine gute Zeit zusammen, und …«

»Und jetzt hat er sich auf irgendeiner öffentlichen Toilette wahrscheinlich schon längst einen Tripper geholt.«

Carla verstummte. Sie war nicht wütend, weil Hans sie hintergangen hatte. Nein, sie war wütend, dass es eine Reise bis ans andere Ende der Welt gebraucht hatte, damit sie einsah, dass ihre Verbindung von vornherein zum Scheitern verurteilt gewesen war, dass keiner von beiden im Stande schien, dem anderen zu geben, was dieser wollte, und dass sie sich selbst monatelang vorgespielt hatte, es sei genau das gewesen, das sie verdiente. Ob ihre Mutter, die nie aussprach, was sie beobachtete, ob Parker, der aus Loyalität Hans gegenüber nichts hatte verlauten lassen, oder nun Ellen, die ihr ihre eigene Dummheit schließlich rücksichtslos aufs Brot schmierte – sie alle hatten das fragile Gebilde, das sie für ihre Beziehung gehalten hatte, sofort durchschaut. Alle außer Carla selbst.

»Ich glaube, ich will nach Hause«, flüsterte Carla und sah sich panisch nach dem Aschenbecher um, der war doch eben noch hier gewesen, ihre Zigarette war bis auf den Filter heruntergebrannt, als Ellen ihn ihr direkt vor die Nase hielt.

»Sicher?«, grinste sie.

»Nein«, gab Carla kleinlaut zurück und aschte ab. »Ich will vielleicht nur endlich einmal machen, wozu ich Lust habe.«

»Wie zum Beispiel allein tanzen gehen?« Ellen streichelte ihr über den Arm. »Du tust längst, wozu du Lust hast. Tätest du es nicht, würdest du noch immer von deinem makellosen Prinzen träumen und dir vermutlich bald selbst seinen Tripper einfangen. Es ist ironisch, nicht wahr? Nachts und betrunken kommen Wahrheiten einfach so ans Licht, obwohl wir uns nüchtern und im Wachzustand vollkommen abmühen, um sie zu verstecken. Egal, wo du bist. Die größte Stadt der Welt ist gerade klein genug, um das herauszufinden. Ja, Tokio ist ein Dorf. Ich laufe auch immer wieder den Männern über den Weg, die mich ausgeführt haben – besonders in Shinjuku. Aber es geht mir am Arsch vorbei, mit wem sie sonst noch durch die Hotels streifen.«

»Mit wie vielen hast du geschlafen?«

Ellen überlegte einen Moment. »Dreißig? Vierzig? Ich führe nicht Buch darüber.«

»Hast du keine Angst davor, dich mit irgendetwas anzustecken?«

Ihr Grinsen wurde breiter. »So etwas kann mir nichts anhaben.«

»Wie meinst du das?«

»Nicht so wichtig.« Ellen räusperte sich. »Was willst du nun tun? Ich habe noch eine dicke Stunde, bis ich losmuss. Wahrscheinlich werde ich heute nicht mehr nach Hause kommen. Du weißt, du kannst bleiben, solange du willst. Aber vielleicht ist es jetzt, wo du wieder fit bist, umso mehr an der Zeit, endlich raus zu gehen und deinen Spaß zu haben. Fällt dir denn gar nichts ein?«

»Warum bist du so gut zu mir?«

Ellen lachte. »Ich habe dich von Anfang an gemocht. Seitdem ich dich vorgestern Nacht auf dem Klo getroffen habe. Und ich wusste sofort, du möchtest unter Mama Ellens Fittiche genommen werden.«

Carla hatte keinen Kommentar dazu.

»Also«, stocherte Ellen weiter, »was möchtest du heute tun? Hast du wirklich keine Idee?«

Carla nahm tief Luft. Vielleicht hatte sie tatsächlich eine. Bevor sie diese aber in Worte fassen konnte, schallte das vertraute Klingeln ihres Telefons durch Ellens kleine Wohnung.

Carlas erster Gedanke galt Parker – Gab es ein Problem im Hostel? –, aber als sie zum Tisch hinüberging und einen Blick auf das Display warf, stockte ihr der Atem, und augenblicklich zog sich ihr Magen zusammen.

»Geh ran und stell auf laut«, drang Ellens Stimme an ihr Ohr. Es bedurfte keiner hellseherischen Fähigkeiten, um an Carlas Reaktion festzustellen, wer sie da anrief.

Zitternd löste Carla das Handy vom Kabel und tat, wie ihr geheißen.

»Hey«, machte Hans' Stimme.

»Hey«, machte Carla zurück.

Der Wind draußen schien sich gedreht zu haben, und der Regen peitschte nun, wie um diesen Moment mit der angemessenen Dramatik zu untermalen, heftig ans Fenster. Carla war heiß und kalt zugleich, und obwohl sie den Blick starr zur Wand hinter dem Glastisch gerichtet hatte, konnte sie Ellens süffisantes Lächeln durch den ganzen Raum schweben fühlen.

»Carla?«, hört sie Hans sagen, ohne eine Spur Bedauern oder wirklichen Interesses in seiner Stimme, die ihr noch dazu völlig mechanisch und irgendwie kalt vorkam.

»Wo bist du?«, fragte sie streng.

Er antwortete nicht sofort, und ihr schossen tausend Gründe durch den Kopf, warum.

»Es tut mir leid«, sagte er dann in demselben monotonen Tonfall, »dass ich mich einen ganzen Tag lang nicht bei dir gemeldet habe. Aber ich musste mir erst einmal durch den Kopf gehen lassen, was mit dir los ist.«

Was mit mir *los ist?*

»Wo bist du?«, wiederholte sie forsch; er hatte ihre Frage nicht beantwortet.

»Im Hostel! Wo sonst soll ich sein? Nur um festzustellen, dass du nicht mehr da bist und auch deine Sachen verschwunden sind …«

Parker musste bereits dort gewesen sein. Gut.

»Ich bin seit gestern Abend wieder hier«, fuhr er fort, ohne sie zu Wort kommen zu lassen. »Du sagtest, du wolltest allein sein, also habe ich dich gelassen. Aber wir sprachen von *einem* Tag, und ehrlich gesagt hat es mich absolut überfahren, dich dann nicht mehr im Hostel anzutreffen … Ich habe nicht mal einen popeligen Text bekommen … Carla, was soll das? Wo bist du jetzt?«

»Bei einer Freundin«, sagte Carla die Wahrheit.

»Bei wem? Bist du nicht mit Parker zusammen?«

»Hättest du dich nicht mit Parker treffen sollen? Er sagte, du seist in Akihabara einfach verschwunden.«

»Wie bitte? Ich habe Parker vorgestern an der U-Bahn-Station in Akihabara abgesetzt, und als ich im Nachhinein von keinem von euch auch nur ein Sterbenswörtchen gehört habe, bin ich zum Konbini gegangen, hab mir da ein paar *Strong Zero* besorgt und mir dann allein im nächsten Park die Kante gegeben. Ich weiß nicht, ob —«

»Hans?«

Er schwieg.

»Wo warst du wirklich?«

Der Straßenverkehr neun Stockwerke weiter unten tönte nun dumpf zu Carla empor, als seien ihre Sinne plötzlich geschärft, und es war, als würde das Leben dort draußen immer weiter von ihr wegrücken, als entferne sich die Außenwelt in großen Schritten. Kurz dachte sie, der Boden würde vibrieren.

»Hör zu«, setzte Hans nach einem weiteren Moment Stille an und ging ihren Fragen nach seinem Aufenthaltsort weiterhin aus dem Weg. »Ich kann verstehen, dass du sauer bist. Ich war einen ganzen Tag nicht für dich da … So war das alles nicht geplant. Ich rufe mir ein Taxi und werde gleich bei dir sein. Ist das okay?«

»Mach doch, was du willst.«

»Verrätst du mir die Adresse deiner Freundin?«

Carla wusste Ellens Adresse nicht. Dem Impuls, ihre Location einfach über die Smartphone-Funktion mit Hans zu teilen, hielt sie stand. Stattdessen drückte sie flink auf den roten Hörer und hatte den Eindruck, sich irgendwie stark dabei fühlen zu wollen. Aber in Wirklichkeit fühlte sie kaum etwas.

»Wow«, kommentierte Ellen von außerhalb Carlas Blickfeld.

»Der gibt sich ja nicht einmal das kleinste bisschen Mühe. Ohne selbst dabei gewesen zu sein oder auch nur ein Wort von dem zu verstehen, was er genau gesagt hat in eurer komischen Sprache ... Allein anhand seines Tons kann ich dir tausend Widersprüche in seiner Story aufzählen. Wenn du willst.«

»Lass mal«, antwortete Carla und warf ihr Telefon aufs Sofa. Sollte es das nun gewesen sein? Wozu hatte sie sich tagelang den Kopf darüber zerbrochen, wie sie Hans den Laufpass geben sollte? Sie wusste nicht, ob dies tatsächlich das letzte Gespräch zwischen beiden gewesen sein sollte – falls doch, wäre es äußerst unbefriedigend verlaufen. Carla fühlte eine merkwürdige Leere in sich aufsteigen.

Ellen, die anscheinend trotz ihrer mangelnden Deutschkenntnisse ebenfalls fand, der Endgültigkeit dieser Unterhaltung nichts hinzufügen zu müssen, setzte daraufhin an, Carla unaufhörlich Vorschläge zu unterbreiten, was diese in ihrer neu gewonnenen Freiheit nun mit sich anfangen sollte. Aber Carla wimmelte die Finnin, so gut sie konnte, ab. Sie würde warten, bis Parker mit ihrem Gepäck in der Wohnung erschien, und dann wieder einmal das Weite suchen – so wie sie, das gestand sie sich ein, immer von allem davonlief. Und genauso äußerte sie ihren Plan, der gar keiner war, Ellen gegenüber, die sie daraufhin bloß wortlos in den Arm nahm.

Pünktlich wie ein Uhrwerk, was für allgemeine Überraschung sorgte, traf Parker dann auch eine Stunde später ein, in der einen Hand einen gewaltigen durchsichtigen Regenschirm, in der anderen Carlas Backpacker-Rucksack, den er sich über die Schulter geworfen hatte, als wäre er leicht wie eine Feder. Seine Schuhe, aus denen er sich umständlich befreien musste, und die Hosenbeine waren völlig durchnässt. »Geld zurück gibt's nicht«, verkündete er. »Das konntest du dir aber denken, oder?«

Carla fühlte eine gewisse Erleichterung: Parker hätte schließlich auch einfach verschwinden und sie im Stich lassen können.

»Sicher.«

»Willst du nicht wissen, ob ich im Hostel Hans begegnet bin? Bin ich nämlich.«

»Hättest du meine Antwort auf diese Frage nicht abwarten können?«

»Er sagte, er wollte sich bei dir melden. Hat er?«

»Ja.«

»Die Details wirst du mir wahrscheinlich nicht verraten, habe ich recht?«

Carla fühlte sich abgrundtief schlecht dabei, sich gegenüber Parker, der ihr die letzten Stunden so eine immense Hilfe gewesen war, nun derart kurz angebunden zu zeigen, aber jedes weitere Wort hätte einer Anstrengung und unglaublichen Kraft bedurft, die sie gerade nicht in sich finden konnte. Mit gesenktem Blick nahm sie ihm den Rucksack ab und verzog sich damit in Ellens Schlafzimmer, um sich aufbruchfertig zu machen. Wieder lag ein Tag in Tokio vor ihr, in diesem Ungetüm mit all seinen Irrwegen und Merkwürdigkeiten. Nur war sie ab jetzt, höchstoffiziell und ohne Wenn und Aber, auf sich allein gestellt. Das einst gewohnte *Wir* gab es nicht mehr. Wie viele Tage musste sie eigentlich noch in Japan ausharren? Konnte sie nicht früher die Zelte abbrechen? Würde sie etwa ganz nach Plan, und vor dem Gedanken graute es ihr, zusammen mit Hans zurück nach Frankfurt reisen?

Als Carla in Jeans und Weste wieder in das Zimmer trat, ihren Rucksack auf dem Buckel, saßen Ellen und Parker nebeneinander auf der Couch wie Eltern, die das Kleid ihrer ältesten Tochter zu inspizieren hatten, bevor diese zum Abschlussball abgeholt würde. Beiden schien es auf beeindruckende Weise klar zu sein, dass Carla zumindest für den Moment einfach nicht länger in dieser Wohnung bleiben konnte, selbst wenn sie das zumindest Parker gegenüber nicht wörtlich ausgesprochen hatte.

»Wirst du dich melden, wenn du Gesellschaft brauchst?« Es lag ernsthafte Sorge in seinem Blick.

»Willst du meinen Zweitschlüssel?«, grinste Ellen.

Carla hielt ihnen ausdruckslos ihr Telefon vor die Nase. »Wir sind erwachsene Menschen – wir können miteinander in Kontakt bleiben, wenn wir wollen. Das können wir doch, oder?«

Parker nickte, formte mit kleinem Finger und Daumen einen Hörer, den er sich ans Ohr hielt, und grinste sie angestrengt an. Es war keiner seiner gelungeneren Versuche.

*

Carla sprintete vom Eingang des Gebäudekomplexes zwei Häuser weiter und rettete sich unter das Vordach eines Konbinis, aber diese wenigen Sekunden reichten aus, um sie von oben bis unten zu durchnässen. Dieser völlig senkrechte Regen war ungewöhnlich, zumindest verglichen mit ihren bisherigen Erfahrungen, was Regen anging. Sie deckte sich mit *American Spirit* und Wasser ein – Wie viel rauchte sie eigentlich, seitdem sie in Japan war? – und beschloss, sich direkt im Laden eine Bento-Box zu Gemüte zu führen. Was immer Ellen ihr zum Frühstück auch an fremdartigen Dingen aus ihrem Kühlschrank angeboten hatte, sie hatte nichts davon essen wollen.

»*Atatamemasu-ka?*«, wollte die mittelalte Frau hinter dem Counter wissen, als Carla ihr wortlos die Box präsentierte.

»*Excuse me, what?*«

Mit einem mütterlichen, aber auch eiskalten Lächeln zeigte die Frau auf die überdimensionierte Mikrowelle in ihrem Rücken.

»Ah … *Hai. Thanks.*«

Kurz darauf saß Carla mit dem Blick zur Schaufensterfront an einer viel zu niedrigen Vorrichtung und versuchte, sich den siedend heißen Reis und die von ihr undefinierbaren Toppings schmecken zu lassen. Ab und an gingen draußen schnellen Schrittes Passanten vorbei, immer in Eile, und eine Gruppe Jugendlicher verschanzte sich unter dem Vordach gegen den Regen, aber kaum jemand betrat den Laden.

Würde sie sich ohne Hans und ohne die vorübergehende Gegenwart von Parker nun die ganze Zeit bis zur Abreise so hilflos fühlen? Sie konnte sich nicht sicher sein, über was Parker und Hans bei ihrer Begegnung im Hostel gesprochen hatten, wie viel Kontakt sie seitdem hielten, und ob – sie zögerte bei diesem Begriff – ihr Ex-Freund nun nicht doch auf dem Weg in diesen Teil der Stadt war. Zwar schien es so, als wäre auch Parker eine kurze Zeit unendlich wütend auf Hans gewesen, aber sein Groll könnte doch auch mittlerweile wieder verflogen sein, schließlich war Parker ein regelrechtes Chamäleon, was Stimmungsbilder anging. *Gott*, ermahnte Carla sich bei diesen Gedanken selbst, *jetzt beginnt schon dein Vertrauen zu deinen Lebensrettern zu bröckeln.*

Ihr Handy, das auf der Oberfläche neben ihr lag, gab ein Piepsen von sich, und eher mechanisch und aus Gewohnheit als ernsthaft interessiert entsperrte Carla es umgehend und tippte auf die Benachrichtigung oben auf dem Bildschirm. Es handelte sich um eine Textnachricht ihrer Mutter, ohne Anrede und nicht zugekleistert mit ihren sonst inflationär gebrauchten Emojis. Alles, das die Nachricht beinhaltete, war:

Komm unversehrt zurück.

Und dahinter lediglich ein einziges Emoji – das Gesicht eines Frosches. Carla starte einen Moment skeptisch auf das Display. Warum der Frosch? Dann fiel ihr ein, dass ihre Mutter bei ihrem gestrigen Telefonat genau die gleichen Worte benutzt hatte. Was sollte das überhaupt bedeuten – »unversehrt«? Wenn es darum ging, dass ihr, von dem ein oder anderen selbstverschuldeten Hangover einmal abgesehen, noch niemand in diesem Land physisches Leid zugefügt hatte, ja, dann war sie in der Tat bisher unversehrt geblieben. Oder ging es etwa doch um psychische Verletzungen? Wenn dem so war, konnte Carla sich diese Frage nicht einmal selbst beantworten. Fühlte sie sich verletzt oder schlichtweg verwirrt? Trauerte sie ihrer eingebildeten Beziehung hinterher oder war sie bloß wütend? Ihre gewohnten Probleme, etwa die Schuldgefühle, wenn Menschen nett zu ihr waren, wie sie gerade erst wieder in Gegenwart von Ellen und Parker hatte feststellen müssen, oder ihre Besorgnis, dass immer und überall etwas Schlimmes passieren könnte, was sich mitunter durchaus bewahrheitete – all diese Dinge waren dieselben geblieben, ob sie sich nun in Japan befand oder irgendwo sonst auf der Welt. »Egal, wo du gerade bist«, hatte auch Ellen gesagt. Hatte man Carla ein Leid zugefügt oder hatte sie alles selbst ruiniert? Sie wusste es nicht.

Von ihrem Kollaps nach dem Geisterangriff einmal abgesehen, wie ihr nun wieder schmerzlich bewusstwurde. Dachte sie zu diesem Zeitpunkt noch, sie verlöre den Verstand, gab es nun eine gewisse Klarheit in Carlas Kopf. Was man ihr auch versucht hatte einzureden, Stress oder Erschöpfung: Konnte sie nicht genauso wahrscheinlich *tatsächlich* von einem übernatürlichen Wesen attackiert worden sein? Immerhin war sie in einem Land, in einer Kultur unterwegs, in der Geistervorstellungen und paranormale Rituale, zumindest meinte sie das einmal irgendwo gelesen zu haben, in gewisser Weise zum Alltag gehörten. Und wenn sie mehr darüber herausfinden wollte, was ihr ebenfalls eine Beschäftigung, eine *Aufgabe* liefern würde, musste sie sich auf die Suche begeben.

»*The lovely miss Carla from Germany*«, erklang eine Stimme in ihrer Erinnerung. Und: »Das ist alles nicht so dein Ding, was? Die Tempel. Die Toten.«

»Ich möchte jemanden rufen«, flüsterte Carla zu sich selbst.

»Nimm einen Regenschirm mit«, empfahl der kleine grüne Frosch.

*

Als sie etwa zwei Stunden später, nachdem sie sich mehr schlecht als recht mittels Handy-App durch das für Neuankömmlinge verworrene U-Bahn-System Tokios navigiert hatte, wieder vor dem Backpacker-Hostel in Asakusa stand, aus dem Parker sie an diesem Morgen erst ausgecheckt hatte, fühlte Carla sich wie ein Eindringling. Von allen Orten auf der Welt sollte sie genau hier nun wirklich zuallerletzt sein. Aber es half nichts: Wenn sie mit Kenichi sprechen wollte, dem einzigen Einheimischen, mit dem sie jemals ein vollständiges Gespräch geführt hatte, blieb ihr nichts anderes übrig als ihn auf seiner Arbeit abzufangen. Denn weder hatten die beiden ihre Nummern ausgetauscht, noch hatte sie die leiseste Ahnung, wo er sich sonst so herumtrieb. An welcher Uni studierte er? Wo wohnte er? Möglicherweise hatte er ihr all diese Dinge erzählt, aber in ihrer heillosen Ichbezogenheit hatte sie ihm nie richtig zugehört, seine Gesellschaft als bloßen Zeitvertreib erachtet.

So wie Hans mich als bloßen Zeitvertreib erachtet hat.

Sie schob den Gedanken mürrisch beiseite und versteckte sich hinter dem wohlbekannten Kaffeeautomaten, von wo aus sie den Eingang des Hauses mit seinen elektrischen Schiebetüren hervorragend im Blick hatte. Niemals würde sie sich zutrauen, einfach hineinzumarschieren und nach Kenichi zu fragen – nicht zuletzt, weil Hans möglicherweise noch immer vor Ort war.

Der Regen war merklich weniger geworden, aber es klarte nicht wirklich auf. Von der Spitze ihres Schirms rann das Wasser nach unten und formte eine Pfütze direkt neben ihren Füßen.

Zwanzig Minuten vergingen, dann dreißig. Dieser Kerl musste doch irgendwann mal einen Fuß vor die Tür setzen! Stattdessen verließen aber nur vereinzelte Gäste das Gebäude, meistens Europäer, manchmal anders aussehende. *Hoffentlich hat er heute nicht frei*, ging es Carla bald durch den Kopf, und sie hätte sehr gerne geraucht, aber der Qualm würde nur ihr Versteck verraten. Geduldiges Warten war noch nie eine ihrer besonderen Stärken gewesen.

Als eine wild durcheinanderredende Gruppe chinesischer Reisender aus dem Eingang quoll, und Carla das Gefühl hatte, langsam auf die Toilette zu müssen, erspähte sie Kenichi hinter den Männern. Er rief einem der Chinesen etwas zu – ob tatsächlich auf Chinesisch, konnte sie aus der Entfernung nicht ausmachen –, und ihr Herz machte einen Ruck. Der Angesprochene rief zurück, klang zufrieden, und die Gruppe tummelte sich.

»Hey!«, zischte Carla aus ihrer Ecke.

Kenichi, wie immer in Arbeitskleidung, sah sich überrascht mit großen Augen um, als suchte er eine Wespe, die ihn gerade gestochen hatte. Offenbar hatte er Schwierigkeiten zuzuordnen, von wo genau die Stimme gekommen war. Dann erhob sich sein Blick zum Himmel, und er verzog missmutig das Gesicht. Die Wespe war vergessen, aber das schlechte Wetter schien seine Feierabendpläne zu stören.

Als er Anstalten machte, wieder ins Hostel zurückzugehen – die Schiebetüren standen noch immer offen –, und Carla merkte, dass Zischen sie nicht weiterbrachte, lehnte sie ihren Oberkörper ein Stück nach vorne und winkte ihm zu.

»Kenichi-*san!*«

Sein Blick traf ihren, und sofort huschte ein erwartungsvolles Lächeln über sein ganzes Gesicht. Er öffnete den Mund, vermutlich um ihren Namen oder das vollständige »*lovely miss Carla from Germany*« auszurufen, doch sie legte blitzartig den Zeigefinger auf die Lippen und bedeutete ihm, still zu sein. Dann winkte sie ihn zu sich.

»Warum versteckst du dich hinter unserem Kaffeeautomaten?«, wollte Kenichi wissen, nachdem er mit nur wenigen Schritten zu ihr aufgeschlossen hatte. Er gab sich Mühe zu flüstern, schien also registriert zu haben, dass sie nicht entdeckt werden wollte, aber es klappte nur bedingt. Flüstert man von Kultur zu Kultur anders?

»Wir müssen leise sein, niemand darf wissen, dass ich hier bin«, raunte Carla ihm zu. »Ist mein Reisebegleiter noch im Haus?«

»Dein Freund?« Er sah erstaunt aus. »Müsstest du das nicht selbst —«

»Pst«, machte sie wieder. »So einfach ist das nicht. Wenn er noch hier ist, darf er mich auf gar keinen Fall sehen. Weißt du etwas?«

»Wir sind ein großes Hostel«, gab er ihr zu verstehen. »Und wir haben viele Gäste. Viele Ausländer! Ich weiß nicht, ob dein Freund —«

»Mann, er ist nicht mehr mein Freund!«

Kenichis Augen weiteten sich, und sein Mund staunte noch breiter, formte fast ein kugelrundes O – diese Neuigkeit ließ ihn hellhörig werden.

»Hör zu«, sagte Carla, bevor er irgendetwas einwenden konnte, und sah ihn fest an. »Ich habe Fragen. Zu Japan! Möchtest du dich mit mir darüber unterhalten? Nur wir zwei?«

»Auf jeden Fall!«, presste er freudestrahlend und wie aus der

Pistole geschossen hervor. »Aber noch arbeite ich. Etwa für die nächsten drei Stunden. Willst du nicht rein —«

»Ich werde hier auf dich warten«, schlug Carla vor und spähte weiterhin misstrauisch auf die Fenster in den oberen Etagen, als könnten jederzeit Hans, die Frau aus Papier oder andere Spukgestalten hinter den Scheiben erscheinen. So bemerkte sie nur aus den Augenwinkeln, wie der strahlende Kenichi sich mehrfach verbeugte, dabei artig bedankte und dann geschwind wieder in Richtung der Schiebetüren verschwand.

DIE DICKEN EIER VON TANUKI-*SAN*

Etwa drei Stunden später trafen sich Carla und Kenichi am Kaffeeautomaten vor dem Backpacker-Hostel. Kurz hatte Carla mit dem Gedanken gespielt, sich mit ihm direkt vor dem Sensō-ji an der großen Papierlaterne zu verabreden, die das Tor zum Tempelgelände zierte, dann wiederum hätte sie dort kaum verborgen bleiben können, der Touristenstrom hatte sich bei dem Mistwetter deutlich gelichtet, und wer weiß, ob der blöde Zufall oder schlichtweg Pech nicht ausgerechnet jetzt Hans in diese Gegend führen sollten. Außerdem hatte Carla wieder einmal versäumt, sich Kenichis Telefonnummer geben zu lassen, und so musste sie wohl oder übel an den Ort ihrer Verabredung zurückkehren.

Kenichi hatte nicht gelogen: Dort stand er, in Jeans und hellblauem Poloshirt, einen prall gefüllten Rucksack auf dem Rücken, in dem sich vermutlich seine penibel gefaltete Uniform befand, die ihm selbst und nicht seinem Arbeitgeber zu gehören schien. Er begann sogleich, ihr aufgeregt zu erzählen, was er an diesem Abend geplant hatte, Carla aber bat ihn, ihr zu folgen, und richtete erst wieder das Wort an ihn, als sie sich ein gutes Stück von der Unterkunft entfernt hatten. *Nur, weil du nicht paranoid bist, heißt das nicht, dass niemand hinter dir her ist.*

Die Information, dass sie sich von Parker hatte ausbuchen lassen, war bisher nicht zu Kenichi vorgedrungen. Es fiel ihm schwer, wie er zugab, den Überblick über die zahlreichen Gäste zu behalten, die kamen und gingen, und das Ein- und Aus-checken oder die Buchhaltung seien auch nicht seine Aufgaben, gab er ihr zu verstehen – Carla kam es so vor, als wolle er sich für das scheinbar furchtbare Vergehen, dass er nicht im Bilde über die genaue Zimmerbelegung war, entschuldigen. Um das Thema zu wechseln, fragte sie ihn wiederum, wie er den Abend zu verbringen gedachte und ob sie ihn begleiten könnte – unterhalten könne man sich schließlich überall. Einerseits ging Carla so auf Sicherheitsabstand – es wäre ihr beispielsweise unangenehm geworden, sich nur zu zweit bei ihm zuhause aufzuhalten –, andererseits schwebten auch Parkers Worte über ihrer Entscheidung: *Geh raus. Amüsier' dich. Nach Hause zurück kommst du schnell genug.* Warum also nicht zwei Fliegen mit einer Klappe schlagen?

Kenichi wollte etwas trinken. Und zufälligerweise kannte er jemanden, der tatsächlich als Manager einer Rockband fungierte – genau diese Band hatte heute Abend einen Auftritt in einer Bar. Eigentlich hatte er entweder allein hingehen oder einige Kommilitonen mobilisieren wollen, sie dürfe aber nun gerne mit ihm zusammen das Konzert besuchen, wenn laute Musik denn ihr »*cup of tea*« sei. Carla konnte eine gewisse Zufriedenheit nicht unterdrücken: Ja, so etwas in der Art hatte sie sich vorgestellt, wenn es darum ging, sich im Geiste der Vorschläge ihrer Tokio-Freunde zu amüsieren. Und auf einem Rockkonzert würde sie doch auch bestimmt nicht Hans begegnen? Tokio mochte ein Dorf sein, aber so klein konnte selbst Tokio nicht werden.

Kenichi führte sie in einen Stadtteil, den sie noch nicht kannte, Koenji oder so ähnlich – beinahe klang es wie sein Name. Zunächst aßen sie eine äußerst durchschnittliche Reis-Bowl in einem dieser Schnellrestaurants, in dem man direkt hinter der Eingangstür an einem Automaten mit bunten Knöpfen und kleinen Bildchen ein Ticket löst und dann erst Platz nimmt – ein Traum für nicht japanisch sprechende Touristen, die knapp bei Kasse sind, fand Carla –, deckten sich mit Kleinkram in irgendeinem Konbini ein und begaben sich schließlich zu einem mehrstöckigen Gebäude, dem man von außen kaum anzusehen vermochte, dass sich darin ein Konzertsaal befand. Draußen hielten sich keine Leute auf – der Auftritt schien bereits begonnen zu haben. Mit einem engen Aufzug fuhren sie in die achte Etage. Als sich die dünnen Metalltüren öffneten, gelangten Carla und Kenichi in einen kleinen Vorraum, der keinen Meter breit war und dessen gegenüberliegende Wand zur Gänze aus einer *shoji*-artigen Schiebetür bestand, durch die bereits unablässig Lärm quoll. Carla schmunzelte: Es sah alles ganz anders aus, als sie es sich ausgemalt hatte. Kenichi öffnete die Wand, und sie traten ein.

Der fensterlose Raum hatte in etwa die Größe der Wohnküche von Ellens Apartment, vielleicht ein wenig länger gezogen,»Konzertsaal« war jedoch nicht im Entferntesten der passende Ausdruck. Die Wände waren mit allen möglichen Postern, Plakaten und Stickern übersät, deren Artworks teilweise überaus bizarr auf Carla wirkten. Auf der nur wenig erhobenen Bühne gab sich eine, allem Anschein nach, extrem junge Rockband größtmögliche Mühe, die Aufmerksamkeit der nur spärlich anwesenden Besucher auf sich zu ziehen. Der Sänger machte den Eindruck, als sei er direkt einer dieser überdimensionierten Werbetafeln entsprungen, die in Tokio von so vielen Häusern prangten – das genaue Alter unmöglich einzuschätzen, symmetrisches, kindliches Gesicht, den kastanienbraun gefärbten Scheitel in die Stirn gekämmt. Er trug einen offensichtlich an die *salarymen* angelehnten, schwarzen Business-Anzug, was bestimmt auf süß-rebellische Art einen ironisch gemeinten Kommentar zu dem eher brutalen Sound des Trios darstellen sollte, wie es Carla durch den Kopf ging. Der Junge sprang wild umher und brüllte unmelodisches Japanisch ins Mikrofon, während er halbwegs versiert Powerchords auf seiner Gitarre herunterschrubbte. Die offenbar neu aufgezogenen Saiten standen wie Antennen vom Kopf der Gitarre ab, und Carla hoffte, dass er in seinem Wahn niemandem ein Auge ausstechen würde. Die wasserstoffblond gebleichte Bassistin stand neben ihm, im Profil zum Publikum, und wirkte gegenüber ihrem Kollegen absolut desinteressiert. Der oberkörperfreie Schlagzeuger, den man hinter der rudimentären Scheinwerferbeleuchtung kaum ausmachen konnte, drosch auf sein Set ein, als hinge sein Leben davon ab. Nur ein paar der Anwesenden schienen sich überhaupt für das Geschehen zu interessieren und waren der Bühne zugewandt. Die meisten standen in kleineren Gruppen beieinander und waren in ihre eigenen Gespräche vertieft.

Carla beobachtete das Treiben eine Weile, bis Kenichi ihr auf die Schulter tippte und ein Getränk in die Hand drückte: Whiskey-Soda mit viel zu viel Eis. Es schien in vielen Läden üblich zu sein, sowieso schon hoffnungslos überteuerte Drinks mit viel zu viel Wasser zu verdünnen. »Entspann dich«, sagte er. »Bitte. Ist die Musik nicht in Ordnung?«

»Alles cool«, erwiderte Carla und versuchte, nicht so genervt zu klingen wie sonst. Immerhin gab er sich allergrößte Mühe, ihr eine gute Zeit zu bereiten, obwohl sie ja eigentlich ein ernsteres Gespräch mit ihm führen wollte, was er durchaus verstanden zu haben schien. Leider war ihr weder, wie sie nun feststellen musste, nach Trinken noch nach der anstrengenden Geräuschkulisse zumute. Aber das war schließlich auch alles nicht seine Schuld.

Die Barkeeperin marschierte zur Bühne und händigte den Musikern, die gerade einen Song mit ordentlich Feedback-Rauschen beendet hatten, ein Tablett mit Shot-Gläsern aus. Die grinsten, stießen an und kippten den Schnaps im Nullkommanichts hinunter.

»Arayama ist im Backstage«, informierte Kenichi Carla. »Er kümmert sich um irgendwelche Rechnungen, kommt aber später zu uns. Über was wolltest du sprechen?«

»Sind Typen, die in Hinterzimmern Geld hin- und herschieben, nicht üblicherweise Yakuza?«

Er sah sie etwas perplex an, lächelte dann gequält. »Haha, nein. Ich kenne keine Yakuza. Hab' keine Angst.«

»Die Band ist ganz okay«, wechselte Carla das Thema. »Aber worüber singen sie?«

»Ich weiß nicht genau. Der letzte Song war ein Liebeslied. Aber ein irgendwie seltsames. Ich habe nicht genau verstanden, warum das Mädchen nicht mit ihm mitkommen möchte. Aber es macht ihn sehr wütend. Also geht er in ein *izakaya* und trinkt so lange, bis sein ganzes Monatsgehalt aufgebraucht ist. Danach ist er nicht mehr wütend, aber so erschöpft, dass er auf der Straße einschläft.«

»Eine Geschichte aus dem wahren Leben, nicht wahr?«

»Ja! Japaner schlafen überall.«

»Dürfen die Kids überhaupt schon Alkohol trinken?«, fragte Carla dann.

»Ich glaube. Aber auch falls sie noch keine einundzwanzig sind, kümmert das hier niemanden«, antwortete Kenichi knapp und nippte an seinem Getränk. Carla fiel auf, dass sich an seinem Gesichtsausdruck etwas verändert hatte. Sein sonst so festsitzendes Lächeln war irgendwie einer leichten Art von Melancholie gewichen – und er schien sich auch nicht besonders anzustrengen, das vor ihr zu verbergen.

»Was geht dir gerade durch den Kopf?«, erkundigte sie sich.

»Ich will eine rauchen«, sagte er, ohne sie anzusehen.

Carla war überrascht. Doch Joggen *und* Rauchen? »Ich habe Zigaretten, frisch gekauft. Können wir hier rauchen?«

»Es gibt eine Smoking-Area oben auf dem Dach.«

»Ich dachte, niemanden kümmert hier irgendwas. Und, schau mal – hier raucht einfach *jeder*.«

Er gab ihr ein bemühtes Lächeln. »Das ist etwas anderes. Ich möchte dir das Dach zeigen.«

Eine an eine Feuerleiter erinnernde Metalltreppe führte an der Außenwand entlang auf das flache Dach. Carla hatte schon fast vergessen, dass sie sich im achten Stock eines wirklich hohen Plattenbaus befanden, hatte der Club, oder wie auch immer sie die eher provisorisch anmutende Location nennen sollte, doch eher den Charme einer unterirdischen Kellerkneipe versprüht, wie jene, die sie in Shinjuku gefunden hatten.

Die Rockmusik wummerte beharrlich nach draußen, verblasste aber mit jedem weiteren Schritt ein Stück mehr. In die obersten Stockwerke schien der Aufzug nicht fahren zu können. Dreizehn Etagen, zählte Carla, als sie auf der flachen Terrasse auf der Spitze des Hauses ankamen. Ein paar an Palmen erinnernde Gewächse standen in der Mitte der Fläche neben einer Art Parkbank und einigen weißen Plastikstühlen, die um einen etwa sechzig Zentimeter hohen, röhrenartigen und äußerst schmutzigen Aschenbecher gruppiert waren. Der Wind pfiff Carla durch die Haare, aber es war nicht kalt, und auch von dem heftigen Regen des vergangenen Vormittags war nichts mehr zu spüren. Ein paar Scheinwerfer erhellten die

Szenerie nur spärlich. In einer Ecke lungerten drei Männer, augenscheinlich sehr betrunken. Einer hampelte herum, es schien wie eine Art merkwürdiger Tanz, und die beiden anderen feuerten ihn dabei an. Abgesehen von dem Gegröle dieses Grüppchens und der dumpfen Musik, die aus dem Boden kam, war es beinahe totenstill auf dem Dach. »Hinreißend«, entfuhr es Carla, als sie sich zu der Aschenbechersäule begab und sich eine Kippe ansteckte. Kenichi streckte daraufhin wortlos die Hand nach der Packung aus wie ein Kind, und sie übergab sie ihm. »Ich wusste nicht, dass du rauchst«, stellte sie fest. »Seit ich dich joggen gesehen habe, ging ich eigentlich davon aus, dass du eher die Art Mensch bist, die auf ihre Gesundheit achtet.«

»Hin und wieder«, entgegnete er lakonisch und betrachtete die Flamme seines Feuerzeugs, die schnurgerade nach oben wuchs. Der Wind hatte sich blitzartig gelegt. Kurz musste Carla daran denken, wie Kenichi im Schrein mit den Kerzen zugange gewesen war. »Von hier oben kann man sehr gut über die Stadt blicken«, erklärte er. »Koenji ist zwar nichts Besonderes, aber ich komme gerne hierher. Zum Denken.«

»Worüber denkst du denn gerne nach?«

»Über meine Arbeit und Hiroshi-*sama*. Darüber, ob mir die Uni noch Spaß macht. Und über meine Eltern. Sie wohnen in Hakone, ich komme nicht oft zu Besuch. Und du?«

Carla blies den Rauch durch die Nase aus. Sie fragte sich, ob sie sich auf einen der Plastikstühle setzen wollte. »Über meine Freunde, vor allem. In letzter Zeit meistens über einen ganz bestimmten. Über meine Reise nach Japan. Glaubst du wirklich an Geister?« Ihre Aufzählung klang in dieser Form zwar merkwürdig, aber schließlich war sie hergekommen, um etwas darüber herauszufinden, was ihr widerfahren war. Benutzte sie den gutgläubigen Kenichi? Schon irgendwie, gestand sie sich ein. Aber im Moment gab es schließlich keinen anderen Weg.

Kenichis Augen weiteten sich, und er spielte weiter an dem Feuerzeug herum. »Wir glauben alle an Geister«, antwortete er nach einem kurzen Moment des Nachdenkens und hielt den Blick weiterhin stur auf die Flamme gerichtet. »Die Geister sind immer bei uns. Zumindest solche, die noch keine Erlösung nach dem Tod gefunden haben. Wir nennen sie *yūrei*. Großmutter kommt oft in den Tempel, in den du mich begleitet hast. Erinnerst du dich? Ich habe keine Witze gemacht. Wir gedenken ihnen. Sie werden wütend, wenn wir sie vergessen.«

Angebissen, durchfuhr es Carla frohlockend. Sie setzte alles auf eine Karte: »Glaubst du, einer dieser … *yūrei* könnte vielleicht wütend auf mich sein?«

Nun wandte er ihr doch den Blick zu. »Warum sollte ein *yūrei* wütend auf dich sein?« Seine Stirn legte sich in Falten – er schien tatsächlich Schwierigkeiten zu haben, ihre Aussage nachzuvollziehen. »Du kommst von weit her. Du gehst niemanden auf die Nerven. Welchen Grund sollte es geben? Ich kann mir kaum vorstellen, dass du einen *yūrei* verärgert haben könntest.« Nun grinste er sie doch wieder an, obwohl er gerade noch einen so ungewohnt ernsten Gesichtsausdruck getragen hatte. Generell schien er in Carlas Gegenwart äußerst angespannt zu sein. »Oder hast du etwa irgendwelche Verwandte in Japan, die du vergessen haben könntest? Dann wäre ich auch sauer. Und würde mich vielleicht sogar in einen *onryō* verwandeln.«

Carla versuchte, was er gerade gesagt hatte, in ihrem Kopf in irgendeine Ordnung zu bringen. »Was meinst du?«

»Wenn du mich vergessen würdest.«

»Nein, was ist ein *onryō*?«

»Auch ein Geist, der nicht ins Jenseits gehen kann. Aber diesmal, weil er voller Wut ist. Es kann viele Gründe geben.

Vielleicht ist er ermordet worden, oder er hat noch eine Rechnung in unserer Welt offen. Auf jeden Fall gibt es für ihn noch etwas zu erledigen, bevor er Frieden finden kann, und die Lebenden haben damit zu tun. *Onryō* sind gefährlich, du musst dich vor ihnen in Acht nehmen. *Yūrei* tun dir für gewöhnlich nichts. Sie hängen nur noch in unserer Welt herum.«

»Deine Großmutter ist *yūrei*?«

Seine Miene wurde starr. »Ja. Großmutter hat sich erhängt, nachdem Großvater gestorben ist.«

Carla hielt sich erschrocken die Hand vor den Mund. »Das tut mir leid, ich wusste nicht –«

»Kein Problem«, beschwichtigte Kenichi sie und drückte seine Zigarette in den Aschehaufen auf der Spitze des Behälters. »Es ist, wie es ist. Eigentlich ist das sogar der Grund, warum ich in Tokio bin. Sie ist hier gestorben, und meine Eltern sind alt und krank. Sie können nicht so gut zu Besuch kommen. Also gehe ich hin und wieder in den Tempel und gedenke ihr. Damit sie vielleicht eines Tages doch auf die andere Seite hinübergehen kann.«

»Es tut mir leid. Du hättest mir das nicht erzählen müssen, wenn ich nicht –«

»Schon gut. Ich spreche gerne mit dir«, lächelte er mit geschlossenen Augen und sah dabei ein bisschen aus wie eine glückliche Katze. »Aber wie kommt es, dass du so viel über Geister wissen möchtest?«

Carla setzte an, Kenichi alles über die Gestalt, der sie begegnet war, zu berichten – da spürte sie, wie jemand ihr einen Finger in die Seite bohrte. Sie schrie auf und fuhr herum, dann wich sie einen Schritt zurück in Kenichis Richtung. Die drei Betrunkenen waren unbemerkt auf sie zugekommen. Derjenige, der sie offenbar gerade in die Seite gepiekt hatte, schwankte bedrohlich und musterte sie grinsend von oben bis unten. Sein strähniges schwarzes Haar war mit irgendetwas verklebt, vermutlich Bier. Die beiden Kumpanen des Mannes hielten etwas Abstand zu ihm, grinsten Carla aber genauso dümmlich an.

»Hey, was willst du von mir?«, spie sie dem Typen ins Gesicht.

Kenichi schwieg.

Der Mann breitete die Arme aus – in der linken Hand schwenkte er eine Flasche Bier, die zu zwei Dritteln geleert war – und begann etwas zu erzählen. Es klang beinahe wie ein Gebet oder ein seltsamer Singsang. Immer wieder ließ der Betrunkene seinen Blick über Carlas gesamte Statur gleiten. Er schien äußerst angetan. Carla ärgerte sich und wünschte, sich zumindest irgendeine Beleidigung auf Japanisch gemerkt zu haben, um diesem Ekel die Meinung zu geigen und so hoffentlich in die Flucht zu schlagen.

Der Widerling machte keinerlei Anstalten, von ihr zu weichen. »Was ist dein Problem?«, legte sie nach. Ein mulmiges Gefühl machte sich in ihrer Magengegend breit. Würde Kenichi ihr zur Hilfe eilen, sollte der Typ tatsächlich noch einmal versuchen sie anzufassen? Sie warf nervös einen Blick über die Schulter, aber Kenichi stand bloß wie angewurzelt da. Die Augen hielt er allerdings fest auf die Gruppe gerichtet.

Der Betrunkene murmelte weiter wirre Sachen, niemand bewegte sich. Dann aber näherte sich von hinten eine vierte Gestalt und klatschte zweimal laut in die Hände.

»Arayama-*san!*«, entfuhr es Kenichi in Carlas Rücken.

Die Kavallerie war eingetroffen.

Arayama, ein groß gewachsener Mann mit kurz geschorenen und ebenfalls wasserstoffgebleichten Haaren, den Carla auf etwa Mitte dreißig schätze, richtete mit ruhiger, aber bestimmter Stimme ein paar Worte an den Pulk, während er gemächlichen Schrittes näherkam. Die beiden Begleiter sahen erschrocken aus; der Rädelsführer ruderte mit den Armen durch die Luft und nuschelte etwas in Arayamas Richtung. Dieser legte daraufhin einen unmissverständlichen Befehlston auf und rief etwas aus, und mit einem Knurren verzogen die drei Männer sich – nicht jedoch, ohne einen letzten, nun verachtungsvollen Blick auf Carla geworfen zu haben. Sie atmete erleichtert auf.

»Es tut mir leid«, sagte Arayama auf anständigem Englisch, fixierte aber in erster Linie Kenichi beim Sprechen. »Die Typen werden keinen Ärger mehr machen. Wahrscheinlich haben sie zu viel getrunken. Wir versuchen so etwas zu vermeiden, aber die wenigen Läden, die uns großzügigerweise auftreten lassen, haben manchmal nicht unbedingt die vornehmste Klientel.« Er redete, als sei er selbst ein Teil der Kiddie-Band, die unten Krawall gemacht hatte. Mittlerweile war die Musik verklungen.

»Carla, darf ich dir Arayama vorstellen?« Das Leben war in Kenichi zurückgekehrt. Er trat zwischen die beiden und machte eine Handbewegung, als hätte er Arayama gerade aus einem Hut gezaubert und wollte ihn seinem Publikum präsentieren.

»Hi«, machte Carla. Die Gänsehaut hatte sie noch nicht ganz abstreifen können. Was wohl geschehen wäre, wenn Arayama, der augenscheinlich eine gewisse Autorität an Orten wie diesen besaß, nicht aufgetaucht wäre? Carlas nächster Gedanke war: Das Gespräch über den japanischen Geisterglauben war damit wohl beendet.

»Die Show ist vorbei, es ist spät«, informierte Arayama die Anwesenden. Ein Blick auf ihr Display verriet Carla jedoch, dass es erst kurz nach 22 Uhr war – Lärmschutzregelungen, vermutete sie. »Kenichi-*kun*, es ist schön dich zu sehen«, fuhr Arayama fort. »Wie geht es Hiroshi-*sama*? Läuft der Laden rund?« Ob es merkwürdig für die beiden sein musste, miteinander auf Englisch zu sprechen, damit Carla sie verstehen konnte? Es bereitete ihnen zwar keine erkennbare Mühe, irgendwie machte sich dennoch der Hauch eines schlechten Gewissens in ihr breit.

»Alles bestens, danke der Nachfrage«, antwortete Kenichi fröhlich. Carla fiel auf, dass er nun deutlich aufrechter stand als zuvor an diesem Abend, den Rücken akkurat durchgedrückt. Sie fragte sich, woher die beiden Männer sich kannten.

»Möchtet ihr einen Drink?«, erkundigte der ominöse Manager sich anschließend.

»Unbedingt!«, platzte es aus Carla heraus. Vielleicht würde sie doch noch zu ihrem eigentlichen Thema zurückschwenken können, wenn die Stimmung erst wieder ein bisschen ausgelassener geworden war.

Einen Moment lang sagte niemand etwas, was sie ein wenig verwunderte. Hätte sie Kenichi zuerst antworten lassen sollen? Dann aber meldete sich auch dieser zu Wort: »Sehr gerne, Arayama-*san*. Aber ich möchte noch rauchen, solange wir hier oben sind. Es ist eine wundervolle Nacht, nicht wahr? Und das nach dem Regen heute Morgen.«

»Allerdings«, stimmte Arayama ihm zu, fummelte eine Packung Zigaretten – wieder Menthol, fiel Carla auf – aus seinem Sakko und steckte sich ein Exemplar in den Mund. »Der Regen spült vieles weg. Das ist praktisch.« Er benutzte das Wort *convenient*, wie in Konbini. Eine Sekunde später duftete es nach Pfefferminz.

Carla tat es den Männern gleich und rauchte mit. Ihre Gedanken rasten. Kenichi zumindest glaubte also an Kreaturen aus dem Jenseits – beziehungsweise an solche, die auf dem Weg dorthin steckengeblieben waren –, als sei es die normalste Sache auf der Welt. Wie groß der Zufall, dass der einzige *local*, den sie bislang halbwegs kennengelernt hatte, einer von dieser

Sorte war? Oder war die Akzeptanz von Übernatürlichem weiter verbreitet, als sie angenommen hatte? Nun ärgerte sie sich, anstelle von Videospiel-Trivia, Anime-Tropes und *Homemade-Ramen-Rezepten* nicht auch etwas wirklich Nützliches von Hans gelernt zu haben, etwas, das ihr jetzt weiterhelfen könnte, da sie von der Origami-Frau verfolgt wurde. *Origami.* Sie schmunzelte innerlich. So hätte sie Kenichi die … Papierartigkeit des Wesens erklärt. Wäre ihr Gespräch denn bis zu diesem Punkt gekommen, aber dann mussten ja diese schmierigen Typen auftauchen. Plötzlich gab es Unordnung in ihrem Kopf: Ja, sie hatte vor diesen Ekelpaketen möglicherweise genauso viel Angst gehabt wie vor dem Gespenst. Als wäre sie nur deswegen in Japan, um sich ständig mit ihren Ängsten konfrontieren lassen zu müssen. Oder gar – sie hielt inne, das war eine seltsame Idee –, um sich ihnen zu stellen?

»Komm unversehrt zurück«, sagte jemand.

»Was?« Carla hob den Blick.

Kenichi sah sie an, sein Kopf eingehüllt vom Zigarettenrauch. »Wir haben uns über *yūrei* unterhalten. Nicht wahr, Carla-*san?*«

»J-ja«, stammelte sie. Hatte wirklich gerade jemand diesen Satz gesagt?

»*Yūrei.* So, so«, wiederholte Arayama gelassen und spielte mit dem Stummel seiner Zigarette an dem merkwürdigen Turmaschenbecher herum. »Ich persönlich mag die *yōkai* ja lieber. Am liebsten habe ich den Tanuki. Kennst du den Tanuki, Carla-*san?*« Es war das erste Mal, dass er sie konkret anzusprechen schien.

»Nein«, antwortete Carla wahrheitsgemäß, noch immer nicht ganz bei sich.

»Der Tanuki ist der Schutzheilige der Gastronomen. Er ist ein Säufer, aber das macht ihn berechenbar. Gib ihm nur genug

Sake, und er wird dein Geschäft gegen all jene verteidigen, die dir schaden wollen.«

Sie verstand nur bedingt, was Arayama ihr erzählen wollte. Von *yōkai* hatte sie gehört – Dämonen, nichtmenschliche Ungetüme, die in vielen japanischen Geschichten äußerst beliebt zu sein schienen und auch in unzähligen Anime, die Hans konsumierte, auftauchten. »Wie kann dieser Tanuki ein Schutzheiliger sein, wenn er doch eigentlich ein Dämon ist?«, wollte sie wissen.

»Du kennst dich ziemlich gut aus«, lobte Arayama sie, aber sah ihr dabei weiterhin nicht ins Gesicht. »Das ist das Spannende an vielen dieser Gestalten: Sie sind nicht einfach *nur* böse. Bei dem Tanuki ist es das Wunderbare, dass er sich dadurch bezähmen lässt, wenn man Alkohol mit ihm teilt. Das funktioniert auch bei vielen Menschen.«

»Oh.« Kenichi nickte anerkennend. »Das ist eine wirklich interessante Beobachtung. So habe ich darüber noch nie nachgedacht.« Er schien ernsthaft beeindruckt von Arayamas Ausführungen. »Ich sehe immer nur, dass Tanuki sehr dicke Bäuche haben. Und dicke … dicke …«

»Hoden!«, beendete Arayama fröhlich den Satz für ihn und lachte laut auf. Dann drehte er sich doch zu Carla um und murmelte ein verschmitztes »Sorry«.

»Ich bin noch nie einem *yōkai* begegnet«, sagte sie schnell, bevor das Stichwort sich aus dem Staub machen würde. »Es fällt mir schwer, von all diesen Dingen zu hören. Ich weiß nicht, ob ich daran glauben kann.«

Kenichi warf ihr einen Blick zu, den sie unmöglich interpretieren konnte.

»Das macht nichts«, sagte Arayama besänftigend. »Die meisten solcher Geschichten sind ohnehin bloß Hirngespinste. Aber es ist schön, wenn die Menschen in ihren Bräuchen und

Traditionen einander finden und zusammenhalten, nicht wahr? Und wer hat sich denn nicht schon einmal gewünscht, es gäbe mehr als das, was man sehen kann? Es lohnt sich wirklich, darüber nachzudenken.« Diese plötzliche Ernsthaftigkeit kam unerwartet für Carla – gerade hatte Kenichis Bekannter noch über Marderhunde mit extrem großen Eiern gesprochen.

Wie auf ein Zeichen klatschte der Mann dann in die Hände. »Wie auch immer: Ich könnte definitiv noch einen Cocktail vertragen. Mein Angebot steht, ihr beiden: Ich sehe euch an der Bar.« Sprach's, schnippte den Zigarettenstummel ins Dunkel und machte sich in Richtung des Treppenhauses davon. Kenichi und Carla blieben allein zurück.

»Ich möchte mich für Arayama entschuldigen«, sagte Kenichi gleich, als der Genannte außer Hörweite war.

»Was? Warum?«

»Er erzählt Touristen gerne solche Sachen. Über den Tanuki und so. Bloß, weil ihm in Roppongi ein Café gehört. Er findet, so zu reden macht ihn interessant.«

»Es *ist* interessant, Kenichi. Ich möchte mehr über böse oder meinetwegen auch gute Geister herausfinden. Schlussendlich ist es egal, wer genau mir davon erzählt.«

Kenichis Augen weiteten sich wieder voller Erstaunen. »Du bist wirklich anders als alle anderen Fremden, die nach Tokio kommen, Carla aus Deutschland«, befand er, und es klang tatsächlich wie ein ernst gemeintes Lob. »Dann ist es sehr gut, dass du mit mir mitgekommen bist, glaube ich. Nicht viele Männer würden über solche Dinge sprechen wollen. Selbst, wenn du sie darum bittest. Es ist egal, woran sie glauben, die meisten würden es für sich behalten. Vor allem Jüngere.«

»Wieso das?«

»Glauben macht das Leben einfacher. Studenten zum Beispiel beten für gute Noten, wenn sie eine Abschlussprüfung haben. Oder für die Aufnahme an renommierten Universitäten. Sie versuchen viel, um irgendwie Glück zu finden. Damit sich die harte Arbeit auch eines Tages auszahlt.« Er lachte. »Natürlich würden die wenigsten das zugeben wollen. Vor allem nicht dir gegenüber.«

»Vor allem nicht mir gegenüber? Warum?«

»Weil du schön bist. Und fremd. Da wollen sie nicht wie abergläubische Trottel dastehen.«

Einen Moment lang herrschte Stille, dann ergriff Carla die Gelegenheit beim Schopfe.

»Findest du mich schön, Kenichi?« *Was Hans kann, kann ich schon lange*, musste sie sich im selben Moment eingestehen, *und ich werde mich nicht dafür schämen.* Ein Entschluss, aber mehr Behauptung als Konsequenz. *Fishing for compliments, na und?*

»Ich glaube schon«, meinte Kenichi kleinlaut und wenig enthusiastisch. Aber das reichte ihr.

Carla grinste ihn an. »Du bist schüchtern. Das mag ich.«

Er druckste herum wie ein Schulkind. Niemals würde er sie fragen, ob sie ihn nach Hause begleiten wollte, das wusste sie bestimmt. An solcher Zurückhaltung konnten sich viele Männer, denen sie in ihrem Leben begegnet war, eine Scheibe abschneiden. Dann aber versuchte sie sich zu konzentrieren und das warme Gefühl, das sich in ihrem Innern ausbreitete und das sie selbst überraschte, beiseite zu drängen. Was nutzten ihr in Zukunft solcherlei Bekundungen, wenn sie schon bald von der Gespensterfrau gefressen wurde?

»Wollen wir weiter über *yūrei* sprechen? Besonders über den, der mich verfolgt?«, ging sie wieder zum Angriff über.

»*Chotto*«, antwortete er. Ungern. »Ich denke, wir sollten wirklich langsam nach unten gehen und mit Arayama einen Drink bestellen. Er und ich, wir sehen uns nicht sonderlich oft, weißt du?«

Verdammt, ging es Carla durch den Kopf. Der Hilfeschrei, der sich immer stärker ganz unten in ihrer Kehle anbahnte, würde sich noch eine Weile gedulden müssen.

 ## ZEIT ZU KOTZEN

Die Konservenmusik im Konzertsaal klang nach schrillem J-Pop, der sich mit dem abgerissenen Rock-Charakter, den das Etablissement ansonsten ausstrahlte, gehörig biss. Arayama lehnte mit dem Rücken an der Bar, als Kenichi und Carla ins Innere traten, und blies Rauch aus. An der Anzahl der Gäste hatte sich nichts geändert. Die drei Kinder von der Band saßen auf Hockern hinter einem Tisch, auf dem sich T-Shirts und CDs stapelten, die sie wohl höchstselbst zum Verkauf anboten. Die Bassistin räkelte sich auf dem Schoß des Schlagzeugers, der ihr, noch immer mit freiem Oberkörper, vermutlich Süßigkeiten ins Ohr säuselte. Sie kicherte. Der Frontmann kauerte daneben und war mit seinem Smartphone beschäftigt. Er wischte hochkonzentriert nach links und rechts.

Kenichi begab sich zur Theke und bestellte zwei Bier, woraufhin Arayama sich zu ihm drehte. Er seufzte und schlug die Hände vor dem Gesicht zusammen. Als er sah, dass auch Carla nähergekommen war, schluckte er den Rest seines gerade auf Japanisch begonnenen Satzes hinunter und fuhr auf Englisch fort, obwohl er eindeutig nur Kenichi hatte ansprechen wollen.

»Wir verkaufen heute nichts«, lamentierte er. »Sonntage sind nicht gut fürs Geschäft.«

Es war Sonntag? Carla stellte fest, dass sie nun schon seit fast einer geschlagenen Woche in Japan war, an einem Montag war sie mit Hans aufgebrochen. Was seitdem alles vorgefallen war ... Sie sah sich besorgt um. Schließlich konnten die Betrunkenen noch immer hier sein, und sie wusste nun, dass zumindest Kenichi sich ihnen nicht heldenhaft in den Weg stellen würde, sollten sie noch ein Manöver versuchen. Aber die Luft war rein.

»Mist«, machte Kenichi, als er seine Getränke bekommen hatte. »Wollten wir nicht eigentlich Cocktails trinken?«

»Bier ist besser«, befand Carla und pflückte eine der Flaschen vom Tresen. »Das letzte Mal, als ich betrunken war, sind seltsame Sachen passiert. Bier vertrage ich gut, da muss ich mir keine Sorgen machen.«

»Welche Sachen?«, wollte Arayama wissen und stützte die Ellbogen auf der Oberfläche des Tresens und sein Kinn in seinen Händen ab. »Erzähl doch mal.« Jetzt schien sie wieder seine Aufmerksamkeit zu haben.

»Nicht so wichtig. *Kanpai!*« Carla schlug ihre Flasche an die, die Kenichi in der Hand hielt. Dieser zuckte merklich zusammen. Arayama gingen weder die Begegnungen mit der Origami-Gestalt noch ihre Leidensgeschichte mit Hans etwas an, so halbwegs sympathisch sie ihn bisher fand. Aber wie würde sie den »Manager« nun wieder loswerden und Kenichi endlich weiter unter vier Augen ausquetschen können?

»Stimmt es, dass Leute aus Deutschland unglaublich viel trinken können?«, erkundigte Kenichi sich.

»Deutschland? Dachte, du bist Amerikanerin«, nuschelte Arayama mit einem Strohhalm zwischen den Zähnen, der aus den Resten eines Longdrinks ragte. »Aber jetzt, wo er es sagt: Du siehst gar nicht aus wie eine.«

»Wie sehen Amerikanerinnen denn aus?«

»Weiß nicht.« Er ließ seinen Blick über ihren Körper wandern, was ihr unangenehm wurde. »Dicker?« Als Carla nichts darauf erwiderte, fuhr er fort: »Kenichi hat erzählt, dass er eine Freundin mitbringt. Aber er erwähnte nicht, dass es eine Deutsche ist. *You know what?* Du könntest auch Italienerin sein!«

»Meine Mutter ist Italienerin«, stellte Carla klar. »Kenichi hat mich angekündigt?«

Kenichi sah zu Boden und nuckelte an seinem Bier. Es war ihm offensichtlich peinlich. Was hatte er Arayama noch alles über sie erzählt?

Carla beschloss, endlich Nägel mit Köpfen zu machen, um den Abend wieder in die richtige Richtung zu lenken. »Kenichi, du musst doch morgen früh arbeiten. Wie lange möchtest du noch bleiben? Ich werde langsam ein bisschen müde.« Falls es danach geklungen hatte, dass sie mit Kenichi nach Hause gehen wollte, war ihr das nur recht. Andernfalls hätte sie schließlich einfach abhauen können – auch wenn ihr noch immer nicht klar war, wo sie die Nacht verbringen sollte. Vermutlich würde sie sich in einer gänzlich neuen Unterkunft einquartieren müssen.

Ihre Strategie zeigte allerdings Wirkung: Kenichi sah drein, als hätte er einen Geist gesehen. Mit zwei großen, aber zittrigen Schlucken leerte er sein Bier und ließ die Flasche auf die Theke fallen, wo diese umkippte. Arayama runzelte die Stirn. »Wir können gehen!«, platzte es aus Kenichi heraus. Als er registrierte, dass die anderen merkten, wie aufgeregt er plötzlich zu werden schien, räusperte er sich und drückte die Brust raus. »Ja, es ist schon spät, und auch die Züge fahren schließlich nicht ewig …«

Arayama grinste. »Schade. Aber dann trinke ich eben allein. Vielleicht stelle ich mich auf die Straße und verschenke ein paar

Shirts. Ich wünsche euch einen tollen Abend.« Er stocherte mit dem Strohhalm in dem verbliebenen Eis in seinem Becher herum. »Wie sagt man so schön? Reisende soll man nicht aufhalten.«

Kenichi, mit hochrotem Kopf, schulterte seinen Rucksack und verbeugte sich ruckartig. »Vielen Dank, Arayama-*san!*«, rief er auf Japanisch. Arayama knurrte nur und machte eine abwinkende Handbewegung.

»Es hat mich sehr gefreut, Arayama-*san*«, verkündete auch Carla lächelnd und ging einen Schritt auf die Aufzugstür zu. Kenichi war augenblicklich hinter ihr.

»Nehmt euch vor dem Tanuki in Acht!«, hörte sie Arayamas Stimme zum Abschied hinter sich, als der nach unten zeigende Pfeil hell aufleuchtete.

*

Der fremde Mann starrt ihr direkt ins Gesicht. Kurz rechnet das Mädchen damit, dass er nun auf sie zustürmt und sie an den Schultern packt. Sie hat schließlich etwas Verbotenes getan und muss bestraft werden. Doch sein entgeisterter Blick ruht nur eine Weile auf ihr, dann senkt er den Kopf und seufzt schwer.

Er nennt den Namen ihrer Mutter.

Diese sieht auf. »Was ist?«

»Das Kind.«

Mutter, noch immer auf dem Bett, lehnt sich zurück, stützt sich auf einem Ellbogen ab und dreht sich zur Tür. Ihr verquollenes Gesicht zeigt trauriges Erstaunen, aber keinerlei Wut. »Ach, Carla«, sagt sie fast tonlos.

Die Nebelgestalt steht weiterhin auf ihren unsichtbaren Füßen in der Luft und wabert vor sich hin. Scheinbar hat sie Carla noch nicht entdeckt, sofern sie sie überhaupt sehen kann.

Die Angst fällt von dem Mädchen ab. Weder will ihr diese komische Frau im Wind etwas Böses noch scheint von dem fremden Mann eine Gefahr auszugehen. Mutter richtet sich auf und lässt sich schwerfällig aus den Laken gleiten, als sei sie gerade erst aus tiefem Schlaf erwacht. Mit schwankendem Schritt geht sie auf Carla zu, sie muss sehr erschöpft sein, und zieht die Zimmertür ein Stück weiter auf. Sie geht vor dem Mädchen in die Knie und legt ihr die kalten Hände auf die Oberarme.

»Hab keine Angst, mein Schatz«, sagt sie mit ruhiger, tröstender Stimme und sieht ihr fest in die Augen. »Du wirst alles, was du gesehen hast, schon bald vergessen haben. Es ist noch nicht an der Zeit.«

Carla sieht zurück. Glaubt ihr. Vertraut ihr.

»Um Himmels Willen«, knurrt der Mann bestürzt, wendet den Blick ab und fährt sich mit einer Hand durchs Gesicht. Offenbar glaubt er Mutter nicht.

Doch es stimmt. Am nächsten Morgen hat das Mädchen vergessen, was es gesehen hat.

*

Das Rattern des engen Aufzugs zerrte an Carlas Nerven. Er wirkte nicht sonderlich modern, und die Fahrt nach unten kam ihr ungewöhnlich lang vor. Kenichi stand neben ihr – größeren Abstand ließ die mangelnde Geräumigkeit nicht zu – und starrte wortlos die Tür an. Beinah hätte sie erwartet, er würde ihr, sobald sich das Gefährt in Bewegung gesetzt hatte, um den Hals fallen. Aber selbst wenn er ihr Gerede kurzzeitig für bare Münze genommen hatte, blieb er beherrscht. Machte ihre

Fantasie erneut willkürliche Sprünge, oder war da tatsächlich ein bisschen Wunschdenken im Spiel?

»Kenichi. Was würdest du tun, wenn mich hier und jetzt oder gleich unten vor der Tür ein Geist angreifen würde?« Nägel mit Köpfen, nächster Versuch.

»Wegrennen«, sagte er prompt und leidenschaftslos.

»Wie bitte?«

»Vermutlich würde ich riesige Angst bekommen.« Die Anzeige sprang durch die Stockwerke. Vierte Etage. Dritte. »Ich bin nicht gut darin zu kämpfen. Ich habe große Angst bekommen, als die *chikan* aufgetaucht sind. Hast du es nicht bemerkt? Ich hätte dich nicht beschützen können. Wäre Arayama nicht gekommen ...«

»Okay. Es ist nicht deine Aufgabe, mich zu beschützen, weißt du? Das war eine dumme Frage. Entschuldige.« Die Worte kamen ihr bloß schwer über die Lippen, rief sie sich das mulmige Gefühl ins Gedächtnis, das sie überfallen hatte, als sie feststellen musste, dass Kenichi sich vorhin keinen Deut rühren würde.

Ein Klingen ertönte, der Aufzug war im Erdgeschoss angekommen, und er fragte: »Was genau *ist* denn meine Aufgabe?«

Carla hielt seinem Blick stand, sagte aber nichts.

Er lächelte schief. »Ich glaube sowieso nicht an Geister. Nicht auf diese Weise. Es sind die Menschen, vor denen wir uns in Acht nehmen müssen.« Die Tür glitt mit einem Knattern auf, und er trat ins Freie. Solche Worte hätte Carla ihm kaum zugetraut, und sie fühlte sich mies. Ja, was genau wollte sie eigentlich von ihm? Den einzigen Japaner, zu dem sie Kontakt hatte, über sein Wissen zu übernatürlichen Vorkommnissen ausfragen oder etwa doch eine starke Schulter zum Anlehnen? Alles war so verwirrend.

Unten in den Häuserschluchten fühlte sich die Nachtluft anders an als zuvor auf dem Dach. »Du glaubst nun doch nicht an Geister?«, erkundigte sie sich, und es klang fast ein wenig enttäuscht. »Was hatte dann unser Gespräch über deine Großmutter zu bedeuten?«

Er sah zum Himmel. »Doch. Ich glaube, dass sie noch da ist und dass sie uns, mir und meinen Eltern, zuschaut. Gewissermaßen. Ich will es so, und vielleicht weiß ich es auch ein bisschen.« Er richtete den Blick wieder auf Carla. »Aber dass Geister einfach so auftauchen und den Lebenden Schaden zufügen können? Das gibt es in Filmen. Und in Videospielen! Aber doch nicht im echten Leben.«

Carla fummelte nervös eine Zigarette aus der Packung, dabei konnte sie schon länger eine beunruhigende Kurzatmigkeit an sich feststellen. »Dann bin ich vielleicht doch verrückt«, murmelte sie resignierend. »Ich bin mir nämlich sehr sicher, dass ich einen gesehen habe.«

Mit einer umständlichen Bewegung berührte er ihr Handgelenk, das die Zigarette hielt, als wollte er ihr diese abnehmen. »Verrückt glaube ich nicht. Aber einzigartig.«

»Inwiefern?«

Er lachte. »Erstens: Du gehst mit mir aus. Zweitens: Du fragst spannende Sachen! Viele Mädchen lassen sich gerne den Weg zu Sehenswürdigkeiten erklären oder wollen Empfehlungen für Bars und Restaurants. Oder aber ich muss sie fotografieren, wenn sie vor dem Sensō-ji stehen, damit sie gute Bilder an ihre Freunde zuhause schicken können. Dabei bleibt es meistens, ansonsten brauchen sie mich nicht. Carla aus Deutschland aber ist anders. Sie kommt sogar mit in den Tempel und möchte wirklich etwas darüber wissen. Darüber, wie die Dinge hier so laufen. Das gefällt mir. Es imponiert mir geradezu.«

»Dein Englisch ist wirklich super«, sagte Carla baff, zumal sie in diesem Moment wirklich nicht wusste, was sie sonst zu seinen Ausführungen sagen sollte. Kenichis Komplimente registrierte sie zwar, aber verinnerlichte sie kaum – so, wie sie es seit je her kannte. Komplimente von Hans allerdings hatte sie immer annehmen können, erinnerte sie sich. Der Gedanke brannte ein bisschen.

»Endlich erkennt es jemand«, entfuhr es Kenichi freudig. »Ich übe viel und arbeite hart!« Er schien ihre lakonische Reaktion nicht allzu unpassend zu finden. »Du hast sicherlich ein neues Hotel gefunden, oder? Ein schöneres, bestimmt. Möchtest du, dass ich dich nach Hause bringe?«

»Ich …«

»Bist du doch noch nicht müde?«

»Eigentlich habe ich das nur gesagt, um allein mit dir reden zu können. Ohne Arayama.«

Diesmal staunte er ob der Aussage nicht und wurde auch nicht sichtbar nervös. Weil Arayama ihm nicht mehr zusah? Kenichi zwinkerte, als blendete ihn die Sonne, dabei war es finstere Nacht. Nur die Straßenlaternen erhellten die kleine Straße in Koenji spärlich. Lächelnd stellte er die Frage erneut: »Was ist meine Aufgabe, Carla aus Deutschland? Du bist mir ein Rätsel.«

Carla konzentrierte sich beim Ziehen auf das Aufglimmen der Zigarette, das auf faszinierende Weise die Dunkelheit durchbrach, wenn auch bloß schwach. »Ich bin mir selbst ein Rätsel«, seufzte sie. »Tokio macht mich fertig. Mein Freund hat mich hintergangen. Ich will allein sein, aber gleichzeitig unter Leuten. Je mehr desto besser. Und ich glaube, ich werde von einem Geist verfolgt.«

»Dein Freund hat dich hintergangen?«

Sie runzelte die Stirn. »Findest du die Sache mit dem Geist nicht aufregender?«

»Das kommt später. Was hat dein Freund getan?«

»Mit jemand anderem getanzt.«

»Und der Geist? Ist der erst danach erschienen?«

Kurz fragte sie sich, wie er das meinte, dann bimmelte ihr Handy. Sofort wandte Kenichi sich ab und ging zwei Schritte zur Seite. »*Douzo.*« Diese Höflichkeit war unschlagbar und würde wohl auch in einem brennenden Haus nicht abgelegt werden.

Carla war zunächst irritiert, nestelte dann aber das Telefon hervor und sah mit mulmigem Gefühl aufs Display. Sie schluckte. Hans. Wenn man vom Teufel spricht! Warum gerade jetzt?

Als es noch dreimal geklingelt hatte und sie, unsicher, wie sie reagieren sollte, nicht ranging, meldete sich Kenichi doch zu Wort: »Willst du nicht abheben?«

»Es ist mein Ex-Freund. Genau der, der mich hintergangen hat.«

»Oh.«

Das Klingeln erstarb. Carla schnippte ihre Zigarette auf den Boden, was Kenichi mit einem erschreckten Blick quittierte. Hatte sie es überstanden? Doch dann fing das Gerät wieder zu klingeln an, lauter und aufdringlicher als zuvor.

»*Fuck!*«, machte Carla und drückte auf den grünen Hörer.

»Wo bist du?«, drang Hans' aufgebrachte Stimme an ihr Ohr.

»Hans. Hör zu, ich habe doch —«

»Du musst mir unbedingt sagen, wo du bist, Carla. Jetzt! Du bist in Gefahr.«

Der Atem entwich keuchend ihren Lungen. Sie hatte die Augen aufgerissen, aber erkannte Kenichi plötzlich nur noch unscharf. »In Gefahr …?« Leise konnte sie wieder Wind in den wenigen Bäumen hören, die die Straße säumten. Ein seltsames Gefühl befiel sie, nicht unähnlich dem, welches sie vor Tagen im Tokio-Tower verspürt hatte.

»Wie, in Gefahr? Ich verstehe nicht. Was willst du von mir?« *Was glaubt dieser Typ, wer er ist? Jetzt will er Spielchen mit mir treiben?*

»Du hast mir im Hotel erzählt, du würdest merkwürdige Dinge sehen, weißt du noch?« Es klang in der Tat nicht so, als würde Hans seine Aufregung nur spielen. Oder war er so ein guter Schauspieler? »Ich hätte dir besser glauben sollen! Und dich niemals allein lassen, auch wenn du noch so sehr darauf bestanden hast! Es tut mir alles so leid, Carla, so wahnsinnig leid. Aber du musst mir jetzt genau zuhören. Wir müssen uns treffen. Noch heute Nacht.«

Das diffuse Angstgefühl in Carlas Bauch wich aufkeimender Wut. »Jetzt also fällt dir ein, dass du mich nicht hättest im Stich lassen sollen? Oder hast du jetzt erst die Eier, mir das mitzuteilen? Wieso sollte ich dir vertrauen? Hat dein Stecher dich abserviert, und nun hast du doch wieder Sehnsucht nach mir?« Die Fragen, die Vorwürfe, sie sprudelten nur so aus ihr heraus – ein Glück, dass Kenichi sie auf Deutsch nicht verstehen konnte. Die kurze Lunte in ihrem Innern hatte Feuer gefangen und brannte bereits lichterloh.

Es gab ein Fiepen in der Leitung.

»Hans?«, bellte Carla ins Telefon.

Einen Moment herrschte Stille, und schon dachte sie, er hätte, nun damit konfrontiert, was sie wusste, den Anruf abgebrochen. Dann aber war seine Stimme wieder zu hören – weniger aufgebracht, kapitulierend: »Du hättest das nicht sehen sollen, Carla. Ich weiß nicht, ob ich das jemals wieder gut machen kann.«

»Kannst du nicht. Ich bin fertig mir dir.« Die Kälte in ihrer Stimme ließ sie selbst frösteln, aber die zornige Flamme wanderte lodernd weiter.

»Lass uns bitte ein anderes Mal darüber reden. Darum geht

es jetzt nicht. Carla, du wirst verfolgt, und wir müssen dich schnell in Sicherheit —«

Und *boom* – die Lunte brannte ab. »*Verfolgt?* Verfolgt von wem? Von meinem kranken, an *fucking yellow fever* leidenden Pseudo-Freund aus *fucking* Frankfurt? Dem jetzt der Arsch auf Grundeis geht, weil er schlussendlich doch realisiert, was er mit seinen kleinen, geheimen Ausflügen aufs Spiel gesetzt und nun ein für alle Mal verloren hat? Dann sag ihm bitte, er soll sich ficken und mich in Ruhe lassen!« Schemenhaft erkannte sie, wie Kenichi bei ihrem Gebrüll in sich zusammenschrumpfte. Vermutlich würde er bald panisch die Flucht vor ihr ergreifen. Sie könnte es ihm nicht einmal verübeln.

Hans ließ sich auf den Schlagabtausch ein. »Was kann ich dafür, dass du, *out of all places*, in dieser verdammten Megastadt ausgerechnet an *diesem* Abend in *diesem* Club auftauchst? In *fucking* Tokio! Wie bescheuert ist das eigentlich?« Seine Stimme überschlug sich, und Carla liebte den Schmerz, den sie darin hörte.

Wie schön wäre es wohl gewesen, wären sie schon vorher derart aneinandergeraten, ganz ohne Japan und ohne konkreten Auslöser. Hätten sie es doch nur zugelassen! Wären sie anschließend entspannter miteinander umgegangen? *Aber weil man ja so eine verdammte Angst hat, den anderen über Nerv und Nichtigkeit zu verlieren, frisst man die ganze angestaute Wut in sich hinein. Man frisst und frisst und frisst, und niemals darf man kotzen.* Jetzt aber, Sonntagabend oder Montagmorgen oder zu welcher Zeit auch immer in Koenji, unter den bestürzten Blicken Kenichis vor den Toren eines unscheinbaren Yakuza-Rockclubs voller fetter Marderhunde, in dem keiner an Geister glaubte – jetzt war es an der Zeit zu kotzen.

»Ich hätte mir keinen besseren Ort aussuchen können! Die ganzen süßen Boys in Frankfurt waren wohl schon besetzt?

Weißt du was?« Carla ließ nicht locker, es fühlte sich einfach zu gut an. »Ich bin froh, dass ich mit dir hierhergekommen bin. Dankbar sogar. Denn jetzt weiß ich endlich, wie blöd ich die ganze Zeit –«

»Carla, lass es! Nicht jetzt! Du musst –«

»*Du sagst mir nie wieder, was ich muss oder nicht muss!*« Und schon hatte sie auf Rot gedrückt, schnaubte, stieß einen letzten verärgerten Schrei aus und stopfte sich das Handy dann, am ganzen Körper zitternd, in die Westentasche. Fast hätte sie es auf den Boden geschmettert, und das wäre zu einem großen Problem geworden. Es war genug – sie musste runterkommen, bevor sie unwiderruflichen Schaden anrichten würde.

Der Rauch legte sich, flackernd wanderten ihre Gedanken umher. Schnaps? Nein. Rauchen. Sie zündete sich die nächste Zigarette an. Kurz spielte sie mit dem Gedanken, Kenichi vorzuschlagen, ob er sie nicht doch wieder nach oben begleiten wollte. Dort konnten sie sich dann zusammen mit Arayama und den drei Milchbart-Punks die Lichter ausknipsen. Aber …

»Kenichi?«

»Ich bin hier.« Und tatsächlich: Er stand noch neben ihr, die Hände lässig in den Hosentaschen und befallen von einem leicht lädierten, angestrengten Schmunzeln, das zwar nicht sonderlich echt, dafür aber ungemein bemüht aussah. »Ich weiß, deine persönlichen Angelegenheiten gehen mich nichts an. Aber ich schätze, jetzt geht es dir wieder besser …«

»Ein bisschen.«

»Ich sagte doch, du bist anders als die anderen, Carla.« Ein höfliches Suffix oder das »aus Deutschland« sparte er sich diesmal. Die deutsche Sprache würde er fortan wohl auf ewig mit dem Gekeife in Höhlen lebender Urwalddämonen verbinden.

Carla lächelte ihrerseits nun leicht. Mittlerweile fühlte sie sich hundemüde. Und unendlich traurig, so als würde sie einen fiesen Kater von ihrem Wutausbruch bekommen. »Weißt du, manchmal ist es nötig, dass man gewissen Idioten einfach mal die Meinung sagt …«

Er erwiderte nichts, aber schnorrte sich erneut eine Zigarette. Mittlerweile glaubte sie, dass Kenichi sie wirklich mochte. Schließlich war er immer noch bei ihr – und sie war sich fast sicher, dass eine kettenrauchende und lautstark herumzeternde Frau sonst nicht unbedingt seinem Typ entsprach. Nur so ein Gefühl.

»Wo wohnst du eigentlich?«, fragte sie dann. »Du hast es mir nie gesagt.«

»Saitama. Das ist von hier etwa eine halbe Stunde mit dem Taxi. Züge fahren diese Strecke jetzt nicht mehr. Bevor ich aufbreche, bringe ich dich aber vorher gern in dein Hotel, wenn du möchtest.«

Carla sah ihm in die Augen, umgeben vom Zigarettenrauch und dem mattorangen Licht der Straßenlaternen. Wie konnte es auf einmal so spät geworden sein? Sie brauchte Schlaf. Und wollte nicht allein aufwachen müssen. »Nicht nötig … Darf ich mitkommen?«

»Wohin?«

»Zu dir.«

Er ließ es sich einen Moment durch den Kopf gehen und begann dann herumzudrucksen. »Ich … Ich habe nicht aufgeräumt. Und ich habe nicht viel Platz! Aber ich habe einen Ersatz-Futon für meine Eltern, falls sie doch mal vorbeikommen, also wenn du wirklich nicht in dein Hotel …«

»Ausgezeichnet«, stammelte sie benommen und legte eine Hand auf Kenichis Schulter. Jetzt, wo die Anspannung im wahrsten Sinne des Wortes verraucht und ihre Rage verebbt waren, bemerkte sie, wie sich ein tiefes Loch unter ihr geöffnet hatte, in dem sie nun Stück für Stück versank. Carla riss sich zusammen. Selbst wenn ihr Ausraster Kenichi nicht in die Flucht geschlagen hatte – ihre Tränen würden es bestimmt.

»Ich würde wirklich gerne mitkommen, wenn ich darf.«

Kenichi machte weder Luftsprünge, noch sträubte er sich.

Du bist mir auch ein Rätsel, dachte Carla nur.

»Einverstanden«, willigte er schließlich ein. »Das Taxi bezahle ich. Weil wir Freunde sind. Aber erschrick dich morgen bitte nicht. Ich stehe wirklich früh auf, du weißt doch …«

Und ich werde liegen bleiben, bis es nicht mehr geht, antwortete Carla in Gedanken, als sie sich, nun völlig ausgelaugt, in Kenichis Arm einhakte und beim Gehen auf ihn stützte.

Kaum eine Woche war in Tokio vergangen, aber es fühlte sich bereits an wie eine Ewigkeit.

 TAXI DRIVE

Fast lautlos glitt das Taxi über die nächtliche Autobahn. Als Carla die Lichter dessen, was sie für Tokio hielt, in zunehmende Entfernung rücken sah, überkam sie ein leichter Hauch von Schwermut. Wer war noch gleich auf die Idee gekommen, die gigantische Hauptstadt als einzige Station einer bloß zweiwöchigen Japanreise in Betracht zu ziehen? Sie würde nichts anderes sehen können, keine anderen Facetten dieses Landes, sondern sich nur im Schlund des Monsters aufhalten, und allmählich dämmerte es ihr, dass jenes Monster nicht stellvertretend für das ganze Land stehen konnte, ganz bestimmt nicht. Carla wollte nebelverhangene Berggipfel sehen, verwunschene heiße Quellen inmitten von unberührter Wildnis, weite Felder und einfache Menschen – solche, die keine piekfeinen, aber billigen Anzüge trugen und von Niedriglohnkräften in überfüllte U-Bahnen gequetscht werden mussten. Hans hatte ihr allerdings jegliche Planung abgenommen und sich offenbar nur für Tokio interessiert. Verdammt, sie hatte noch nicht einmal den Fuji aus der Ferne betrachten können! Aber, und es wurde ihr eine Sekunde später bewusst: Vor lauter Parker, Ausgehplänen und schließlich Stundenhotels und Geistererscheinungen hatte sie noch nicht einmal Ausschau nach dem Vulkan gehalten. Ob ein Blick von der Spitze des Tokio-Towers genügt hätte? Und inwiefern entsprachen ihre Vorstellungen von dem Japan außerhalb der Stadtmauern überhaupt der Wirklichkeit? Waren sie vielleicht bloß Klischees, Abziehbilder, stereotype Schemen, die von Postkarten, aus Reisebroschüren, aus YouTube-Videos oder vom bloßen Hörensagen herrührten? Wieder kam sie sie sich, wenn auch nicht gänzlich dumm, so zumindest schrecklich uninformiert und naiv vor.

Kenichi war rechts von ihr auf der Rückbank eingeschlafen. Es war ein langer Tag für ihn gewesen – bereits um sechs in der Früh hatte er seine Schicht angetreten. Carla ließ ihren Blick unter der spärlichen Straßenbeleuchtung eine Weile auf seinem Gesicht ruhen. Er wirkte, so in sich zusammengesackt, wie ein erschöpftes Schulkind. Wenigstens hatte er keine Anstalten gemacht, sich an sie zu kuscheln oder den Arm um sie zu legen. Ob er von etwas träumte, und, wenn ja, von was?

Der Taxifahrer schräg rechts vor ihr – an die spiegelverkehrten Autos hatte sie sich nach wie vor nicht gewöhnen können – sagte kein Wort, sondern konzentrierte sich pflichtbewusst aufs Fahren. Carla begrüßte diese kurze Auszeit, die Stille, die Abwesenheit von wild durcheinanderredenden Menschen wie Parker oder Arayama, deren Gegenwart sie zwar schätzte – schließlich musste sie sich in Gesprächen daher selten selbst beteiligen –, die sie aber auch oft auslaugte. Der Fahrer schien, so wie sie, die Einsamkeit zu genießen. Und vermutlich auch den Umstand, dass er eine Aufgabe zu erledigen hatte; er musste sich zu dieser Stunde keine Gedanken machen, was er sonst tun sollte. Er fuhr, Carla saß, und Kenichi schlief. Die Rollen waren klar verteilt.

Einsamkeit, ging es Carla durch den Kopf, war ein Problem in Mega-Cities wie jener, die sie gerade verlassen hatten. Man konnte sich unter dreiunddreißig Millionen Menschen aufhalten und zur gleichen Zeit trotzdem mutterseelenallein fühlen.

Bis Saitama sollte es eine gute halbe Stunde Fahrt werden, hatte Kenichi angekündigt. Zuhause würde er etwa fünf Stunden schlafen können, bevor er sich wieder fertig machen musste, um mit dem Zug zurück nach Tokio zu pendeln und dort pünktlich den nächsten Arbeitstag zu beginnen. Würde sie ihn begleiten, oder sollte sie sich eine Weile andernorts herumtreiben? Ein bisschen tat Kenichi ihr leid: Er hatte einen derart krassen Zeitplan, und trotzdem bürdete sie ihm ihre Anwesenheit auf, weil sie nicht allein sein wollte, nicht allein sein konnte. Nicht nach der Szene am Telefon. Stattdessen hätte sie sich auch irgendwo in Koenji eine Absteige suchen und einmal richtig durchschlafen können. Verdammt, sie hätte sogar allein in ein dummes Love Hotel gehen können! (Ihn zu fragen, ob sie sich nicht beide ein Zimmer für die Nacht teilen sollten, hatte sie sich nicht getraut, und vermutlich hätte jegliche Art von Hotel sein, wie er erwähnt hatte, knappes Budget ohnehin heillos überzogen.) Carla seufzte. Vorhin noch war sie todmüde gewesen. Jetzt konnte sie die entspannende Autofahrt zwar irgendwo genießen, wegen ihrer wieder einmal rasenden Gedanken aber nicht einmal für ein kurzes Schläfchen nutzen. Dabei wollte sie Kenichi, bevor ihre nunmehr siebte Nacht in Japan anbrach, doch noch so viele Fragen stellen.

Carla fröstelte. Kurz hatte es so ausgesehen, als hätte der schweigsame Taxifahrer sich zurückgelehnt und ihr über die Schulter einen wundersamen Blick zugeworfen. Bestimmt hatte sie es sich eingebildet, denn jetzt konnte sie wieder nur das schüttere, graue Haar am Hinterkopf und an den Schläfen des Mannes sehen. Der Taxifahrer starrte stur nach vorne auf die Straße. Möglicherweise war sie nun doch kurz davor einzuschlafen. Nur für ein paar Minuten …

Ein Schrei in ihrem Kopf zerriss die Nacht in kleine Fetzen. Carla japste nach Luft und riss die Augen auf. Da, tatsächlich: Vom Fahrersitz aus starrte sie wieder jemand mit merkwürdig toten Augen an. Aber es war nicht der Fahrer. Carla erkannte schneeweiße Haut und dünne, wie mit einem feinen Pinsel aufgemalte Lippen.

Die Temperatur im Wagen fiel, und auch das leise Brummen des Motors löste sich plötzlich auf, als sei das Taxi mitsamt seinen Insassen abgehoben und ins All entschwunden oder aber von der Autobahnbrücke, die sie gerade passiert hatten, in den Ozean gestürzt, wo es nun langsam und unwiederbringlich unterging. Im Innern des Wagens breitete sich ein seltsamer Wind aus, der unmöglich von außen hereindringen konnte.

Die Papierfrau hatte den Mund abermals aufgerissen, als wolle sie Carla verschlingen, und Carla hörte zwar ihren altbekannten Schrei – wie ein Kratzen auf Porzellan, nur tödlicher –, war sich diesmal aber auch vollkommen sicher, dass jener maßgeblich aus ihrem eigenen Innern nach außen drang, nicht andersherum. Der schwarze Schlund im Maul des Geistes war von demselben Schwarz wie das seiner Augen und Konturen, ein Tunnel in ein abgrundtiefes, endloses Nichts, aus dem es kein Entkommen mehr gab, kein Licht und kein Leben.

Was willst du von mir?, wollte Carla rufen, doch natürlich drang kein Laut über ihre Lippen.

Dieses Mal würde sie nicht das Bewusstsein verlieren, egal, wie laut das Biest auch ihr schrie. Dieses Mal würde sie kämpfen – vielleicht konnte sie so endlich Antworten bekommen, seien diese noch so schmerzhaft.

Einen Moment lang starrten Carla und die Erscheinung sich gegenseitig reglos an. Ob das Taxi noch fuhr, oder ob sich vor den Fenstern tatsächlich alles in ein Vakuum aufgelöst hatte, konnte Carla nicht feststellen. Sie wollte sich regen, die Frau mit beiden Händen am Kragen ihres wabernden Gewands packen und erbost zurückschreien, merkte dann jedoch, dass sie nicht nur nicht sprechen, sondern auch keinen Finger rühren konnte.

Carla war wie gelähmt.

Die Frau hingegen setzte sich in Bewegung. Der noch immer andauernde Schrei schlingerte, als geriet er in eine Kurve, ebbte kurz ab und stieg wieder an, lauter, während die Frau einen langen Arm, der so aussah, als sei er mehrfach gebrochen und falsch wieder zusammengewachsen, über die Rückenlehne des Fahrersitzes hob und damit in Carlas Richtung langte.

Der andere Arm stützte sich an der Fensterscheibe des Fahrers ab, die Haut der dürren Finger so weiß und fahl wie das Gesicht, dann drückte die Gestalt ihre Füße – ihre *Füße!* Warum in Gottes Namen hatte sie auf einmal Füße? – an die Windschutzscheibe. Gelenke schienen zu knacken. Plötzlich wirkte es, als sei das Wesen aus Fleisch und Blut.

Wie eine alptraumhafte Spinne hing die Frau nun an der Decke des Taxis, schrie und schrie weiter und bohrte ihren Blick unentwegt in Carlas Gesicht, während der unmögliche Wind um sie herumtobte.

Was willst du von mir?, versuchte Carla erneut zu schreien, yōkai *oder* yūrei *oder was auch immer du bist. Lass mich in Frieden! Ich habe dir nichts getan!*

Schrei und Wind endeten abrupt. Stattdessen stieß die Gestalt aus dem Loch in ihrem Gesicht ein Röcheln aus, das erst klang wie ein Knattern, dann wie ein Klappern und ebenfalls stetig anzuschwellen schien. Ihre Haare wirkten nun wie toter Seetang und fielen in Strähnen nach unten, als sie ihren Kopf, diesmal seitwärts, um 180 Grad drehte. Dabei wandte sie den Blick nicht von Carla ab. Erst hing das Gesicht im wahrsten Sinne des Wortes kopfüber vor Carla, dann knackten die Gelenke der mittlerweile äußerst lebendig wirkenden Frau nochmals wie morsches Holz, und auch Arme und Beine sowie ihr Unterkörper beschrieben eine halbe Drehung, bis sie mit dem Bauch zur Decke an selbiger hing.

Ich habe keine Angst vor dir, da kannst du dich noch so sehr verbiegen, rief Carla in Gedanken, und sie war sich beinahe sicher, dass das Gespenst sie hören konnte. Sie biss die Zähne zusammen, ihre Gliedmaßen noch immer taub.

Ich habe keine Angst vor dir, Hans!

Der Mund der Gestalt riss wieder auf, der Schrei kehrte zurück, und Carla kämpfte, kämpfte, kämpfte, bekam dann jedoch abermals keine Luft mehr und öffnete ihren eigenen Mund, um schließlich doch um Hilfe zu schreien.

Die Welt um sie herum schien stillzustehen, als sie sich so gegenübersaßen und lautlos anschrien, eine Minute, vielleicht ein Jahr, ein ganzes Leben, dann aber gab es einen Schnitt, der Ton verstummte, und die Szene verwandelte sich erneut.

Carla konnte nicht glauben, was sie sah. Das Spinnenmonster an der Autodecke hatte sein Gesicht gewechselt, war nun kein Tuschegeist mehr, kein bizarrer Alptraum, sondern verströmte etwas regelrecht Vertrautes, Warmes.

»Mutter?«, flüsterte Carla keuchend und konnte ihre eigene Stimme wieder hören.

Es machte *klack, klack, klack,* als sich das Gesicht zum wiederholten Male drehte, bis es wieder senkrecht, aber nun gegensätzlich zum Körper vor Carlas hing, nur Zentimeter von ihrer Nasenspitze entfernt.

Es war das Gesicht ihrer Mutter und gleichzeitig auch nicht. So wie der Hans in ihrem Traum Hans und gleichzeitig auch nicht Hans gewesen war.

Das Gesicht lächelte nicht, sondern wirkte ausdruckslos – von einer sehr menschlich wirkenden Spur des Erstaunens einmal abgesehen, als konnte auch die Kreatur schlichtweg nicht fassen, wen sie gerade vor sich hatte.

Carlas Atem rasselte, und sie fühlte, wie sich etwas in ihrer Brust zu lösen begann – hatte sie wirklich nicht atmen können oder bloß unbewusst die Luft angehalten? *Mutter*, wollte Carla noch einmal sagen, als gäbe es dann vielleicht eine Antwort darauf, doch in diesem Augenblick setzte sich das Monster erneut in Bewegung.

Es zog sich zurück!

Klappernd wanderten die Arme und Beine rückwärts an der Taxidecke entlang, und die Gestalt entfernte sich, ohne den Blick ihres weiterhin konträr zum Körper hängenden Kopfes von Carla abzuwenden. Dann sah es so aus, als würden zuerst ihre Füße, anschließend ihr Rumpf und schließlich auch der Rest von ihr rückwärts in der Windschutzscheibe versinken, so als tauche sie ein in dunkles Wasser – oder in Tinte? Kurz war das unfassbare Gesicht noch in der Schwärze auszumachen, die *lebendigen* Augen ließen nicht von Carla ab, dann verschwand auch dieses unter der Oberfläche, und Carla war allein. Als Nächstes nahm sie das ruhige, monotone Vibrieren des Motors wahr.

Der Taxifahrer sah sie über die Schulter an, anstatt sich auf die Straße zu konzentrieren, und wiederholte, was er anscheinend gerade zu ihr gesagt hatte.

»Was? Wie …?«, stammelte Carla, die mit dem abrupten Einbruch der Realität mehr als überfordert war.

»Er fragt, ob er die Heizung anschalten soll«, meldete sich Kenichi schlaftrunken neben ihr und stieß ein herzerweichendes Gähnen aus. »Er meint, es sei doch gerade auf seltsame Art kalt geworden.«

»Nein, ist schon okay … Mir ist nicht kalt«, hörte Carla sich sagen und schmiegte ihren Rücken in das Leder des Rücksitzes.

Kenichi gab sich mit ihrer Antwort zufrieden, übermittelte sie an den Taxifahrer und rollte sich dann in seiner Ecke zusammen, sobald sich dieser wieder dem Wagen zugewandt hatte. Vor den Fenstern war alles voller Lichter. Carla atmete tief durch und ließ den Kopf nach hinten sinken. Erschöpft starrte sie zur Autodecke. Dort war nichts zu sehen.

Schlafen, dachte sie, *nur ein wenig. Wir sind gleich da.* Dann merkte sie, wie ihr Telefon zuckte.

Wie in Trance ließ Carla das Handy aus der Tasche gleiten und erkannte zwei Textnachrichten auf dem Display, kurz bevor die Erschöpfung sie übermannte und sie schließlich ohne einen Versuch des Widerstands wegdämmerte.

Hans: »*Bitte, Carla. Wir haben nicht viel Zeit.*«

Mutter: »*Ihr habt euch also endlich gefunden.*«

 ## FINDEST DU MICH SCHÖN?

Sie fühlte sich erschlagen, merkwürdig erschöpft und ausgelaugt, fast so, als hätte sie einen Marathonlauf hinter sich. Weil sie es geschafft hatte, die Kreatur in die Flucht zu schlagen – hatte sie das überhaupt? –, ohne das Bewusstsein zu verlieren? Auf jeden Fall war Carla stolz, der Erscheinung die Stirn geboten zu haben, zumindest tief in ihrem Inneren, ein ganz kleines bisschen. Und sobald sie wieder vollständig zu Kräften gekommen war, würde sie auch Mutter fragen können, was es mit deren seltsamer Nachricht auf sich hatte. Hans' verzweifelte Kontaktversuche bedurften keinerlei Reaktion.

Kenichi hockte im Eingang seines winzigen Apartments vor ihr auf dem Boden und löste seine Schnürsenkel. Es machte keinen Sinn, ihn davon zu unterrichten, was ihr gerade auf der Fahrt nach Saitama widerfahren war. Er würde es nicht verstehen.

»Ich habe dich gewarnt, dass es hier nicht besonders vornehm ist, nicht wahr?« Die Nervosität ihres Begleiters, der dennoch weiterhin todmüde auf sie wirkte, machte Carla unsicher. Tat sie das Richtige?

Der schmale Flur, der von der Eingangstür abging – sie befanden sich erneut im wer weiß wievielten Stock eines gigantischen, gesichtslosen Gebäudekomplexes – führte in eine Art Nische, nicht mal ein richtiges Zimmer, in dem ein Stuhl und ein niedriger Tisch standen. Daneben befand sich eine Schrankwand, in der Carla die Futons vermutete, von denen Kenichi gesprochen hatte. Weiße T-Shirts und Socken lagen über den Boden verstreut. Das winzige Fenster an der Wand war mit trüben Milchglasscheiben versehen – vermutlich würde auch tagsüber kaum natürliches Licht in die zellenartige Behausung dringen. In einer Ecke des Raumes saß ein tragbarer Gasherd mit zwei überschaubaren Kochflächen, eine Plastiktür daneben musste in eine Nasszelle führen. Gegen die karge Einrichtung von Kenichis Zuhause wirkte selbst Ellens geschmackvoller Minimalismus, als gehörte er zu einem prunkvollen Palast. Wie konnten die Tempel so riesig sein, aber die Menschen lebten auf derart engem Raum? Carla verstand die Welt nicht mehr. Und merkte, ein wenig irritiert: Der Bewohner dieses Schlupflochs tat ihr leid.

Jener hatte soeben eine Entschuldigung gemurmelt und verschwand nun in der Nasszelle. Carla entfernte sich, so gut es ging, von der Tür, um keine peinlichen Geräusche mitanhören zu müssen, begab sich zur Wand und hängte ihre Weste über die Lehne des Stuhls. Mit ausgebreiteten Armen würde sie sich in diesem Raum kaum um sich selbst drehen können. Wie sollten hier zwei Nachtlager nebeneinander passen, ohne dass sie und Kenichi im Schlaf gegeneinander rollen würden?

Die Klospülung ging, dann rauschte ein Wasserstrahl. Kenichi kam schließlich zurück in den Raum getrottet, Gesicht und Haar feucht. Hatte er versucht sich aufzuwecken, weil er davon ausging, noch eine Weile wachbleiben zu müssen?

»Es ist nicht viel, aber es gehört mir.« Er machte keinerlei Anstalten, seine ewigen Rechtfertigungen, nach denen Carla nie gefragt hatte, einzustellen. »Genauso viel Platz direkt in

Tokio könnte ich mir nicht leisten.« Dann begann er, an der Schranktür herumzunesteln.

Kurz darauf hatte Kenichi zwei matratzenähnliche Schlafunterlagen nebeneinander aufbereitet, sodass nun beinahe der gesamte Fußboden aus Baumwolle zu bestehen schien, und im Schneidersitz auf der rechten Platz genommen. »Ich werde nun fünf Stunden schlafen«, kündigte er mit angestrengtem Mini-Grinsen an. »Brauchst du noch irgendetwas?«

Carla gab ihm ein wortloses Lächeln und kletterte zusammen mit ihrem Rucksack selbst in den Waschraum. Eine an ein Fass erinnernde Wanne aus Plastik gab es darin, in der man bloß hocken statt stehen oder gar liegen konnte, eine Toilette sowie ein Waschbecken, das schräg über deren Brille hing. Gemütliches Sitzen auf dem Klo schien nicht die oberste Priorität des Architekten gewesen zu sein. Das grelle Licht in der Kammer erinnerte Carla an die Leuchten über einem OP-Tisch. Gegen das fast schon gemütliche Halblicht im Schlafraum wirkte es fies und steril.

Carla öffnete den Wasserhahn und warf sich einen Schwall nach Chlor duftendes Leitungswasser gegen die Stirn. Wo in drei Teufels Namen war sie bloß gelandet? Sollte die Gestalt hier angreifen, gäbe es genauso wenig Raum zu flüchten oder sich zu wehren wie in dem Taxi. Wenigstens aber musste Carla nicht allein in einem Hotelzimmer oder – schlimmer noch – wie die Henne im Stall in einem Mehrbettschlafraum liegen, damit sie sich dort ohne jeglichen menschlichen Beistand den Kopf über das, was ihr geschehen war, zerbrechen konnte.

Sie musterte ihr Gesicht im Spiegel, während sie sich die Zähne putzte. Sah sie, von dieser seltsamen Erschöpfung, die aber auch keine richtige Müdigkeit war, einmal abgesehen, anders aus als sonst? Sah man anders aus, nachdem man sich erfolgreich gegen eine übernatürliche Erscheinung verteidigt hatte?

Nachdem sie sich frisch gemacht hatte, kehrte sie zu Kenichi in den Wohnraum zurück und hatte fest damit gerechnet, ihn dort schlafend vorzufinden, doch er war hellwach. Noch immer im Schneidersatz, ruhte er auf seinem Futon und sah sie mit einer Mischung aus Erwartungshaltung und Schüchternheit an.

Weil du schön bist. Und fremd.

Findest du mich schön, Kenichi?

Ich glaube schon.

Hans hatte Carla oft gesagt, sie sei schön. Aber wann genau das gewesen sein sollte, wusste sie nicht mehr, und glauben konnte sie ihm sowieso nicht länger.

Carla ging langsam vor ihrem Gastgeber in die Knie, sah ihm tief in die schlaftrunkenen, aber noch aufnahmefähigen, ungewöhnlich schwarzen Augen, die funkelten wie Perlen, und drückte ihm einen Kuss auf die Lippen, auf den er keine sichtbare Reaktion folgen ließ. Sie versuchte es erneut, und diesmal spielte er mit, erwiderte ihre Bewegungen, weder versteinert noch so unbeholfen, wie sie erwartet hätte – ein weiterer Gedanke, für den sie sich umgehend schalt –, und wurde dann fordernder, gieriger. Sie fuhr ihm mit einer Hand durch das nun wieder trockene Haar und zog seinen Kopf näher an ihren heran. Spätestens jetzt schien etwas klick zu machen. Schnell trat Carla das Kommando an Kenichi ab, überrascht von seinem Mut, und nachdem er sie einige Minuten lang ausgiebig geküsst hatte, lehnte er sich auf der Matratze zurück und zog erst sein Shirt aus, dann nach kurzem Zögern auch seine Jeans. Sie entledigte sich selbst ihrer Weste und des Oberteils, beugte sich über ihn und fuhr mit der Zunge über seinen schmalen Brustkorb, dessen Rippen sie in dieser Position beinahe zählen konnte. Er roch nicht, so wie Hans, nach Parfüm, sondern nach sich selbst und seinem langen Tag. Es machte sie beinahe verrückt.

Säße ein kleiner Teufel auf Carlas linker Schulter, trüge er das Gesicht von Ellen?

Sanft strich sie mit der Hand über die Wölbung unter seinen Boxershorts, woraufhin Kenichi angespannt die Luft ausstieß, flüsterte ihm »*chotto matte*« ins Ohr und beugte sich dann zu ihrem Rucksack herüber.

*

7:16 Uhr prangte auf ihrem Handydisplay, als Carla einen glimmenden Zigarettenstummel durch den schmalen Spalt des nur wenige Zentimeter geöffneten Schiebefensters hielt. Ob draußen bereits ein weiterer, munterer Sommertag angebrochen war, ließ sich von ihrem Standpunkt aus nicht mit Sicherheit sagen, aber es war an der Zeit, dass Kenichi den Zug nach Tokio erwischte, damit Hiroshi-*sama* ihn, wie er vehement behauptete, nicht sofort wieder nach Hause schicken würde. Fünf Stunden Schlaf hatte er angekündigt, drei waren es schlussendlich geworden. Carla selbst fühlte sich dennoch ausgeruht, geradezu voller Energie. Weil mit jeder Stunde, die verstrich, der Griff des Geistes um sie ein wenig schwächer wurde? Kenichi hatte erklärt, sich an der Bahnstation mindestens zwei Energy-Drinks kaufen zu wollen.

Jetzt kam er aus dem Badezimmer, frisch rasiert und nach Seife duftend, knöpfte sich behutsam sein Hemd zu und schulterte seine Umhängetasche. Im Stehen warf er ihr, wie sie halb vor der Wand hockte und halb in einer komischen Position an dem kleinen Fenster hing, ein Grinsen zu. Es war das echteste, das sie jemals von ihm gesehen hatte.

»Ich weiß«, sagte Carla und nahm einen letzten tiefen Zug. »Es bringt mich noch ins Grab.«

»Wirst du hier sein, wenn ich wiederkomme?«

Sie schnippte die Kippe aus dem Spalt, wankte über den weichen Untergrund auf ihn zu und küsste ihn auf die Wange. Dann resümierte sie:»Ich habe den Wi-Fi-Code, ich habe eine gemütliche Decke, noch dazu genügend Instant-Nudeln im Schrank, um eine Zombieapokalypse überstehen zu können, und außerdem deinen Haustürschlüssel, damit ich mir unten auf der Straße Automatenkaffee besorgen kann. Wo sollte ich hingehen wollen? Hier gibt es doch alles, was ich brauche.« Er strich ihr durchs Haar und küsste sie auf den Mund.

»Außerdem freue ich mich darauf, dass du wiederkommst«, flüsterte Carla ihm abschließend ins Ohr. Schoss sie übers Ziel hinaus? Und war das schlimm, wo es sich doch so gut anfühlte und noch dazu nicht gelogen war?

Kenichi erstrahlte.»*Mata asobou ne*, Carla-*san*«, sagte er zum Abschied – den Satz verstand sie nicht zur Gänze, aber nach Romantik klang er nicht – und begab sich zur Tür. Mit einem leisen Klicken fiel sie ins Schloss, und Carla war allein.

Sofort genehmigte sie sich die nächste Zigarette und dachte an die vergangene Nacht zurück. Ab einem bestimmten Zeitpunkt war Kenichi wie verwandelt gewesen, zwar nicht grob, aber doch bestimmt, gleichermaßen fordernd und einfühlsam – ein Balanceakt, der an Kunst grenzte –, und von da an hatte Carla gewusst, dass sie ihn vielleicht nicht gänzlich falsch eingeschätzt, ihm jedoch nicht derart viel Erfahrung zugetraut hatte. Wie viele Frauen er wohl schon im Bett gehabt hatte? Handelte es sich bei seiner unbeholfenen Schüchternheit am Ende gar um bloße Fassade, mutmaßlich, um bei Touristinnen zu landen, die, sobald sie japanischen Boden unter den Füßen hatten, experimentierfreudig wurden und Vorlieben entdeckten, von denen sie bisher noch nichts geahnt hatten? Carla verscheuchte den unangenehmen Gedanken, es gab schließlich tiefgreifendere Feststellungen: Sie hatte die Zeit mit Kenichi genossen, wie sie schon lange nichts mehr hatte genießen können, und hatte sie nach der Nacht im Club noch die Angst vor Kontrollverlust in ihrem Handeln gehemmt, so hatte sie diesmal voller Überzeugung die Zügel in andere Hände legen können. Von Müdigkeit war keine Spur mehr gewesen, bis vor lauter Erschöpfung schlussendlich doch nur noch der erlösende Schlaf geblieben war. Sie mochte ihn, das wusste sie nun. Sehr. Sie mochte seinen Körper, mochte die Intensität, mit der er sich um sie kümmerte, seine ehrliche Aufmerksamkeit, die Ehrfurcht. Und am meisten mochte Carla an Kenichi, dass er nicht Hans war.

Hans. Sie blickte ungläubig auf ihr Telefon. Zweiundzwanzig Nachrichten hatte dieser ihr seit dem Streit geschrieben und sie unzählige Male anzurufen versucht. Was zur Hölle hatte er noch immer nicht begriffen?

Kurz ärgerte Carla sich über die Belästigung, dann verjagte sie auch dieses Gefühl. Es musste nun schleunigst etwas getan werden, sie war schließlich drauf und dran, zumindest für einen Moment glücklich sein zu können – oder bildete sich das wenigstens ein. Um dieses Ziel zu erreichen, fehlte nur noch ein Teil des Puzzles.

Sie lehnte sich mit dem Rücken an die Wand unter dem Schiebefenster und wählte die Nummer ihrer Mutter. In Frankfurt war es früher Nachmittag.

Du hast besser Zeit für mich, Mutter, dachte Carla. *Du bist mir eine Erklärung schuldig.* Doch das Handy an ihrem Ohr klingelte nur. Und klingelte. Und klingelte, als wollte es sie verhöhnen.

Gerade wollte sie es aufgeben, in Gedanken schon dabei, sich erst einmal ein ausgiebiges Frühstück zu besorgen – so konnte sie auch herauszögern zu erfahren, was immer ihre Mutter ihr zu sagen hatte –, dann aber gab es einen Piepton im Gerät.

»Carla«, ertönte die Stimme ihrer Mutter, neuntausend Kilometer entfernt.

»Mutter«, erwiderte Carla die äußerst merkwürdige und unangenehme Begrüßung. Sie fühlte sich gleichzeitig erleichtert und eingeschüchtert. Für einen Moment herrschte eine angespannte Stille. Dann nahm Carla all ihren Mut zusammen. »Wir haben uns also endlich gefunden? Was hat das zu bedeuten, Mutter?«

Die Stille schwoll auf ein ohrenbetäubendes Maß an. Schließlich stieß ihre Mutter einen langen, nachgiebigen Seufzer aus. »Liebe Carla, glaube mir … Ich hätte mir auch gewünscht, dass wir dieses Gespräch unter günstigeren Umständen führen könnten. Aber es gab keinen anderen Weg. Anders hätte es niemals funktioniert! Carla, vergibst du mir? Für alles, was ich dich habe durchmachen lassen?«

Es wurde eisig kalt in Kenichis Zimmer.

Warum du, Mutter …?

»Du redest, als hättest du höchstselbst mir dieses … dieses *Ding* auf den Hals gehetzt. Du weißt, wovon ich spreche, habe ich recht?« Carla hörte sich zwar reden, fühlte sich gleichzeitig aber, als sei sie ihre eigene Zuhörerin, als nähme sie gar nicht selbst an dieser Konversation teil. Der Teil von ihr, der überhaupt nicht wissen wollte, was es mit der rätselhaften Erscheinung auf sich hatte, setzte sich in ihrem Unterbewusstsein offenbar entschlossen zur Wehr.

»Allerdings – ich weiß, wovon du sprichst. Ich habe sehen können, was passiert ist. Du selbst bist zu mir gekommen, um es mir zu zeigen. Und sie hat dich begleitet.«

Sie?

»Wen meinst du, Mutter? Dir ist also völlig klar, dass ich nun schon verdammte *drei Mal* von einem – wie soll ich es überhaupt ausdrücken – *Wesen* in die Mangel genommen worden bin, das mir, seit ich in Japan bin, auf die Pelle rückt? Hast du vielleicht auch gesehen, wie ich vor dem Sensō-ji umgefallen bin? Welches Glück ich hatte! Hätte ich keine Freunde in dieser gottverlassenen Geisterstadt ... Wer weiß, was mit mir passiert wäre!« Carlas Stimme überschlug sich vor Wut.

»Es tut mir so leid«, flüsterte ihre Mutter, deren Tonfall keinerlei Zweifel aufkommen ließ: Sie meinte es ernst. Carla zögerte, also sprach sie weiter: »Die erste Begegnung mit einer Jenseitigen kann bei uns Lebenden durchaus eine physische Reaktion hervorrufen. Ich habe unterschätzt, wie mächtig sie in all der Zeit geworden ist, wie stark ihr Groll. Vielleicht habe ich auch angenommen, du seist besser gewappnet. Carla, ich weiß gar nicht, wie oft ich mich dafür entschuldigen möchte. Ich habe dich in unglaubliche Gefahr gebracht.«

»Eine Jenseitige?« Wäre ihre Kehle nicht so trocken, Carla hätte laut gelacht. War ihr außerdem gerade durch die Blume gesagt worden, dass man zu hohe Erwartungen in sie gesetzt hatte? *Mir tut es leid, dass ich solch eine Enttäuschung für dich bin, Mutter.* Was wurde hier nur gespielt?

»Ich wusste, sie würde dich suchen, sobald du in der Stadt bist, Carla. Und sie hat dich wirklich sehr, sehr schnell gefunden. Hätte ich dich zuvor eingeweiht in das, was dich erwartet, hättest du dich gesträubt, ganz bestimmt, und sie hätte nicht zu dir durchdringen können. Dann wäre alles umsonst gewesen.«

Carla schluckte. Sie verstand kein Wort.

»Du hast *gewusst*, dass mich in Tokio ein Geist heimsuchen will? Ist es das, was du mir sagen willst?«

»Ich werde dir alles erklären, meine Liebe. Bitte gib mir eine Sekunde. Geh nicht weg.« Dann hörte Carla, wie ihre Mutter den Hörer niederlegte, gefolgt von dem vertrauten Quietschen der Räder, als der Rollstuhl sich entfernte.

Schwer atmend legte auch Carla das Handy kurz auf den Futon und kramte eine neue Zigarette hervor. Ihr Kopf wog tonnenschwer.

Dumpf klang nur etwa eine Minute später die Stimme ihrer Mutter wieder aus dem liegenden Gerät, und mit einer trägen, tranceartigen Bewegung hielt Carla es sich zurück ans Ohr.

»Ja? Mutter?«

»Du musst jetzt genau zuhören, Carla.«

»Keine Sorge, das werde ich.«

»Wie soll ich es formulieren?« Sie druckste herum. Carla sah regelrecht vor sich, wie ihre Mutter an den Rädern ihres fahrbaren Untersatzes herumspielte, so wie immer, wenn sie nervös wurde – was allerdings selten der Fall war, denn eigentlich war sie nie um die richtigen Worte verlegen, generell äußerst sprachgewandt und von einem ungeheuren Durchsetzungsvermögen. Sie wusste, was sie wollte, und meistens auch, wie sie es bekam. Jetzt aber, und Carla war davon genauso fasziniert wie angewidert, nagte offenbar das schlechte Gewissen an ihr, sie schien zerfressen von Schuld. Deswegen machte sich Carla gefasst auf praktisch alles, das nun kommen mochte. Das Spiel war aus.

»Das Wesen, das dich aufgespürt hat, lebt in dieser Stadt, Carla. Oder es *existiert* vielmehr, denn, wie du selbst schon richtig geschlussfolgert hast, ist es – *sie* – tot. Sie ist in Tokio gestorben! Menschen wie du, als meine Tochter, und ich... Wir können mit den Toten in Verbindung treten. Ihnen möglicherweise sogar helfen! Sie sind nicht immer böse, mein Kind. Gerade von *ihr* weiß ich, dass sie nicht böse ist. Im Gegenteil. Aber ihre Trauer scheint gigantisch groß geworden zu sein. Ihre Trauer und ihre Ohnmacht. Weil sie nicht bei uns sein kann. So etwas macht die Jenseitigen bedrohlich. Es verändert sie, ob sie wollen oder nicht. Wir müssen ihr helfen, Carla.«

»Warum müssen wir ihr helfen? Sie machte nicht den Eindruck, als bräuchte sie unsere Hilfe.«

»Du irrst dich.«

»Tu ich das?«

»Du bist ihr schon einmal begegnet, Carla. Und ich habe daraufhin mein Nötigstes getan, damit du es vergessen würdest. Um dir eine Kindheit zu bieten, die nicht getrübt ist durch Angst und durch den Schmerz, der mit unserer Gabe einhergeht. Du kannst dich wirklich nicht an sie erinnern, habe ich recht?«

»Erinnern an *wen*?« Nun schrie Carla beinahe. »Wer ist dieses Monster, Mutter?«

Ihre Mutter atmete resignierend durch die Nase aus. »Der Geist ist meine Schwester, Carla. Deine Tante Jolanda, die vor fünfundzwanzig Jahren in Tokio umgekommen ist.«

十五 DER WEG NACH HAUSE

Tonlos, fast heimlich, klickte das Schloss der Wohnungstür, als Kenichi zurückkehrte. Beinahe zwölf Stunden, beide Fahrten zwischen Saitama und Tokio miteingerechnet, war er unterwegs gewesen und hatte seine reguläre Tagschicht absolviert. Carla war dankbarer, als sie sich eingestehen wollte, dass sie auch die kommende Nacht nicht allein verbringen musste. Für Kenichi musste es so aussehen, als hätte sie sich die ganze Zeit über nicht vom Fleck bewegt: Sie saß mit angewinkelten Beinen auf seinem Futon, den Rücken zur Wand, und lächelte ihn an. Kenichi sagte zunächst nichts, sondern zog sich in aller Ruhe die Schuhe aus, warf seine Tasche auf den Boden und kniete sich dann zu ihr. »*Tadaima*«, begrüßte er sie.

»*Okaeri*«, grüßte Carla zurück.

Nach dem Gespräch mit ihrer Mutter war sie erst eine Weile rastlos in dem winzigen Apartment auf- und abmarschiert – was auf so engem Raum kaum richtig möglich gewesen war –, dann hatte sie schließlich einen kleinen Ausflug in die nähere Umgebung unternommen. Würde sie es nicht besser wissen, Carla hätte sich weiterhin in Tokio gewähnt: Häuser, Konbini, zwei Blocks entfernt ein kleiner Park mit einem Schrein. Dort hatte sie gesessen, die Sonne genossen und sich schlussendlich einige Dinge in dem Store besorgt, bevor sie sich wieder nach oben begeben hatte, wo es sich zumindest ungestört rauchen ließ.

»Ich habe dich vermisst«, sagte Kenichi und berührte mit der Nasenspitze ihre Wange. »Den ganzen Tag.«

Sie nahm sein Gesicht in beide Hände und gab ihm einen sanften Kuss.

Ehrlich gesagt hatte es in Carlas Kopf zunächst nicht viel Freiraum gegeben, um sich auf das Wiedersehen mit Kenichi zu freuen. Sie wusste nicht, was stärker war: ihre Sehnsucht nach der Aufmerksamkeit, die er ihr zeigte, oder ihr Bedürfnis, sich der blanken Wut hinzugeben, die in ihrem Bauch rumorte, einer Wut, der zu gleichen Teilen auch Angst, eine merkwürdige Art von Entschlossenheit und bloße Verwirrung untergemischt waren. *Danke, Mutter, dass du mich, mir nichts, dir nichts, in ein Land, in eine Stadt fahren lässt, in der der Geist deiner toten Schwester herumspukt. Danke für die so grandios getimte Mitteilung, dass ich doch nicht komplett den Verstand verloren habe. Und danke für das komplette Umkrempeln meiner Realität.*

»Wieso können wir mit den Toten in Verbindung treten?«, hatte Carla am Telefon wissen wollen. Wäre die Erinnerung, dass sie sich nur Stunden zuvor tatsächlich gegen eine übernatürliche Erscheinung hatte zur Wehr setzen müssen, nicht noch so frisch gewesen, sie hätte das Gerede ihrer Mutter als senilen Quatsch abgetan, als endgültigen Beweis dafür, dass diese nun vollends übergeschnappt war. Ob tot oder nicht tot, das Monster war *real* gewesen, so viel stand fest. Warum also nicht erst einmal annehmen, was man ihr als Erklärung anbot, so abenteuerlich es klang?

»Meine Mutter konnte es. Und deren Mutter konnte es. Es gibt Aufzeichnungen, dass es schon viele Generationen zurückliegt, Carla. Wenn unsereins mit der Seele eines Verstorbenen in Kontakt treten möchte, so haben wir Mittel und Wege, dies zu tun. Oder wir sind empfänglich für sie, wenn eine solche Seele – eine Jenseitige – uns wiederum auserkoren hat, ihre Präsenz mit uns zu teilen. Weil wir möglicherweise helfen können. Als Verbindung zwischen ihrer Welt und unserer.«

»Dieses Biest erschreckt mich also im Hotel, haut mich mitten in Tokio von den Socken und manifestiert sich sogar in einem verdammten fahrenden Taxi, weil es *meine Hilfe braucht?*«

»Jolanda hat dich erkannt, Carla. Sie wusste ganz genau, wer du bist.«

»Mutter? Ich hasse dich.«

»Worüber denkst du nach?«, fragte Kenichi sie jetzt, und erst dann bemerkte Carla, wie sie sich das Telefonat wieder und wieder in Endlosschleife durch den Kopf gehen ließ, seit Stunden schon. Doch egal, wie oft sie es auch rekapitulierte, ihre Wut wurde keinen Deut kleiner.

»Über nichts«, wimmelte Carla ihn ab, rutschte auf ihn zu und küsste ihn erneut, diesmal heftiger.

Kenichi zögerte erst kurz, beugte sich dann aber über sie, stürmisch, fasste sie an den Armen und drückte sie in die Matratze zurück.

Was kümmerten sie die Toten, beschloss Carla. Sie selbst war so lange tot gewesen, jetzt galt es, sich wieder auf die Lebenden zu konzentrieren.

Kenichi zog ihr Oberteil nach oben und küsste ihren Bauchnabel.

Sollte die Geisterfrau – Jolanda, ja? Wie auch immer! – sie doch suchen, wenn sie unbedingt wollte.

Er griff ihr an die Brust und begann dann hastig, sein Hemd aufzuknöpfen.

Beim nächsten Mal würde sie ein ernsthaftes Wort mit Jolanda reden.

Sie biss ihm sachte in den Hals, dann in die linke Brustwarze, packte ihn schließlich am Hosenbund.

Kenichi keuchte.

Yūrei waren also echt – na und? Carla hatte keine Lust dazu, einem Geist zu helfen. Jetzt half sie erst einmal sich selbst.

*

Doch die Gedanken ließen sie nicht los. Nachdem Carla und Kenichi ein wenig länger als eine Stunde Sex gehabt hatten, lehnte sie nun an seiner Schulter und rauchte unentwegt vor sich hin. Die Atmosphäre des Apartments glich mittlerweile der einer Shisha-Bar, durch das Möchtegernfenster entwich der Rauch nicht wirklich.»Hey«, machte Carla. Weder war sie mit typischen Kosenamen vertraut, die nicht unweigerlich nach übertriebenem Zeichentrickjapanisch klangen, noch fühlte sie sich wohl dabei, Kenichi angesichts der Verbindung, die nun zwischen ihnen herrschte, weiterhin mit Vornamen anzusprechen.

»Hey«, machte er zurück. Frischer Schweiß schimmerte auf seiner Haut.

»Sag mal, hast du jemals das Gefühl gehabt, etwas sei, nun ja, vorbestimmt gewesen? Dass du zu einer bestimmten Zeit genau an einem bestimmten Ort bist, weil du es sein musstest? Dass es gar keine andere Wahl gab?«

Er lachte.»Das ist romantisch! Aber es ist bloß Zufall, dass wir uns getroffen haben.«

Wie sie amüsiert mit den Augen rollte, bemerkte er hoffentlich nicht.»Das ist nicht, was ich meine. Was wäre, wenn … mich jemand hierhergeschickt hätte? Wenn ich gar nicht aus freien Stücken gekommen bin?«

»Warum hätte dich jemand nach Japan schicken sollen?«

»Vielleicht, weil ich eine Aufgabe zu erledigen habe.«

Wie sie Jolanda denn helfen könne, hatte Carla von ihrer Mutter noch wissen wollen, bevor sie das Gespräch zornig abgewürgt hatte. Nicht aus wirklichem Interesse oder gar in der festen Absicht, auch zu tun, was man von ihr verlangte – mehr aus Neugierde und dem Drang, endlich zum Punkt zu kommen und die irren Ausführungen ihrer Mutter hinter sich zu lassen. Die Antwort war nicht weiter verwunderlich gewesen: ihre Wut lindern, ihren Schmerz stillen. Wie sie das denn anstellen solle, hatte Carla sich erkundigt. Das müsse sie den Geist schon selbst fragen, hatte ihre Mutter daraufhin wenig hilfsbereit verlauten lassen – auch, wenn sie selbst eine Vermutung habe. Aber was immer Carla tun würde, eines sei sehr wichtig, so hatte sie hinzugefügt, und in all der Verwirrung ob der so unfassbar ungeschickten Offenlegung ihrer Familiengeheimnisse hatte Carla ihr die plötzliche Sorge um ihre einzige Tochter kaum abkaufen können: »Ich warte auf dich, Carla. Und ich glaube an dich. Komm unversehrt zurück.«

Kenichi kratzte sich am Kopf. »Welche Aufgabe? Möchtest du Fuji-*san* besteigen? Wir können …«

Sie küsste ihn auf die Wange, strich ihm dann über den Bauch. »Wir können viele Dinge tun. Ich habe nur noch eine Woche in Japan, Kenichi. Lass uns in dieser Zeit zusammen sein.«

Wie es sich herausstellte, hatte Kenichi sich tatsächlich in weiser Voraussicht ein paar Tage freistellen lassen (»Um meine Mutter zu besuchen. Sie hatte einen … äh … Unfall«, murmelte er, und das schlechte Gewissen wegen dieser Lüge schien ihn aufzufressen), und so würde Carla nun auch tatsächlich, schlussendlich, zu wohlverdienter Ablenkung kommen. In richtiger Gesellschaft! Es war beinahe absurd. Parker und Ellen hatte sie schleunigst über die Wendung der Ereignisse in Kenntnis gesetzt. Sie würde sich bei ihnen melden, hatte sie angekündigt. In der Zwischenzeit hatte Hans tausendmal »*Wo bist du?*« geschrieben. Insbesondere Parker war von Carla angewiesen worden, nicht ein einziges Wort über ihren Aufenthaltsort zu verlieren. Aber die Sorge, dass er ihr doch in den Rücken fallen oder sich schlicht und ergreifend verplappern würde, ließ sich nicht abstellen. *Lass deine Paranoia,* schalt Carla sich selbst. *Kein Geist und kein Hans sollen dich davon abhalten, nun endlich wirklich mit so etwas Ähnlichem wie Urlaub anzufangen. Du hast es dir verdient.*

Kenichi fixierte sie mit seinen dunkelbraunen Augen. »Erst möchtest du wissen, ob ein *yūrei* sauer auf dich ist. Und jetzt hast du eine Aufgabe zu erfüllen, die dir vorbestimmt ist. Du bist so ... komisch.«

»Na, vielen Dank auch.« Carla schlug ihn zum Spaß auf die Schulter.

Daraufhin zog er sie zu sich heran. »Ich mag komisch. Ich bin auch komisch.« Wieder gab er ihr einen Kuss. »Die meisten Menschen, die ich kenne, und, ehrlich gesagt, auch die meisten Reisenden, die in unserem Hostel einchecken, sind langweilig. Oder eine andere Art von komisch, eher unangenehm komisch. So wie Arayama! Aber wir? Wir sind sind die richtige Art von komisch.«

»So etwas Nettes hat Hans nie zu mir gesagt.«

»Ist Hans der wütende Mann aus dem Telefon?«

»Nicht so wichtig. Bei ihm handelt es sich auf jeden Fall um die unangenehme Art von komisch.«

»Gut. Interessiert mich also nicht.« Und er hörte nicht wieder auf, sie zu küssen.

*

Am nächsten Morgen legte der Sommer sich gehörig ins Zeug. Selbst der Airconditioner kam nicht gegen die schwüle Hitze an, also brachen sie früh auf. Kenichi hatte sich eine lange Liste von Dingen zurechtgelegt, die Carla unbedingt sehen müsse, bevor sie wieder ging – seine Art zu reden dabei erinnerte sie so sehr an Parker –, und er musste sich regelrecht davon abbringen lassen, einen detaillierten Zeitplan auszuarbeiten, anhand dessen er sie von einem Ort zum nächsten hatte hetzen wollen.

»Planen und organisieren die Deutschen nicht gerne? Damit sie richtig, wie sagt man, effizient sein können?«, hatte Kenichi gefragt, den klobigen Strohhalm eines überzuckerten Eiskaffees zwischen den Zähnen.

»Die Deutschen? Mag sein«, hatte Carla geantwortet. »Ich nicht. Zumindest nicht in meiner Freizeit.«

Mit der Bahn waren sie zurück nach Tokio gefahren, und obwohl sie nur einen dicken Tag in Saitama verbracht hatte, kam es Carla vor, als sei etwas anders, als hätte sich das Stadtmonster während ihrer Abwesenheit verändert, die Farben greller, die Stimmen lauter. Oder lag es daran, dass ihre Laune einfach besser war? Und woran lag dies wiederum in erster Linie? An *ihm*?

Irgendwann hatte Carla sich dazu entschieden, die SIM-Karte aus ihrem Telefon zu entfernen. Hans' Nummer zu blockieren erschien ihr kindisch, trotzdem wollte sie die Kontaktsperre – oder das »Ghosting«, wie Ellen und Parker vermutlich sagen würden – weiterhin durchziehen und sich von Hans nicht länger auf die Nerven gehen lassen. Carla kam sich überwacht vor, geradezu verfolgt – bloß nicht mehr von einem diffusen Gefühl des Unbehagens, sondern von *ihm*, ganz konkret. Und von der Erinnerung an den, der er gewesen war. Sobald es irgendwo öffentliches WLAN gab, nahm sie sich jeweils eine Minute, Parker auf dessen Textnachrichten zu antworten, ansonsten versuchte sie, so gut sie dazu imstande war, sich auf das zu konzentrieren, was sich direkt vor ihrer Nase abspielte: Kenichi war erfüllt von unendlich guter Laune, von solch einer Freude und Leichtigkeit, wenn er auf Wolkenkratzer, Hunde und Plastikessen in den Schaufenstern zeigte, dass es mehr als ansteckend auf Carla wirkte. Sie genoss seine Gesellschaft in vollen Zügen. Er schien eine an Sucht grenzende Vorliebe für in vielerlei Variationen erhältlichen Eiskaffee zu haben, fragte sie andauernd nach einer Zigarette, war aber ansonsten der angenehmste Reisebegleiter, den sie sich hätte vorstellen können: anspruchslos, immer einverstanden und ständig um ihr Wohlergehen bemüht.

Irgendwann begann Carla, ihn zu fotografieren.

Kenichi mit einer Schale dampfender Takoyaki.

Kenichi mit einer Spielzeugfigur, die er für 200 Yen an einem Glücksspielautomaten gewonnen hatte und die er ihr sofort darauf schenken würde.

Kenichi vor einer verzierten Pagode. (Keine Gespräche über Gespenster an dieser Stelle.)

Kenichi dösend in der U-Bahn.

Und am Ende eines langen Tages Kenichi in seinem winzigen, unwirtlichen Apartment, mit nacktem Oberkörper und zerzausten Haaren, kurz bevor er sich zu ihr herunterbeugen und sie das Handy aus der Hand legen würde.

Erst war es nur eine Laune, dann wurde es zu einer Art Zwang. Zuhause würde Carla sich die Bilder anschauen können, als schöne Erinnerungen und als Beweise, dass sie, allen Katastrophen zum Trotz, tatsächlich eine gute Zeit in diesem fremden Land am anderen Ende der Welt verbracht hatte. *Wie mein Trip nach Tokio war, willst du wissen? Na, gut! Weißt du, ich möchte gar nicht so viel erzählen. Schau dir die Fotos an – die sagen mehr als Worte.* Von Parker gab es erhobene Daumen für ihre Werke, von Ellen explizite Nachfragen, wie sich Carlas Bekanntschaft denn im Bett machte. »*You go, girl!*«, lautete ihr ehrfürchtiges Expertinnenurteil per Sprachnachricht. »Ich wusste, du würdest das Beste aus jeder Gelegenheit machen, der du über den Weg läufst.«

Der Montag, jener brühend heiße Sommertag voller Spaß und Entspannung, verging wie im Flug.

Am Dienstag verbrachten sie den Vormittag im Bett. Kenichi bereitete ein bescheidenes Mittagessen zu (Misosuppe, Reis aus dem Reiskocher mit *Furikake*-Topping, ein bisschen frittiertes Hühnchen), dann fuhren sie abermals nach Tokio zurück und vertrieben sich die Zeit im Yoyogi-Park unweit von Shibuya, wo Carla fasziniert Go spielende Senioren betrachtete, und fanden sich abends in einer Bar ein, in der mittelalte *salarymen* voller Inbrunst schlagerartige Volkslieder an der Karaoke-Maschine zum Besten gaben. In einer Ecke befand sich die etwa eineinhalb Meter hohe Figur eines Hundes oder eines ähnlichen Tieres, stehend auf zwei Beinen, sie trug eine grüne Jacke und einen Fischerhut und hatte einen unnatürlich dicken Bauch. Ein in die Rückenlehne einer Sitzecke eingelassener Flachbildschirm zeigte animierte Fische vor einem Korallenriff, ein virtuelles Aquarium. Wieder ein Ort, der aus mehreren Versatzstücken zusammengepuzzelt und uneinheitlich erschien.

Nachdem sie jeweils ein Bier getrunken hatten, ging Carla rauchend die Getränkekarte durch, die durch treffsicheres Englisch und hochauflösende Fotos bestach. Spezialität des Hauses schienen aus in den buntesten Farben schillernden Likören zusammengemixte Shots zu sein, für die sie sich schließlich entschied und die Kenichi angewidert das Gesicht verziehen ließen. Aber um sie zu beeindrucken (so nahm sie an), stürzte er trotzdem tapfer mehrere davon am Stück herunter. Carla musterte die Drinks nachdenklich. Die kleinen grünen Shotgläser würde man zuhause möglicherweise auch Frösche nennen. Ihr kam ein Gedanke. »Kenichi, was weißt du über Frösche?«

»Frösche?«

»Ja, Frösche.« Sie überlegte einen Moment. »Was ist eigentlich das japanische Wort für Frosch?«

»*Kaeru*.«

»*Kaeru*? Nicht … *kero*?«

Er lachte. »Nein, nein. *Kero* ist das Geräusch, das ein Frosch macht. In eurer Sprache nennt man es Quaken. Onomatopoeia! Aber es sind beides Wortspiele, weißt du? *Kero* und *kaeru* klingen ja auch recht ähnlich. *Kaeru* bedeutet nicht nur Frosch, sondern auch, an einen Ort zurückzukehren. Nach Hause zu kommen.«

Carla schnappte nach Luft. *Komm unversehrt zurück.*

Er geriet ins Plaudern. »Was auch irgendwie witzig ist, oder?«

»Was ist witzig?«

»Na ja, Frösche wandern doch tatsächlich. Im Frühling. Dann wollen sie an den Ort ihrer Geburt zurückkehren. Nach Hause kommen.«

Carla verzog das Gesicht.

»Als hätte man sich, als man unsere Sprache erfunden hat, wirklich Gedanken darüber gemacht. Der Frosch ist wegen seines Namens ein Symbol für Reisende geworden. Er soll ihnen Glück bringen. Damit sie heil wieder nach Hause kommen!«

Carla zückte eine Zigarette. »Frösche …«

Er lachte herzhaft. »Möchtest du welche suchen gehen? Ich weiß, wo es Frösche gibt.«

Schweigend durchforstete Carla das Nachrichtenarchiv ihres

Telefons – bis sie den Frosch-Emoji wiederfand, den ihre Mutter ihr geschickt hatte.

»Der Frosch bedeutet, nach Hause zurückzukehren. Deswegen der Frosch! Was ist, wenn gar nicht *ich* gemeint bin? Komm unversehrt zurück?«

»Was meinst du? Ich kann dir nicht ganz folgen.«

Carla kippte einen weiteren Shot. Er war mehr bitter als süß.

»Kenichi – wie rufe ich *yūrei* an?«

Er musterte sie mit großen Augen und gerunzelter Stirn. »Ich verstehe«, sagte er leise.

*

Sie hatte den Geist tatsächlich gesehen, wurde Carla bewusst. Da war *etwas*, versunken, verborgen in den Untiefen ihres Bewusstseins: Sie war ein kleines Mädchen gewesen, und wie vieles, was ihr als kleines Mädchen irreal, wundersam oder geradezu unmöglich erschienen war, hatte sich auch dieses Ereignis schlussendlich aus ihren Erinnerungen verabschiedet. Aber je angestrengter sie sich nun die Worte ihrer Mutter ins Gedächtnis rief, desto mehr formte sich die Gewissheit, dass sie recht hatte. Irgendetwas *war* da, diffus, subtil. Ein seltsamer Wind. Und ein Wort: schweben. *Schweben ohne Füße.*

Kenichi kniete auf dem Boden und goss behutsam Sake aus einer riesigen Flasche in zwei kleine Becher aus Keramik. Carla hasste Sake, hasste den Geschmack nach verbranntem Holz, aber Kenichi hatte darauf bestanden, dass sie diese Flasche, ein Geschenk seiner Eltern sowie eine der wenigen Traditionen, die ihm gefielen, mit ihm teilte. Sie waren noch vor Mitternacht nach Saitama zurückgekehrt, was zwar immer einen gewissen Aufwand und Zeitdruck durch das drohende Verkehrsende bedeutete, aber von Hotelzimmern hatte Carla die Nase voll. Das bedeutete jedoch nicht, dass es schon Schlafenszeit war: Beide hatten an diesem Abend zwar schon recht viel Alkohol zu sich genommen, aber ein Gläschen Sake, ihm zuliebe, würde Carla bestimmt noch herunterbekommen. Wenigstens war er nicht auf die Idee gekommen, eine vollständige Teezeremonie mit ihr abzuhalten – offenbar auch eine Vorliebe seiner Eltern.

»Du weißt, dass ich neulich nur Spaß gemacht habe, als ich sagte, ich wolle meine Großmutter rufen, richtig?« Er schob ihr eines der Gefäße hin. »Wir glauben an solche Dinge, das stimmt. Aber ich kann nicht einfach irgendwo dran rütteln, und dann erscheint mir ein Geist. So funktioniert das nicht.«

Carla hielt den Blick starr auf die Wand gerichtet, sagte bloß leise: »Was ist, wenn ich es kann?«

Falls er ihrer Aussage keinen Glauben schenkte, verriet seine Reaktion es nicht. »Auf welche Weise glaubst du, Geister rufen zu können?«

»Das muss ich noch herausfinden. Bisher war es andersherum, der Geist hat mich gefunden. Aber mir ist gesagt worden, dass ich es kann! Vertrau mir.«

Und da sie tatsächlich nicht den geringsten Schimmer hatte, wie sie die Beschwörung der Origami-Frau denn bewerkstelligen sollte, versuchte es Carla zunächst einfach damit, sich zu konzentrieren, so fest sie konnte, und dabei ein bestimmtes Bild vor ihrem geistigen Auge aufzurufen, so wie sie es erst zwei Nächte zuvor während der Heimsuchung im Taxi gesehen hatte: das Gesicht ihrer Mutter. Manche kleineren Dinge mochten verschieden gewesen sein – der Schwung der Lippen, die exakte Krümmung der Nase –, aber im Großen und Ganzen, vor allem hinsichtlich des Gefühls, das der Anblick in ihr ausgelöst hatte, schien es dem ihrer Mutter sehr ähnlich zu sein, so vertraut und gleichzeitig so fremd, als stamme es aus einem Traum, der die Wirklichkeit immer nur gebrochen und verzerrt wiedergeben konnte. Zumindest schien diese Überlegung einen Anhaltspunkt zu bieten, einen ersten Schritt in die hoffentlich richtige Richtung.

Der Raum blieb totenstill, während Carla sich angestrengt den Kopf zermarterte. Weder zog seltsamer Wind auf, den es dank des geschlossenen Fensters gar nicht geben durfte, noch begannen sich gar irgendwelche Dinge zu bewegen oder sonst etwas Übernatürliches in Gang zu setzen. Kenichi sah Carla fasziniert zu und trank seinen Sake in kleinen Schlucken.

»Es klappt nicht«, gab sie sich schließlich nach einer Weile geschlagen – enttäuscht, aber nicht sonderlich überrascht. »So scheint es nicht zu funktionieren.«

Er runzelte die Stirn. »Nur mal angenommen, es gäbe diesen Geist wirklich: Warum würdest du ein … Monster rufen wollen, das dich, wie du erzählst, mehrfach in Gefahr gebracht hat?« Carla war zuvor derart begeistert und geradezu enthusiastisch über ihre vermeintlich heiße Spur geworden, dass sie Kenichi auf dem Rückweg von Tokio eingeweiht und ihm, wenn auch knapp, ihre Erlebnisse geschildert hatte. Er hatte ihren Ausführungen zwar interessiert zugehört, die Geschichte aber schlichtweg zur Kenntnis genommen und ihr keinerlei Denkanstöße dazu gegeben. Es verwirrte sie, dass er die Phänomene offenbar nicht für bare Münze, Carla aber trotzdem ernst nehmen wollte, schließlich kamen die Worte aus ihrem Mund, und er mochte sie, also musste etwas an ihnen dran sein. So viel Heldenhaftigkeit und Vertrauen rührten sie ein wenig, ob er aber schließlich an die Geisterwelt glaubte oder nicht, diese Frage wurde immer rätselhafter.

Nun jedoch hatte sie keine Zeit und keinen Nerv mehr, ihn nochmals darüber auszufragen. »Vielleicht kann ich dem Geist helfen«, sagte sie. »Ich verstehe nun, dass er mir nichts Böses will.«

»Okay. Hast du mir vielleicht noch irgendetwas nicht erzählt?« Das Gespräch mit ihrer Mutter hatte sie ihm tatsächlich verschwiegen und lediglich angedeutet, sie wolle mehr über die Erscheinung herausfinden. Es war nicht der Zeitpunkt für lange Erklärungen! Carla dachte fieberhaft nach: Welche Möglichkeiten könnte es noch geben? Dann fiel es ihr wie Schuppen von den Augen.

Deine Tante Jolanda, die vor fünfundzwanzig Jahren in Tokio umgekommen ist.

»Kenichi, wir müssen zurück nach Tokio!«, rief sie aufgeregt. »Gleich morgen früh! Und wir müssen dort einen Ort finden, an dem wir in Ruhe gelassen werden und ungestört sein können.«

Kenichi spitzte die Lippen. »So wie ein Hotel?«

»Nein«, sagte Carla entschieden. »Ich habe eine bessere Idee.«

MONJAYAKI

Die bessere Idee trug strohblondes Haar und besaß eine helle, nahezu glockenklare Stimme. Ellen meldete sich auf Japanisch über die Freisprechanlage, nachdem Carla die Klingel betätigt hatte, was auf diese ein wenig ungewohnt wirkte. Dann aber räusperte Carla sich und sprach in den Lautsprecher. »Ellen? Ich bin's. Ich habe jemanden mitgebracht. Du warst über dein Telefon nicht zu erreichen, also sind wir einfach —«

Anstelle einer Antwort knackte es bloß in der Leitung, dann surrte der Buzzer. Kenichi musterte Carla mit in Falten gelegter Stirn und drückte die Tür des Apartmentkomplexes für sie auf.

Sie waren am frühen Morgen aufgebrochen. Während der Fahrt in der Bahn hatte Carla wortlos ihren Gedanken nachgehangen. Kenichi hatte ihre Schweigsamkeit respektiert und keine Versuche unternommen, sie zu einem Gespräch zu animieren. Stattdessen hatte er sich an sie gelehnt und mit Carla zusammen die Stille genossen. Sie seien unterwegs zur einzigen Freundin, die sie in Tokio hatte, so hatte Carla ihm im Vorfeld erklärt. Irgendwie klang das traurig, aber es war die Wahrheit. Vor allem war Ellens Wohnung der einzig private Ort, den sie aufsuchen konnten, um – hoffentlich – eine Geisterbeschwörung abzuhalten, und das am besten, ohne dabei in Ohnmacht zu fallen oder anderweitig Schaden anzurichten.

Auf Carlas Textnachrichten hatte Ellen seit dem Vorabend nicht mehr reagiert. Bestimmt war sie ausgegangen – Carla war sich sicher, Wochentag hin oder her. Vermutlich würde es ihr nun nicht sonderlich gut gehen, aber sie war zuhause, und immerhin hatte sie die Tür geöffnet.

»Ist deine Freundin Deutsche?«, erkundigte Kenichi sich im Aufzug, als traute er sich nach langem Abwägen endlich, diese Frage zu stellen.

»Nein. Sie kommt aus Finnland«, antwortete Carla. »Das ist auch in Europa, aber viel weiter im Norden.« Er warf ihr einen Blick zu, und Carla biss sich auf die Unterlippe. Was redete sie bloß? Als ob er das nicht wüsste.

Sie realisierte nun, wie angespannt sie war. Die Annahme, dass sie ihre Tante – je öfter sie dieses Wort in ihrem Kopf wiederholte, desto unwirklicher klang es – nur in Tokio herbeirufen konnte und nirgendwo sonst, hatte sie wieder hergeführt. Aus dieser Stadt gab es kein Entrinnen, Tokio saugte sie an wie ein schwarzes Loch. Was, wenn es trotzdem nicht funktionieren würde? Und noch viel wichtiger: Was sollte Carla tun, ließe sich der Geist tatsächlich ein weiteres Mal blicken und würde ihr wieder gefährlich werden?

Die Tür zu Ellens Wohnung stand offen wie zur Einladung. Kommentarlos ging Kenichi in die Hocke, schlüpfte aus seinen Schuhen und nahm sie in die Hand. Dann wartete er, bis auch Carla, die sich kaum zu so viel Geduld hinreißen konnte, ihre Sneakers aufgeschnürt hatte, und sie betraten schweigend das Apartment.

»Ellen?«, fragte Carla mit lauter Stimme, als niemand zu sehen war. »Wir sind's.«

»Sekunde«, ertönte es aus der Ferne.

Aus Ellens Schlafzimmer quoll Wasserdampf, und nur einen Augenblick später kam ihr Umriss in der Badezimmertür zum Vorschein. Sie schien gerade geduscht zu haben, trug einen schneeweißen Bademantel, dessen Ausschnitt sie mit einer Hand zurechtzupfte, und hatte um ihre Haare ein Handtuch gewickelt.

Kenichi atmete hörbar aus.

Ellen ging einen Schritt auf Kenichi zu, musterte ihn von oben bis unten und wandte sich dann an Carla.

»Er ist süß«, stellte sie mit kaum erkennbarer Emotion fest.

»Er spricht Englisch«, war alles, das Carla darauf erwidern konnte.

Die Finnin stolzierte um die beiden herum und blieb vor der Couch stehen, deren Anblick Carla augenblicklich die Erinnerung an ihre nächtliche Begegnung ins Gedächtnis rief. Warum musste sie ständig an solche Dinge denken?

»Du bist also zurückgekommen«, fuhr Ellen fort, und weiterhin klang ihre Stimme merkwürdig monoton, als sei sie absolut nicht an Besuch interessiert. »Machst die Straßen unsicher, gehst auf Beutefang, aber kommst doch immer wieder zu Tante Ellen zurück. Mein großes Mädchen. Was kann ich für euch tun?«

Ein beunruhigendes Gefühl stieg in Carla auf, als sie Ellen so reden hörte, aber sie wischte es fort. *Mach weiter.* »Wir brauchen deine Hilfe. Nein – *ich* brauche deine Hilfe. Weißt du noch, was ich dir erzählt habe? Von dem Gespenst, das mich vor dem Tempel angefallen hat?«

»Ach ja«, lautete die Antwort. »Deine kleine Gruselgeschichte. Wie könnte ich die nur vergessen?«

Carla ließ sich nicht beirren. »Ich glaube, jetzt weiß ich, was es mit diesem Wesen auf sich hat. Ich möchte versuchen, ihm noch einmal zu begegnen. Dieses Mal bin ich vorbereitet. Es muss in Tokio geschehen! Ich dachte, dass –«

Ellen schnitt ihr unsanft das Wort ab. »Warum denkst du, dass gerade *ich* dir dabei helfen kann? Ich bin nicht gerade eine Expertin in Sachen Aberglauben. Und auch kein blöder Ghostbuster.«

»Du hast gesagt, du glaubst mir«, erwiderte Carla trotzig.

Ihr Gegenüber stieß einen spitzen Lacher aus. »Weil ich heiß auf dich war, Carla-*chan*.« Sie ließ sich mit einem breiten Grinsen auf die Couch sinken und schlug ihre Beine übereinander, sodass der Bademantel ein gutes Stück nach oben rutschte. »Und das bin ich noch immer, aber auf solches Gelaber habe ich gerade keine Lust. Ich freue mich, dass du deinen Typen mitgebracht hast. Ein bisschen zu milchgesichtig für meinen Geschmack, aber schon ganz niedlich, doch. Na, was ist? Wollt ihr gleich?«

Carla spürte, wie sich Flüssigkeit in ihren Augen bildete. Die Abweisung in Ellens Worten fuhr ihr durch Mark und Bein. War die ganze Freundlichkeit nur gespielt gewesen?

»Du … bist gemein.« Carla musste sich nach Kräften bemühen, nicht auf der Stelle laut los zu schluchzen, als die Enttäuschung sie zu übermannen drohte.

»Och, Schätzchen«, erwiderte Ellen abfällig. »Nimm es nicht persönlich. Warum triffst du dich nicht mit Parker-*senpai*? Mit ihm kannst du bestimmt eine Runde dein kindisches Gespensterspiel spielen.«

»Weil …« Carla hielt inne. Darauf war sie Ellen nun wirklich keine Antwort schuldig.

»*By the way*, er lässt es sich gut gehen. Gönnt sich richtig was. Wusstest du das? Wie ich hörte, bist du nicht mehr ständig online, machst einen *Digital Detox* oder so was. Du kommst auf Ideen! Ich will dir etwas zeigen.« Mit diesen Worten zog sie ihr

Handy aus einer Tasche des Mantels, scrollte ein wenig darauf herum und hielt es Carla dann, bevor diese etwas sagen konnte, mit ausgestrecktem Arm vor die Nase. »Einen guten Männergeschmack hat er ja, das hätte ich ihm gar nicht zugetraut!«

Carla spürte, wie alles in ihr zu Boden sank. Ihre Beine wurden steif.

Das Display zeigte einen Social-Media-Feed. Von einem grellbunten Foto mit Filtereffekt grinste ihr Parker entgegen, fröhlich jubelnd und mit einem Cocktail in der Hand. Daneben war eine zweite Person zu sehen, in weißem T-Shirt, mit strähnigem blonden Haar, das ihr offen über die Schläfen fiel, einer Hand auf Parkers Schulter und der anderen an einer Flasche Bier. Zwischen den beiden waren weitere Menschen zu sehen, deren Gesichter Carla bloß unscharf erkennen konnte. Die Aufnahme schien von einem ausgelassenen Partyabend zu stammen. Sie war erst gestern Nacht gepostet worden.

»Hans.« Die Silbe entwich Carlas Kehle wie ein Flüstern, kaum mehr als ein erstickter Hauch.

»*Das* ist dein Stecher?« Ellens hohe Stimme ging in ein verkrampftes Gekicher über. »Wusste ich's doch! Na, wie gesagt, heiß ist er ja, das muss ich dir lassen. Und er scheint sich zusammen mit Peter Parker prächtig zu amüsieren! Vielleicht haben sie beide ein paar nette junge Männer kennengelernt?«

Carlas Kopf drehte sich, und sie spürte, wie sich ihre Mundwinkel verzerrten. *Jetzt bloß nicht heulen. Gönn ihr das nicht!*

Kenichi, der die ganze Zeit über keinen Laut von sich gegeben hatte, meldete sich nun irritiert zu Wort. »Was ist los? Ist alles in Ordnung, Carla-*san*? Wer ist das?«

»Niemand«, antwortete Ellen an ihrer Stelle und klopfte mit der freien Hand auf die Sitzfläche neben sich. »Kümmere dich nicht darum. Warum setzt du dich nicht zu mir, und wir lernen uns ein bisschen besser kennen? Na, wie wär's?«

»Du bist voller Scheiße«, stieß Carla zischend hervor. Es klang verzweifelt, nicht böse. »Ich habe dir vertraut! Warum willst du mir jetzt weh tun?«

»Och, Mäuschen. Kann ich es wieder gut machen?« Und mit diesen Worten und geschickten, flinken Handgriffen band Ellen sich in Windeseile die Schlaufen ihres Bademantels auf und entblößte ihre Brüste.

Kenichi war wie zu Stein erstarrt, Carla rannen die Tränen nun hemmungslos über das Gesicht. »Ich bin fertig mit dir«, wimmerte sie. »Wir gehen! Mach doch, was du willst.«

»Magst du den Gentleman nicht hierlassen? Ich beschere ihm eine unvergessliche Zeit, ich versprech's dir! So gut, wie er es noch nie erlebt hat – mit dir schon gar nicht.« Ellen lehnte sich zurück, ließ die Hände über ihren Körper gleiten und begann leise zu stöhnen.

Angewidert wandte Carla sich ab, die Wohnung verschwamm hinter einem Tränenschleier. Dann griff sie Kenichi am Handgelenk und zog ihn schnellen Schrittes mit sich zum Ausgang, während Ellens Stöhnen in schallendes Gelächter überging.

»Warte!«, brüllte Kenichi. »Unsere Schuhe!«

*

Die Sonne war wie ein Schlag ins Gesicht, als Carla nach draußen taumelte. Konnte es nicht einfach wieder regnen wie aus Eimern? Sie war die Treppenstufen nach unten gestürmt, eine Etage nach der anderen, wollte einfach nur raus aus dem Gebäude. Kenichis Schritte, dessen Hand sie längst wieder losgelassen hatte, hatte sie hinter sich hören können. Er wich ihr trotz allem nicht von der Seite, völlig gleich, wie sie sich aufführte, und nun trug er ihr sogar ihre Schuhe hinterher.

»Jolanda? Jolanda, komm raus!«, schrie sie in die wärmer werdende Vormittagsluft. »Zeig dich! Lass es uns zu Ende bringen!« Es war das Einzige, woran sie in diesem Moment denken konnte – oder das Einzige, das ihr einfiel, um ihre Gedanken von Ellens Boshaftigkeit und Parkers Verrat abzulenken. Der Schmerz wirkte zu bedrohlich, um sich sofort mit ihm auseinanderzusetzen.

Jolanda ließ sich nicht auf den Vorschlag ein. Carla kniff die Augen zusammen. Die Hitze flimmerte. Irgendwo über ihrem Kopf summten die Fliegen. Ansonsten blieb alles still.

»Deine Freundin ist nicht sehr nett«, befand Kenichi, während Carla nach ihren Zigaretten kramte und sich aus Scham noch immer nicht traute, ihn anzusehen. »Sie ist hübsch, aber sie scheint gierig zu sein. Ich mag sie nicht.«

»Ich mag sie auch nicht mehr«, antworte Carla und nahm einen ersten, tiefen Zug. Ihre Finger zitterten. Was sollte sie nun tun? Wie hatte sie sich so sehr in diesen Menschen irren können?

Weil du dich so sehr danach sehnst, gesehen zu werden, du würdest mit jedem mitgehen, ganz gleich, wer es ist. Ich weiß das. Du kannst mir vertrauen. Wessen Stimme sprach dort in ihrem Kopf? Sie konnte sie nicht zuordnen, konnte gar nichts mehr zuordnen.

Hans' breit grinsendes Gesicht, daneben Parkers. Carla versuchte, ihr Herzklopfen zu ignorieren, aber ihr war, als zerspringe ihr jeden Moment die Brust. Durchatmen: Die beiden waren befreundet, also konnte sie ihnen wohl kaum verbieten, Zeit miteinander zu verbringen. Es hatte nichts mit ihr zu tun. Wann jedoch hatten Ellen und Parker ihre Accounts ausgetauscht? Nachdem sie aus Ellens Wohnung geflüchtet war, um Kenichi zu suchen? Carlas Gedanken rasten, sprangen von einer Person zur anderen, und fast wurde ihr schwindelig davon. *Es hat nichts mit dir zu tun. Du bist nicht das Problem.*

»Vielleicht ist dieser Geist der Einzige, der in dieser Stadt überhaupt noch zu mir hält«, witzelte sie, und es klang erbärmlich. »Wenigstens hat er es darauf abgesehen, mich zu finden.« Sie hielt einen Moment inne. »Dich natürlich ausgenommen.« Wäre Kenichi nicht bei ihr, vermutlich würde sie sich nun einfach auf die Straße werfen und weinen. Er war das einzig Gute an allem. Ansonsten schien diese ganze Reise ein vollkommener, riesengroßer Irrtum, nichts als ein beschissener Fehler.

Der Asphalt wurde heiß unter ihren Füßen, also schlüpfte Carla ungelenk in ihre Sneakers, die Kenichi neben ihr abgestellt hatte.

»Ich habe nicht alles verstanden«, sagte er. »Aber das Bild, das sie dir gezeigt hat, scheint dich traurig gemacht zu haben. Du musst es mir nicht erklären. Warum wir hergekommen sind, auch nicht. Magst du etwas essen?«

Carla nickte schweigend, ihre Augen brannten wie Feuer. Sie war so dankbar für ihn, in Worte hätte sie es gar nicht fassen können.

*

Lautes Zischen umgab sie, als Kenichi und Carla wenig später in einem prall gefüllten Restaurant saßen, und er mit einer Art Spatel den siedend heißen, mit Kohl und anderem Gemüse gespickten Teig auf der Platte zwischen ihnen zerteilte. Carla sah ihm fasziniert dabei zu, bemüht, ihre Gedanken fest an die Zubereitung ihres Mittagessens zu heften, nur darauf zu fokussieren, als gäbe es bloß ihn und diese Platte und die Welt um sie herum stünde still.

Kenichi ging so behutsam vor wie ein Chirurg. »Monjayaki«, hatte er ihr erklärt. »Das ist eigentlich Okonomiyaki, bloß die Tokio-Variante. Das musst du —«

»Unbedingt probieren, bevor ich wieder gehe«, hatte sie den Satz für ihn beendet. »Ja, ich weiß. Aber noch gehe ich ja nicht.«

Jetzt lächelte er, und wieder trug es einen eindeutigen Anflug von Schwermut. Dann sah er ihr in die Augen, während er weiter Kreise durch das Monjayaki zog. »Wir haben noch ein paar Tage Zeit, an denen ich nicht zur Arbeit gehen muss. Vergessen wir deine komische Freundin und bleiben zu zweit. Selbst wenn du sonst keine Freunde hast, musst du so schnell wie möglich zurückkommen! Das hast du doch vor, oder nicht?«

Carla starrte ihn an, als hätte sie einen Geist gesehen. Darüber hatte sie sich noch gar keine Gedanken gemacht. Zuhause würde sie versuchen müssen, ihr Leben und das von Hans schnellstmöglich zu entwirren, noch dazu fing in nur wenigen Wochen das nächste Semester an, also würde sie sich zudem entscheiden müssen, ob sie überhaupt noch an ihrer Uni und in ihrer Stadt bleiben wollte, wo er ihr jederzeit über den Weg laufen konnte. So viele Fragen, denen sie sich stellen musste. Warum nicht tatsächlich alle Brücken abbrennen und ihr Glück in der Ferne versuchen?

»Kenichi, ich …«, setzte sie an.

»Du musst nicht gleich etwas dazu sagen.« Sein Lächeln wurde immer trauriger. »Wenn es sein muss, werde ich auf dich warten. Zumindest so lange, bis ich genug Geld gespart habe, um dich in Deutschland besuchen zu kommen.«

Carla spürte zum wiederholten Male an diesem Tag Tränen aufsteigen. Sie entschuldigte sich, stand auf und begab sich zu den Toiletten, schlafwandlerisch. Ihr gewöhnlicher, völlig automatisch ablaufender Fluchtreflex.

Im *ladies' room* angekommen, zwang sie einen Schluck Leitungswasser ihre Kehle hinunter und verbarrikadierte sich in einer der Kabinen. Dann ging es ihr durch den Kopf, ohne jeglichen Zusammenhang, dass sie gar keinen großen Hunger verspürte, obwohl Kenichi sich so ins Zeug legte, ihr das bestmögliche Monjayaki zu kreieren. Von Ellen war sie hinters Licht geführt worden und von Parker verraten – es waren zu viele Rückschläge für einen einzigen Tag. Wie sollte sie überhaupt noch die Kraft aufbringen, ein Gespenst dazu zu bewegen, nach Hause zurückzukehren, zumal sie keinerlei Ahnung hatte, wie sie das überhaupt anstellen sollte?

Ihr Verstand jagte umher wie ein rastloses Tier.

So grübelte Carla einige Minuten, bis sie sich ein winziges Stück besser fühlte, neue Energie getankt hatte durch bloße Isolation und Abschottung. Dann betätigte sie zur Täuschung die Spülung und durchquerte den Toilettenraum, um wieder zu Kenichi zurückzukehren. Vor den Kabinen hätte niemand gestanden, um sich zu fragen, was sie so lange auf dem Klo gemacht hatte.

Stimmen pulsierten ohne Unterbrechung, der großräumige Saal war bis zum Zerbersten gefüllt. Gruppen versammelten sich um die dampfenden Platten, Arbeitskollegen, Familien – dies war kein Ort, an den man ging, um allein zu essen. Carla passierte eine Reihe von Tischen und sah sich um. Hatte sie sich im Gang geirrt? Kenichi konnte sie nicht finden, also machte sie kehrt, lief bis zu den Türen zurück, die zu den Toiletten führten, und steuerte eine andere Richtung an. Wieder dasselbe Ergebnis. Sie ließ den Blick weitläufig schweifen, ein brennendes Gefühl breitete sich in ihrer Brust aus. Menschen, Gesichter, Stimmen. Kenichi war nirgends zu sehen.

Die Erkenntnis fuhr ihr wie ein Messer ins Herz. Sekunden später hatte Carla den Tisch ausfindig gemacht, an dem sie bis eben noch zusammen gesessen hatten. Der Teig brutzelte auf der Platte, der Spatel lag reglos daneben. Selbst ihr Rucksack saß auf dem gleichen Stuhl, auf dem sie ihn zurückgelassen hatte. Aber von Kenichi fehlte weit und breit jede Spur. Er war verschwunden.

Der Boden begann sich zu bewegen, die Welt um sie herum sich zu drehen. Das konnte doch nicht ... Wieder formten sich Tränen in ihrem Blickfeld, diesmal heftiger. Er konnte doch nicht einfach gegangen sein.

Köpfe drehten sich Carla zu, so viel nahm sie aus den Augenwinkeln wahr, während sie wie angewurzelt vor dem Tisch stand, auf dem das Monjayaki unbeirrt vor sich hin zischte.

»*Can I help you, miss?*«

Carla hob den tränenverhangenen Blick. Vor ihr stand eine Kellnerin in beigefarbenem Hemd und dazu passender Mütze, sah aus, als befänden sie sich in einem gesichtslosen Fast-Food-Restaurant, und musterte Carla mit jener Mischung aus Skepsis und Besorgnis, die ihr schon an vielen Personen aufgefallen war.

»*M-my friend* ... Der Mann, mit dem ich hergekommen bin. Haben Sie ihn aufstehen gesehen?«

Das Mädchen schaute drein, als wäre Carla wahnsinnig. »Niemanden gesehen«, sagte sie. »Waren Sie nicht allein?«

Ein bösartiges Etwas drückte die Luft aus Carlas Lungen. Ihr wurde schlecht.

»*Thank you*«, sagte sie hastig, verschränkte die Arme und lief abermals zu den Toiletten zurück. Das Mädchen schaute ihr irritiert nach.

Toiletten. Kenichi musste sich, während er auf Carla gewartet hatte, dazu entschlossen haben, selbst aufs Klo zu gehen. Es gab keine andere Erklärung – zumindest keine, mit der sie würde leben können. Atemlos schlüpfte sie durch die Tür, sah sich um und fand augenblicklich den *men's room*, direkt gegenüber den Damentoiletten gelegen. Sie holte tief Luft, ballte die

Hände zu Fäusten und betrat den Raum. »Kenichi?«, rief sie in das merkwürdige Zwielicht, das, verglichen mit den Neonröhren, die im gegenüberliegenden Bereich hingen, sonderbar bedrohlich wirkte. An den Rändern ihres Bewusstseins machte sich Erleichterung breit, dass kein Mann an den Urinalen stand und sich vor ihr erschrak. Wie hätte sie sich rechtfertigen sollen?

In der Herrentoilette zählte Carla drei Kabinen. Sie öffnete bei einer nach der anderen zaghaft mit dem Fuß die Türen. Alle waren leer.

Die Schocknachricht wurde immer realer: Kenichi schien abgehauen zu sein. Der Panik nahe, drehte Carla sich einmal um sich selbst – und sah dann, dass ein Durchgang gleich neben den Urinalen in einen weiteren, offenbar angebauten Bereich führte. Der Eingang war durch keine Tür versperrt, sondern es handelte sich lediglich um ein rechteckiges Loch in der Wand – sie hätte es in dem dämmerigen Licht genauso gut übersehen können. Hinter der Schwelle schien es nur noch dunkler zu werden. Carla biss die Zähne zusammen und ging festen Schrittes hindurch.

Gefunden.

Kenichi stand in der Mitte des anschließenden Raumes und bemerkte sie offenbar nicht, sondern starrte ins Leere. Das T-Shirt hatte er sich hochgezogen und die Hosen ein Stück weit heruntergelassen. Er hielt seinen erigierten Penis in der Hand.

»Was machst du?«, entfuhr es Carla, doch bevor sie etwas hinzufügen konnte, hatte er ihre Anwesenheit registriert, keuchend ausgeatmet, war hastig mit wenigen großen Schritten auf sie zugegangen und hatte sie mit links am Handgelenk gepackt. All diese Bewegungen hatten gewirkt, als wären sie in Zeitlupe abgelaufen, doch gleichzeitig viel zu schnell, um ihnen zu entkommen. Seine Hand war feucht.

Kenichi brachte seine Lippen zu ihrem Ohr und sagte mit ruhiger Stimme etwas auf Japanisch, das sie nicht verstand. Sie konnte seinen heißen Atem auf ihrer Haut spüren. Carla versuchte, ihn von sich wegzudrücken, doch sein Griff war unglaublich fest. Sie rief seinen Namen, versuchte, ihm in die Augen zu sehen, aber sein Blick war leer, sodass es ihr nicht gelingen wollte. Nur das Weiße war zu sehen, seine sonst so herausstechenden Pupillen verschwunden. Was immer gerade geschah – er war nicht wirklich hier, und sie fragte sich, ob es wirklich *er* war, der sich ihr aufdrängte, oder jemand anderes. Etwas anderes. Carla wusste nicht, ob sie wirkliche Angst hatte oder nicht – und das war eigentlich das Schlimmste. *Schrei. Lauf.*

Schließlich gelang ihr wenigstens ein kurzer entsetzter Aufschrei, und sie riss sich los, sein Griff gab im richtigen Moment nach. Carla wich zurück, während Kenichi einen Schritt nach vorn stolperte, seine Knie einknickten und sein Körper Richtung Wand sackte. Er drehte sich nicht zu ihr um, sondern ging einfach zu Boden, wieder in einem unwirklich erscheinenden Tempo. Erneut hörte sie seine Stimme etwas flüstern, meilenweit weg – und dann sah sie mit Grauen, wie er damit fortfuhr, sich selbst zu befriedigen. Dabei würdigte er sie keines Blickes mehr, sondern blieb zusammengekauert vor der Wand sitzen, seine Stirn daran gelehnt. Carla starrte ihn bloß an, unfähig, sich weiter von ihm weg zu bewegen oder gar den Raum zu verlassen. Es dauerte kaum eine Minute, dann hörte sie ihn scharf ausatmen, und sein Körper zuckte zusammen. Aus irgendeinem Grund musste sie hinsehen – nein, vielmehr schien irgendetwas ihren Blick mit aller Gewalt *dorthin zu lenken* –, und sah sein Sperma von der Wand rinnen. Gleichzeitig spürte sie einen Stich auf der linken Schulter. Ein Wassertropfen? Carla sah zur Decke. An dieser hatten sich nasse Flecken gebildet, in der Tat tropfte es auf sie hinunter. Dazu war es stickig heiß, die Luft schien zu stehen.

Was ging hier nur vor?

Ihr Blick fiel zurück auf Kenichi, der nun regungslos und gekrümmt vor der Wand hockte. Sie sagte seinen Namen, formuliert als Frage, doch ihre Stimme klang schwach, kaum mehr als ein Flüstern. »Kenichi ... Was ist los mit dir?«

Er keuchte wieder, hob das Kinn und drehte sein Gesicht langsam zu ihr herüber. Das Haar klebte ihm schweißnass auf der Stirn – oder war das das Wasser, das von der Decke kam? Die Augen wirkten wieder normal, glasig zwar, aber seine dunklen Pupillen waren zum Vorschein gekommen. Das Leben kehrte Stück für Stück in ihn zurück.

»Carla? Bist du das?«, fragte er vorsichtig, als hätte er gerade erst festgestellt, dass er Englisch sprechen konnte.

Das Wasser fiel nun auf sie herunter wie feiner Nebel und umhüllte beide wie ein Film.

»Carla, was ... Ich weiß nicht ...« Er klang unendlich erschöpft.

Dann geisterte ein Geräusch quer durch den Raum, von einer Ecke zur anderen, und ließ Carla die Haare zu Berge stehen. Sie schüttelte hektisch den Kopf, versuchte einen klaren Gedanken zu fassen. Hatte sie gerade wildes Gelächter gehört?

»Kenichi!« Sie erwachte aus ihrer Schockstarre und stürzte neben ihn auf den Boden. »Kenichi!« Schließlich konnte sie nicht mehr anders, als ihren Tränen freien Lauf zu lassen. »Alles in Ordnung mit dir?« Das Schluchzen schnitt ihr die Worte ab, sie verwandelten sich in zittriges Wimmern. »Was ist denn nur los?«

»Ich habe geträumt«, flüsterte er, als bereite ihm das Sprechen große Mühe. »Ich habe jemanden gesehen.« Er schloss die Augen, sein Kopf sackte zur Seite. »Erst dachte ich, es wäre etwas Schönes. Aber dann ... *yōkai* ...«

Und er sagte nichts mehr.

Carla wurde eiskalt. »*Shit*«, vernahm sie ihre eigene Stimme, die von den Wänden widerhallte.

Kenichi hatte offenbar das Bewusstsein verloren, kippte zwar nicht um, aber lehnte an der Wand wie versteinert, die Hand noch immer in der Hose.

Möglichkeiten flackerten wie Dias vor Carlas geistigem Auge auf – Schütteln, Erste Hilfe, Wasser ins Gesicht. Schließlich gab sie ihrem allerersten Impuls nach:

»Hilfe!«

Ehe sie registriert hatte, dass ihre Beine sich bewegten, war sie losgestürmt, in den ersten Toilettenraum, den Flur, dann ins Restaurant, und sie rief, so laut sie konnte: »Ich brauche Hilfe!« Licht flutete ihr Bewusstsein, hunderte fremde Gesichter bohrten sich in ihren Blick. »Hilfe!«

Carla lief wie auf Autopilot, konnte die richtigen japanischen Vokabeln nicht abrufen, schlimmer noch, wusste stattdessen nicht einmal mehr, ob sie auf Englisch oder Deutsch schrie.

»Bitte helft uns doch! Mein Freund, er ...«

Die fremden Gesichter musterten sie, viele ausdruckslos, manche misstrauisch, andere amüsiert. Niemand bewegte sich. Das Licht schien immer greller zu werden.

»Jemand muss uns helfen!«

Mir helfen.

Aber keine der anwesenden Personen machte Anstalten, etwas zu unternehmen.

»Wir brauchen einen Krankenwagen«, flüsterte sie. Ihre Stimme erstarb nun vollends, in ihrer Kehle saß der Frosch und schnürte sie von innen zu. »Es ist so ein schöner Tag«, sang er zufrieden.

Es roch nach Zwiebeln.

Dann hatte sich die Bedienstete vor Carla aufgebaut, als sei sie einfach aus dem Boden gewachsen, ihre Miene kalt wie Eis. »*Miss? I am going to have to ask you to leave.*«

Carla fand, dass das eine geniale Idee war, stürmte an dem Mädchen vorbei, griff nach ihrem Rucksack, als sie an dem Tisch mit dem nunmehr kokelnden Teig vorbeikam, und ehe sie sich's versah, war sie auf der Straße, alles war voller Leute, sie drehte sich im Kreis und rief weiterhin mit letzter Kraft: »Bitte! *Somebody help!*«

Blicke. Schritte. Niemand blieb stehen.

Die Sonne brannte voller Häme vom Himmel.

Sie könnte sich auf der Stelle hinlegen, leuchtete es Carla ein, einfach einschlafen, alles verschwinden lassen und nie wieder aufstehen. Ob sie auch für alle Ewigkeit in Tokio gefangen sein würde?

Während dieser Gedanke größer und größer wurde, begann in ihrer Hosentasche eine Melodie zu spielen. *Free Wi-Fi*, registrierte ihr Verstand den Schriftzug auf der Fassade des Monjayaki-Restaurants, der sich im Schaufenster des gegenüberliegenden Geschäfts spiegelte. Hier gab es Empfang, sie könnte augenblicklich zuhause anrufen und Mutter bitten, sie abholen zu kommen, aus eigener Kraft würde sie es nicht mehr bis nach Hause schaffen, so sehr der Frosch auch drängte. Man würde ihr endlich helfen, dazu musste sie nicht einmal die SIM wieder einlegen.

Doch das Klingeln stammte von einem eingehenden Anruf.

Wie fremdgesteuert hatte sie ihr Telefon bereits hervorgezogen. Der Name *Parker* flackerte ihr entgegen.

Die unsichtbaren Fäden ließen Carla auf das Hörersymbol drücken und sich den Apparat ans Ohr halten.

»Parker«, flüsterte sie. »Ich brauche Hil—«

»Sag mir sofort, wo du bist«, befahl Hans forsch.

Carla kapitulierte. Sie hatte keine Kraft mehr, um sich vor ihm zu erschrecken, und gerade war da auch keine Wut mehr in ihr, sondern höchstens noch leise, müde Empörung. »Warum bist du an Parkers Telefon?«, fragte sie. *Was hast du mit ihm gemacht?*

»Carla, wo bist du? Du klingst furchtbar.«

Ihr letzter Widerstand zerbröckelte, und sie beschrieb es ihm.

 **KEINE RÄTSEL MEHR**

Der Boden in der Seitenstraße war übersät mit Zigarettenstummeln. Wie viele sich Carla genau zu Gemüte geführt hatte während der vielleicht zwanzig Minuten, die sie in ihrem Versteck, bloß einen Block von dem Restaurant entfernt, ausgeharrt hatte, wusste sie nicht. Aber das Päckchen ging langsam zur Neige. Beinahe hätte sie angefangen, die Stummel zu zählen – auch, um sich zu beruhigen. Schließlich war alles, das sie tat, sich hier zu verschanzen, anstatt einen Krankenwagen zu rufen oder wenigstens ins Restaurant zurückzukehren, um nach Kenichi zu sehen. Ihre Angst ließ das allerdings nicht zu. Ihr Japanisch auch nicht. Und das eine beflügelte das andere, sodass sie sich vorkam wie gelähmt und so hilflos wie noch niemals zuvor.

Ich habe angenommen, du seist besser gewappnet.

Bald hörte sie eine altbekannte Stimme. Hans erschien in der Straßenbiegung, lief auf sie zu. Er war nicht allein gekommen.

»Carla! Sag mir, was passiert ist!«

War die Sorge in seiner Stimme etwa echt? Ging es ihr nun dermaßen schlecht, dass sie sich sogar von Hans, dem Betrüger, Hilfe versprach, wo Kenichi nicht mehr da war? Als er zu ihr aufgeschlossen hatte, erhob sie sich von der Mauer, auf der sie gesessen hatte, ließ sich erschöpft gegen ihn fallen, nahm seinen vertrauten Geruch wahr, und etwas in ihr löste sich. Sie begann aus vollem Herzen zu weinen.

»*Jesus Christ*«, entfuhr es Parker, wie immer in höchstprofessionellem Outfit, einen Meter hinter ihnen.

Hans schlang seine Arme um Carla und hielt ihr mit einer Hand den Kopf. »Alles wird gut«, sagte er in einem festen, tröstenden Ton, den sie selten von ihm gehört hatte. »Lass es raus. Und wenn du so weit bist, erzählst du uns, was passiert ist.«

»Kenichi«, wimmerte sie. »Er …«

Mit Mühe und Not berichtete sie, was sie schon am Telefon zu erklären versucht hatte: dass Kenichi im Restaurant zusammengesackt war und sie nicht gewusst hatte, was sie hätte tun sollen. Details über sein seltsam ferngesteuertes Verhalten ließ sie aus, das wäre keine Hilfe gewesen. Parker bot sofort an, nach dem Rechten zu sehen, und ließ sich eilig den Weg beschreiben. Sie sagte, er könnte es eigentlich nicht verfehlen, und schon war er losgelaufen. Hans und Carla blieben allein zurück.

Etwa zwei Minuten verharrte sie in seiner Umarmung, dann flackerten Bruchstücke jener Nacht im *Wildlife* durch ihren Kopf, und sie drückte ihn von sich.

Das ist falsch. Es ist alles falsch.

Hans hielt sie nicht zurück.

»Wo bist du gewesen, als ich deine Hilfe brauchte?«, flüsterte sie, ohne ihn anzusehen. »Was hast du nur getan? Kenichi war für mich da. Du nicht.«

»Es tut mir leid«, erwiderte Hans. Er war kreidebleich. »Ich liebe dich, Carla.« Dann verzog er das Gesicht, sah beschämt zu Boden. Und wiederholte: »Es tut mir leid.«

Du liebst mich also. Offenbar nicht genug.

Sie zog schniefend die Nase hoch und zückte abermals die Zigarettenpackung. Jetzt war sowieso alles egal, also konnte sie ihm genauso gut die Stirn bieten, selbst wenn der Zeitpunkt nicht der günstigste war: »Fremde Männer für uns beide, ja? Was sind wir doch für ein tolles Paar.«

Hans seufzte. »Lass uns bitte zunächst herausfinden, wie es deinem Freund geht – wenn es stimmt, was du sagst. Wir können uns später immer noch die Köpfe einschlagen.«

»Ich will dir gar nicht den Kopf einschlagen. Ich will dich einfach nur vergessen.«

»Ich weiß«, gab Hans resigniert zurück.

»Warum bist du noch immer auf der Suche nach mir?«, fragte sie.

Doch bevor er etwas verlauten lassen konnte, ertönte Parkers Stimme wieder aus der Ferne: »Er ist fort, sagen sie. Hat bezahlt, seine Tasche genommen und ist gegangen.«

Carla schluckte.

Parker fuhr fort: »Er sei mit einer verrückten Frau gekommen, und dann haben sie ihr Essen anbrennen lassen. Verrätst du uns jetzt endlich, was los ist, Carla?«

»Verratet *ihr* mir, was los ist?« Sie richtete ihre brennende Zigarette auf Hans wie den Lauf einer Pistole. »Bin ich immer noch in Gefahr, Hans? Du hast doch bestimmt bloß mit Parkers Telefon angerufen und mich hinters Licht geführt, um mich zu retten, nicht wahr? Wovor? Etwa vor Kenichi?«

»Kenichi«, wiederholte Hans murmelnd und nickte, nur um gleich darauf energisch den Kopf zu schütteln. »Ich wollte deine Stimme hören. Und ich will, dass du mir endlich eine Chance gibst, mich zu erklären. Mir zuhörst. Wäre es mir bloß um deinen Aufenthaltsort gegangen, hätte ich Parker mit dir sprechen und ein Treffen vereinbaren lassen.«

Carla warf Parker einen funkelnden Blick zu, doch dieser

zuckte nur mit den Schultern, sich keiner Schuld bewusst.
»Ich weiß nicht, was mit Kenichi los ist«, fuhr Hans fort.
»Ruf ihn an, er scheint ja wieder auf den Beinen zu sein. Aber
dafür sind wir nicht gekommen. Um ihn geht es jetzt nicht, und
auch nicht um uns. Ich habe deiner Mutter versprochen, auf
dich achtzugeben, Carla. Und das werde ich weiterhin tun. Sogar, wenn du mich hasst.«

Sie stieß einen verzweifelten Lacher aus. »Meiner Mutter?
Das wird ja immer besser!«

»Sie hat Angst, dass du es nicht allein schaffen wirst. Als ich
ihr sagte, dass wir getrennter Wege durch Tokio irren, ist sie
nur noch aufgebrachter geworden. Sie hat gesagt, ich müsse
dich unbedingt finden.«

Carla legte die Stirn in Falten. *Was nicht allein schaffen? Die Origami-Frau zur Rückkehr zu bewegen oder diese verfluchte Stadt am Stück
zu verlassen?*

»Was hast du mit meiner Mutter zu schaffen?«, fuhr sie ihn
an. »Ihr steckt also unter einer Decke? Hat sie dir auch erzählt,
dass ihre tote Schwester hier durch die Gegend spukt, und sie
mich auf die ehrenhafte Mission geschickt hat, die werte Familie wieder zusammenzuführen? Weißt du davon?« Sie spuckte
die Wörter aus, als wären sie Gift.

»Nicht sofort«, erwiderte er und kam einen Schritt auf sie zu.
»Ich habe dir nicht geglaubt, Carla, ich weiß, und es tut mir
unendlich leid. Aber jetzt tue ich es. Es ist alles echt.«

Was er dann tat, ließ sie fast an ihrem Verstand zweifeln:
Hans ging in die Knie. Dabei faltete er die Hände zusammen
wie zum Gebet und legte sich die Fingerspitzen an die Lippen.
Es wirkte wie aus einem schlechten Film, aber vermutlich
wusste er sich anders nicht auszudrücken. »Bitte verzeih mir.
Ich habe ihr versprochen, auf dich aufzupassen, sobald es be-
schlossene Sache war, dass wir herfliegen würden. Aber dann

habe ich die ganze Sache nicht ernst genug genommen. Ich kann verstehen, dass du von mir wegwolltest.«

»Du scheinst schnell akzeptiert zu haben, dass ich gehen wollte. Direkt Ersatz besorgt«, zischte Carla. Noch immer fühlte sie keine Wut, nur noch eine beunruhigende Kälte, und sie wusste nicht mehr, wie sie jemals etwas für ihn hatte empfinden können. Also ging sie vor ihm in die Hocke, auf Augenhöhe. »Bin ich nur in Japan, um auf Gespensterjagd zu gehen, Hans?«

»Ich verstehe nur Bahnhof«, kommentierte Parker aus dem Off. »Glaubt ihr jetzt alle an diesen Schwachsinn?«

»Verzeih mir«, flüsterte Hans. »Bitte.«

Doch das hatte Carla nicht vor. »Du hast mich pflichtbewusst abgeliefert und dann gedacht, ich kann mich doch allein um meinen Kram kümmern, während du dir den wirklichen Spaß gönnst. Ist es nicht so?«

»Meine Gefühle waren echt.«

»Hans?«

Er hob den Kopf, seine Augen weit.

Und ohne auszuholen schmetterte Carla ihm ihre Handfläche gegen die Wange, sodass man den Knall bestimmt in ganz Tokio hören konnte. Es schleuderte ihn zur Seite, erstaunt keuchend stützte er sich auf den Handflächen ab. Der Abdruck brannte feuerrot in seinem Gesicht.

Parker stieß einen kurzen Schrei aus, der sich keiner eindeutigen Emotion zuordnen ließ.

Dann richtete Carla sich wieder auf und starrte ihre eigene Hand an, konnte selbst nicht begreifen, was sie getan hatte. Aber die Kälte war nun fort, dafür pulsierte ein angenehmes Brennen in ihren Adern. Just in diesem Moment begann ein zaghafter Wind aufzuziehen und durch die Gasse zu wehen. Er markierte das Ende eines viel zu lang gewordenen Irrtums.

»Lass dir eins gesagt sein«, richtete sie das Wort an den unter ihr kauernden Hans. »Egal, ob es um meine Geister geht oder um meine verdammte Einsamkeit. Dich brauche ich für beides nicht mehr.« Danach wandte sie sich Parker zu. »Und du bist mir ebenfalls eine Erklärung schuldig. Aber nun werde ich verschwinden. Ich habe Wichtigeres zu tun.«

Parker reagierte nicht, starrte nur Hans an.

»Geh«, stieß dieser zähneknirschend aus und fuhr sich mit einer Hand über die Wange. »Lass wenigstens du sie nicht allein. Ihr müsst es ein für alle Mal zu Ende bringen.«

Parker ließ daraufhin die Schultern sinken und seufzte. »Ich gehe davon aus, dass wir so schnell nicht mehr zu dritt einen trinken gehen werden«, stellte er ernüchtert fest.

Der Wind stieg an, und Carla ging ihre Möglichkeiten durch. Zuallererst musste sie Kenichi finden. Um ihrer Mutter die Leviten zu lesen und herauszufinden, was es mit deren Absprache mit Hans auf sich hatte, würde sie noch alle Zeit der Welt haben, wenn sie Kenichi geholfen, den Geist befreit und Tokio hinter sich gelassen hatte. »*Yōkai*«, hatte er gesagt – was hatte das zu bedeuten? Die Uhr tickte.

Sie zückte ihr Telefon und ging entschlossen an Hans vorbei, der keine Anstalten machte aufzustehen, und würdigte ihn keines Blickes mehr. »Parker, du musst mich nicht begleiten«, ließ sie verlauten. »Danke für alles. Aber hier machen wir Schluss. Geht ihr doch einfach einen saufen.«

»Abgelehnt«, erwiderte Parker, der bereits mit großen Schritten zu ihr aufgeholt hatte. »Ich bin mit euch beiden befreundet. Und jetzt scheinst du meine Unterstützung zu brauchen. Hans wird eine Weile allein zurechtkommen.«

Carla lief unbeirrt weiter. »Ich dachte, du wärst genauso sauer auf ihn wie ich. Klar, wie könnte ich dir jemals verbieten, Zeit mit Hans zu verbringen, aber ...«

»So einfach ist das sowieso nicht.«

»Trotzdem: Ziemlicher *dickmove*, das mit dem Anruf.«

»Ich weiß. Ich komme jetzt mit, um es wiedergutzumachen. Was ist es also, das wir zu Ende bringen müssen?«

Sobald sie an der Straßenmündung angekommen waren, angelte Carla mit hoher Konzentration die SIM-Karte aus ihrem Geldbeutel und setzte sie in ihr Handy ein, bedacht darauf, sie nicht fallen zu lassen, was bei dem stürmischen Wind nicht einfach war. Dann navigierte sie zu Kenichis Nummer. Parker musterte sie mit ausdrucksloser Miene, während sie mit dem Gerät am Ohr wartete.

»Nichts«, sagte sie schließlich. Der Wind spielte mit ihren Haaren.

»Vielleicht ist er schon auf dem Weg nach Hause.«

»Dann säße er jetzt im Zug nach Saitama. Aber das können wir nicht mit Sicherheit wissen.«

»Liebst du ihn?«

»Liebst du sie?«

»*Touché*«, gab er sich geschlagen. Und begann sogleich wieder zu sprechen: »Ich glaube, es ist nicht wahr, dass diese Reise nur auf Wunsch deiner Mutter zustande gekommen ist. Hans hat mir zwar nie gesagt, worum es genau geht – aber er hat mir verraten, dass du in Tokio offenbar etwas zu erledigen hast. Ein Punkt unter vielen, ich habe nicht weiter nachgefragt. Wie kann es nun jedoch sein, dass du davon selbst nichts gewusst zu haben scheinst?«

»Ich wusste genauso wenig davon wie von seiner Vorliebe für Penisse. Warum sollte auch irgendjemand *mir* irgendwas erzählen?«

Parker legte ihr eine Hand auf die Schulter. »Ich glaube, davon wusste er selbst nichts, bevor er herkam. Nichtsdestotrotz hast du es nicht verdient, dass man hinter deinem Rücken so mit dir umgeht. Ich entschuldige mich nicht dafür, trotz allem zu meinem besten Freund zu halten. Aber ich will dir nun helfen – das Mindeste, das ich tun kann, damit es dir wieder besser geht. Was ist deiner Mutter so wichtig, dass sie deinen Freund mithineingezogen hat, Carla? Bist du wirklich in Gefahr?«

Der Wind hatte sich abrupt gelegt, und Carlas Feuerzeug klickte. Sobald ihre Zigarette brannte, startete sie den nächsten Versuch, Kenichi ans Telefon zu bekommen – nach Parkers Erwähnung von »Freund« erst recht. Sie würde es tausendmal versuchen, wenn es nötig war.

»Erinnerst du dich daran, als wir über Geister gesprochen haben?«, fragte sie ihn. »Es ist nun sehr wichtig, dass du mir zu glauben versuchst. Und zwar jedes einzelne Wort.«

*

Der Nachmittag war kühl und stürmisch, aber zu einem richtigen Unwetter würden sich die Böen nicht entwickeln, sagte zumindest die Wetter-App. Es blieb bei der konsequenten Vorahnung eines aufziehenden Sturms. Beinahe herbstlich, fand Carla, als sie zusammen mit Parker auf einer Bank im Yoyogi-Park saß und eine bereits warm gewordene Dose Eiskaffee in ihren Händen hielt. Parker stierte mit ausdrucksloser Miene ins Nichts, und sie konnte ihm keinen Vorwurf machen. Während er an den Enthüllungen knabberte, die sie ihm in allen Einzelheiten aufbereitet hatte, ließ Carla ihr Telefon nicht aus den Augen. *Komm schon, Kenichi. Sag mir, dass es dir gut geht.*

Irgendwann räusperte Parker sich. »Kann ich die Geister auch sehen, wenn sie dich heimsuchen?«, fragte er besorgt. »Ich bin mir nämlich sicher, dass ich keine große Lust dazu habe.«

»Ich schätze nicht«, erwiderte sie. »Hast du vor dem Tempel etwas bemerkt?«

»Im Nachhinein, wo wir jetzt so darüber sprechen … Vielleicht? Irgendetwas hat ganz und gar nicht gestimmt. Aber es war nur ein seltsames Gefühl, und schon lagst du auf dem Boden. Da konnte ich mir keine weiteren Gedanken darüber machen.«

»Der Geist will dir nichts Böses. Ehrlich gesagt, will er niemandem etwas Böses. Nicht einmal mir. Aber sie scheinen keine Kontrolle darüber zu besitzen, wie sie anderen erscheinen. Sie lassen sich von ihren Emotionen leiten. Kenichi oder – wenn es sein muss! – meine Mutter könnten uns bestimmt mehr dazu sagen.«

»Es mag sein, dass dieser eine, bestimmte Geist nichts im Schilde führt. Was mich beunruhigt, sind die anderen, die in dieser Stadt umherstreifen, Carla. Was ist, wenn die herausfinden, dass du sie sehen kannst? Es müssen Millionen sein.«

»Hoffen wir einfach, dass die mich nicht finden.« Überzeugt klang sie nicht, denn Parker hatte recht: Welche Geister hatten sie bereits wahrgenommen und würden vielleicht um Hilfe bitten wollen? Und gab es andere Geisterseherinnen in Tokio? Shibuya, der weltberühmte Partybezirk, war gleich um die Ecke – in all dem Getümmel gab es bestimmt die ein oder andere Geschichte. Ach was: Die gesamte Metropole musste voll von Geschichten sein, immer und überall.

»Warum willst du dieser Frau helfen?«, fragte Parker schließlich. »Um deiner Mutter zu beweisen, dass du es kannst? Allein dafür möchtest du dich weiterhin in Gefahr begeben? Lass uns einfach deinen Typen suchen, ihr macht euch noch ein paar schöne Tage in Tokio, und dann *au revoir*. Du hast um nichts davon gebeten, Carla.«

Sie fühlte ein Kribbeln in sich aufsteigen. Das waren genau die Worte, die sie hatte hören wollen, ganz gleich, von wem. Parker schien sie in der kurzen Zeit besser kennengelernt zu haben, als Hans es jemals vorgehabt hatte. Nichtsdestotrotz: Man würde sie nicht mehr davon abbringen können, den Geist ausfindig zu machen und herauszufinden, was sie ihm anbieten konnte. »Es ist zu spät«, sagte sie. »Viel zu spät. Ich muss einen Schlussstrich ziehen. Damit ich in mein altes Leben zurückkehren kann. Keine Geister, kein Hans und keine Rätsel mehr. Ich werde alles abschütteln.«

Parker nickte anerkennend, schien zu begreifen. »Du hast die Entschlossenheit, die mir fehlt«, resümierte er. »Bemerkenswert.«

Carla spürte, wie ein leichtes Lächeln ihre Mundwinkel nach oben zog. Tief in ihrem Innern etwas Ähnliches wie Kampfgeist gefunden zu haben, war aufregend und neu, und auch noch von anderen zugesichert zu bekommen, dass dieser Wirkung zeigte, beruhigte sie ungemein. Kurz dachte sie an die Ohrfeige zurück, die sie auf ihren Fingerkuppen noch zu spüren meinte, an Hans auf dem Boden, dann an Kenichi über ihr. Sie war fast da.

»Jolanda«, flüsterte Carla, in erster Linie an sich selbst gerichtet. »Gib dir endlich die Ehre, und dann bringen wir es hinter uns. Danach kehre ich unversehrt zurück, so wie man es von mir verlangt. Wohin auch immer das sein soll.«

Sie erhoben sich von der Bank und schlenderten durch den Park: ein guter Ort zum Nachdenken, wie Parker vorgeschlagen hatte, ganz ähnlich dem, was Kenichi über den Dächern von Koenji sagte. Bald würde es Zeit zum Abendessen sein, und Parker schmiedete bereits Pläne – »Immerhin müssen wir gestärkt sein, bevor wir auf Gespensterjagd gehen!« –, wohin in Shibuya er sie ausführen wollte. Carla hatte sich nicht sonderlich beeindruckt gezeigt. Als ob sie sich nach allem, das passiert war, aufs Essen konzentrieren könnte – der letzte Versuch war sprichwörtlich in Rauch aufgegangen, und noch immer ließ sie ihr Telefon nicht aus den Augen, konnte kaum einem Gespräch folgen. Kenichi blieb verschwunden.

Sie passierten unzählige Menschen auf Picknickdecken, sahen Katzen und Hunde – beide meistens angeleint –, Frisbee werfende Grundschüler sowie einzelne Leute, die grellbunte, telefonbuchdicke Manga lasen. Ob neben jeder dieser Personen Jenseitige schwebten, ohne Füße und einen Ausweg aus ihrer misslichen Lage? So sehr Carla die Augen auch zusammenkniff, nichts ließ sich erkennen. Sollte tatsächlich die Fähigkeit in ihr schlummern, die Grenzen zwischen dem Dies- und dem Jenseits erkennen zu können, würde sie eine Möglichkeit finden müssen, diese zu trainieren, damit sie etwas damit anfangen konnte – beziehungsweise sich als Erstes Gedanken machen, ob sie das überhaupt wollte.

Die Grenzen zwischen dem Dies- und dem Jenseits …

Es durchfuhr sie wie ein Blitz. »Ich muss meine Mutter anrufen«, verkündete Carla, ohne stehen zu bleiben.

Aus Parkers Blick sprach Argwohn. »Damit sie dir weitere Rätsel auftischt? Oder wieder wirre Geschichten von Astralprojektion erzählt?«

»Nein. Damit sie mir sagt, wo Jolanda begraben liegt.«

*

Der Mann kommt nun regelmäßig zu Besuch, ungefähr zweimal im Jahr, und immer hat er etwas mitgebracht, das er Mutter schenkt. Sie sagt, er bringe diese Dinge aus einem weit entfernten Land mit, sie seien nichts Besonderes, aber trotzdem wertvoll, denn sie haben jemandem gehört, den Mutter sehr liebhatte. Mehr erzählt Mutter dem Mädchen nicht, und immer, wenn der Mann da ist, gehen die beiden in Mutters Zimmer und verschließen die Tür. Mit dem Schlüssel.

241

Ihrem Drang, an der Tür zu lauschen, hält das Mädchen stand, Mutter hat es strikt verboten, und mit den Jahren wird dieser Drang schwächer, bis es ihn ganz vergisst. Mutter ist meistens traurig, wenn der Mann wieder geht, aber gleichzeitig froh – es dauert eine Weile, bis das Mädchen das versteht. Zu ihr ist der Mann immer höflich, und auch, wenn sie nie besonders viel mit ihm spricht, beginnt sie ihn zu mögen. Er scheint ein guter Freund der Familie zu sein.

Doch eines Tages hört der Mann auf, Mutter zu besuchen. Mutter erklärt nicht, warum er nicht mehr kommt, aber sie ist unglücklich darüber. Wenig später passiert das Unglück, und von nun an ist der Rollstuhl Teil der Familie. Was sie auf dem Dach zu suchen gehabt habe und warum sie heruntergefallen sei, will das Mädchen wissen, aber erhält niemals eine richtige Antwort. Mutter wird immer verschlossener, redet komisches Zeug. Aber Carla wird damit fertig, denn sie ist stark. Sie muss nur tun, was man von ihr verlangt. Und sich davor hüten, unnötige Fragen zu stellen.

*

»Die sterblichen Überreste von Jenseitigen halten sie nicht zwangsläufig an einen Ort gebunden«, erklärte Mutter, die überraschenderweise leicht ans Telefon zu bekommen gewesen war. Man hörte ihr die deutliche Erleichterung an, dass Carla sich offenbar dazu entschlossen hatte, den Geist doch zu suchen – und auch die Gram, dass alles nicht anders gekommen oder ohne Schwierigkeiten verlaufen war. »Ich kann dir durchaus sagen, wo sich ihr Grab befindet. Aber deine Kräfte stehen in voller Blüte, wie es scheint – es kann überaus gefährlich werden, sich auf einen Friedhof zu begeben. Carla, denk bitte darüber nach. Jolanda hat dich einmal gefunden. Sie wird es wieder tun. Vertraue auf dich.«

»So wie du die ganze Zeit über auf mich vertraut hast, ja, ja«, erwiderte Carla abfällig. »Was ist, wenn es Jolanda in Tokio so gut gefällt, dass sie gar nicht mit mir zurückkommen möchte? Was dann? Hast du schon einmal daran gedacht? Und ihr Gerippe oder was auch immer von ihr übrig ist einfach so in den Flieger packen und mitnehmen kann ich bestimmt auch nicht ohne Weiteres. Nur mal so.«

»Wie gesagt – es spielt nicht unbedingt eine Rolle. Ohnehin wirst du kein Skelett finden können. Jolanda wurde eingeäschert, so ist es Brauch. Jenseitige sind nicht an Zeit und Raum gebunden, und wenn es ihre früheren Körper nicht mehr gibt, umso weniger. Wenn sie zu mir zurückkehren möchte, wird sie einen Weg finden. Und wenn nicht … habe ich zumindest Klarheit.«

Carla musste sich zusammenreißen, um sie nicht direkt zur Rede zu stellen, ob der ganze Ausflug nach Japan bloß fingiert und dazu da gewesen war, das Loch im Herzen ihrer Mutter zu füllen. Was, wenn Hans von vornherein ein Spion mit einer beunruhigend überzeugenden Fähigkeit zum Gaslighting gewesen war, der sich nur als ihr Freund ausgegeben hatte, um sie im Auftrag ihrer eigenen Mutter nach Tokio zu locken? Ein bisschen witzig fand Carla den Gedanken schon – weil er so absurd war. Bestimmt gab es irgendwo einen Anime mit einem ähnlichen Plot. Die Wahrheit war jedoch eigentlich viel trauriger.

»Einen Versuch ist es wert, Mutter«, kündigte Carla an, auch wenn sie selbst sich alles andere als sicher war. »Sollte der Geist wirklich so frei sein, wie du tust, und hätte er Lust dazu gehabt, hätte er ganz bestimmt selbst einen Flug nach Deutschland gebucht. Wir gehen jetzt zu ihm.« Ihr Sarkasmus linderte den

Schmerz ein wenig, dann aber konnte sie doch nicht anders, als noch hinzuzufügen:»Danke für die großartige Hilfe, die du mir mit auf den Weg gegeben hast.«. *Für die Heimlichtuerei und die Manipulation.* Wenn sie gekonnt hätte, würde Carla Mutter selbst für Hans' fehlende Liebe verantwortlich machen.

»Wir sprechen zuhause«, lautete die einzige Antwort, ein weiterer Ausdruck ihrer ständigen, gottverdammten Abwehrhaltung. »Über alles.«

Falls ich mich jemals wieder blicken lasse, durchfuhr Carla ein Gedanke. Und ein weiteres Mal beendete sie wütend das Gespräch.

»Erfolg gehabt?«, fragte Parker neben ihr.

In der Tat hatte Mutter verraten, wo sich die Ruhestätte Jolandas befand, obwohl sie nicht davon überzeugt war, dass es sich um eine heiße Spur handelte: Der Yanaka-Friedhof war nicht weit von Asakusa entfernt. Die Origami-Frau hatte nicht mal einen langen Weg auf sich nehmen müssen, bevor sie Carla vor dem Senso-ji überfallen hatte – vorausgesetzt, der Friedhof war tatsächlich der Ort, an dem sie sich am ehesten herumtrieb.

»Verstorbene werden üblicherweise verbrannt«, begann Parker zu referieren. Was hatte Carla das Expertenlexikon vermisst! »Das ist im Buddhismus so üblich, alles andere wäre grundverkehrt, und Shinto hat spätestens im Tod nichts mehr zu melden. Es hat aber auch pragmatische und nicht unbedingt *nur* religiöse Gründe. So viele Tote, so wenig Platz! Wann möchtest du aufbrechen?«

»Jetzt«, erklärte Carla entschlossen.»Nenn mich abergläubisch oder verwirrt von Vorurteilen und Horrorfilmen, aber: Ich bin nicht sonderlich gewillt, mich im Dunkeln auf einem Friedhof herumzutreiben.«

Außerdem, und das verschwieg sie Parker, konnte sie es kaum erwarten, den Geist an dessen Grab wiederzusehen. Ein leises Fünkchen Hoffnung tief in ihrem Innern verriet ihr, dass dort ebenfalls eine Antwort auf sie wartete, was mit Kenichi geschehen war.

 VERLASS MICH NICHT

Da ist ein Gesicht direkt vor ihr.

Es ist blass, wie aus Papier, und die Gesichtszüge bleiben ihr verborgen, nur die Haare kann sie erkennen. Vielleicht sind sie blond, vielleicht schwarz, sie scheinen die Farbe zu wechseln. Carla weiß nicht, wem genau sie gegenübersteht. Aber in ihrem Bauch tobt ein Krieg: Sie fürchtet sich vor dieser Person, gleichzeitig fühlt sie sich sicher, geborgen, und möchte ihr nahe sein. Wie kann man Angst vor etwas haben, dass sich wie Zuhause anfühlt?

»Sieh ganz genau hin«, sagt der Frosch, während er rücklings auf einem schwimmenden Kleeblatt liegt und sich den Bauch streichelt. »Aber sei vorsichtig: Manchmal sind die Dinge, dir wir sehen, und die Dinge, die wir wollen, zwei Paar Schuhe. Du musst lernen, das eine von dem anderen zu unterscheiden. Nur so kannst du trockenen Fußes auf die andere Seite gelangen.«

Carla geht näher an die Person heran, nimmt ihr Gesicht in beide Hände. Die Haut des Mannes ist feucht, als überzöge sie ein dünner Film aus Schleim. Als sie nahe genug gekommen ist und ganz genau hinsieht, erkennt sie ihn endlich.

Kenichi öffnet langsam die Augen. Sie sind dunkelrot.

»*Yōkai*«, sagt er, aber seine Stimme klingt wie Donnergrollen in der Ferne.

Carla erschrickt.

Mit einem lauten Platschen springt der Frosch von seinem Blatt ins Wasser.

*

»Hey. Wir sind da.«

Eine Hand auf ihrer Schulter und Parkers Stimme an ihrem Ohr rissen Carla unsanft aus ihren Träumen. Das monotone Schaukeln der U-Bahn hatte sie schläfrig gemacht, dabei hatte sie sich fest vorgenommen, keinerlei Ruhepause mehr einzulegen, bis sie ihre Aufgabe erfüllt hatte. Ihr Körper schien wieder einmal andere Einfälle gehabt zu haben, wie so oft.

Von der Shibuya Station aus hatten sie die Yamanote-Linie genommen, jene in freundlichem Grasgrün gehaltene Hauptverkehrslinie, die in beide Richtungen in einem riesigen Kreis durch das Tokioter Zentrum fuhr. Shibuya Crossing, den weltberühmten Zebrastreifen, und die steinerne Statue von Hachiko, dem Shiba, der bis in alle Ewigkeit auf seinen Herrn wartete, hatten sie im Vorbeigehen passiert. »Wir kommen später wieder, wenn du den Kopf frei hast«, hatte Parker lächelnd verkündet. Geisterjägerin hin oder hier, sie dürfte die Stadt auf keinen Fall verlassen, ohne nicht mindestens einen Abend mit ihm in Shibuya verbracht zu haben. Die Liste der Dinge, die sie in Tokio noch immer nicht gesehen hatte, schien schon jetzt nicht mehr in die wenigen übrigen Tage gequetscht werden zu können, die ihr noch zur Verfügung standen, selbst mit Gewalt.

An der Nippori-Station verließen Parker und Carla die Bahn, bis Asakusa wären es von hier aus bloß weitere zwanzig

Minuten. Ob Jolanda Zug gefahren war, um sie zu verfolgen? Nein, dachte Carla, ein dummer Gedanke. Schließlich waren Jenseitige nicht an Raum und Zeit gebunden, oder? Warum sollten sie also ein Ticket lösen wollen?

Ein kurzer Fußmarsch führte sie schließlich an ihr Ziel: Der »Yanaka Reien« war ein öffentlicher, städtischer Friedhof, einer der größten und bekanntesten in Tokio, und befand sich in einem Stadtteil, das ebenfalls Yanaka hieß. Carla war fasziniert von der Umgebung, in der sie sich urplötzlich wiederfand: Nichts erinnerte mehr an den bunten Trubel à la Shinjuku oder Shibuya, stattdessen schien es sich um eine ruhige, weitläufige Wohngegend zu handeln, in der kleinere Geschäfte und zahlreiche Bars oder Cafés, oft mit hölzernen Fassaden, die Straßen säumten. Immer wieder lugten winzige Schreine schüchtern zwischen den Gebäuden hervor. Fußgängern begegneten sie nur spärlich, meistens waren diese allein unterwegs. Es schien, als wären Carla und Parker in der Zeit zurückgereist oder hätten sich, ohne es zu merken, von der Großstadt mitten aufs Land begeben. Aus wie vielen grundverschiedenen Teilen war Tokio zusammengesetzt? Dicke streunende Katzen, absorbiert von ihrer eigenen Eleganz und Schönheit, wanderten durch die Gegend. Der Himmel zeigte sich wolkenverhangen, es war merklich abgekühlt.

»Hier würde ich mich auch vergraben lassen«, scherzte Parker, dem die Gegend zwar ebenfalls zu imponieren schien, aber die Tatsache, dass sie sich auf einen Friedhof begaben, um einen Geist zu finden, alles andere als geheuer war. »Wären wir einige Wochen früher dran, gäbe es hier bunte Kirschblüten zu bestaunen. Siehst du die Bäume?«

Carla sah die dicken Kirschbäume, deren Laub sich wie ein Dach über sie erstreckte, und dachte, darin rraschele der Wind, aber sie konnte keinen Luftzug spüren. »Alles ist so friedlich«, stellte sie fest. »Sind wir wirklich noch in Tokio?«

»Von mir aus kann es gerne friedlich bleiben«, murmelte Parker. »Aber, na ja, was soll uns passieren? Dieser Friedhof ist so groß, er besitzt sogar eine eigene Polizeistation.«

»Du machst Witze, oder?«

Er grinste nur und ging schweigend durch das Eingangstor.

Japanische Gräber variierten genauso merklich, wie Carla es erwartet hatte. Zwar handelte es sich bei den meisten Grabsteinen um senkrecht in die Erde gerammte, rechteckige graue Blöcke, viele erinnerten jedoch einfach an übereinandergeschichtete Steinhaufen ähnlich einer Pagode, und bei wieder anderen thronte eine Säule auf einer Art Podest, wenn die Urnen mehrerer Generationen zusammen in der Erde bestattet worden waren. Um die Grabmäler herum waren Blumengestecke drapiert, deren Blätter unter der Sonne ächzten, darüber hinaus gab es zahlreiche Räucherstäbchen und Wasserschalen, die meisten leer. Hinter vielen Gräbern bemerkte Carla wiederum in den Boden eingelassene Holztafeln, auf denen sich andere, in leuchtendem Rot gemalte Schriftzeichen befanden als auf den Steinen – kurz hatte sie die Eingebung, Parker zu befragen, was es damit auf sich hatte, ließ dann aber davon ab. Sie wollte gar nicht wissen, wessen Geister hier womöglich alle ihr Unwesen trieben.

Der Friedhof schien in einzelne Blocks und Gänge unterteilt, wirkte aber ungeordnet und chaotisch auf Carla. Mal gab es breite asphaltierte Wege, mal lediglich Fließen, die in die zertrampelte Erde eingebettet waren. Wie viele Tote das Gelände wohl beherbergte? Carlas Gedanken schwirrten wild umher: Wer starb, wurde verbrannt, dann war die Seele frei und konnte sich bewegen. Wurden manche nur deswegen zu *yūrei*? Ihr drängte sich die Idee auf, dass es unter diesen Umständen in Japan wohl niemals zu einer Zombieapokalypse kommen würde. Zombies waren schließlich an Zeit und Raum gebunden, wenn sie sich nicht täuschte.

Ein Zweig knackte unter ihren Füßen. Carla blieb stehen und schloss die Augen. Es wurde höchste Zeit, sich zu konzentrieren, bevor ihr Verstand noch größere Kreise ziehen würde.

Mutter hatte ihr nicht sagen können, wo genau sich Jolandas Urne befand, und eine »Ausländerabteilung« schien es auf Yanaka nicht zu geben, also blieb ihr nichts anderes übrig, als auf ihre vermeintlichen Kräfte zu vertrauen und sich von der Jenseitigen selbst zu deren Grabmal führen zu lassen. Es wurde höchste Zeit herauszufinden, wie echt alles war.

Parker, der ein paar Schritte vor Carla gelaufen war, hielt inne und drehte sich zu ihr um. Derart still und angespannt hatte sie ihn noch nie erlebt.

Zwar hatte sie eben noch hie und da einzelne Menschen zwischen den Gräbern herumirren sehen und entfernt Gesprächsfetzen wahrgenommen, jetzt allerdings war es mucksmäuschenstill, kein Wind rauschte mehr in den Bäumen. Aber war das gerade das Perlen eines Wassertropfens gewesen, der auf die Oberfläche eines Sees aufgeschlagen war?

Sie riss die Augen ruckartig wieder auf.

Neben Parker stand ein Mann. Oder vielmehr: hing. Um ihn herum schien der gespenstische Wind zu wehen, den sie nun sehen, aber nicht spüren konnte, seine engen, dunklen Kleider bewegten sich nicht, nur sein Haarschopf tanzte über seiner Stirn. Er überragte Parker um zwei Köpfe. In Höhe von dessen Knien zerfaserte der Körper des Mannes ins Nichts wie in weißes Rauschen, genau dort, wo seine Füße hätten sein sollen. Er schwebte.

Carla biss sich auf die Unterlippe und sah dem Mann in sein bleiches, papierartiges Gesicht. Die Konturen waren zu erkennen, dünn zwar wie auf einem überbelichteten Foto, aber dennoch deutlich auszumachen. Trauer las sie darin, aber auch Frieden. Ein *yūrei*, kein *onryō*.

Es wirkte für einen kurzen Moment so, als nickte der Mann ihr zu, bevor er sich schließlich wegzudrehen schien. Der falsche Wind schwoll an, zog ihn davon, und schon war er verschwunden.

»Ist alles okay?«, fragte Parker.

»Es funktioniert«, brachte Carla zaghaft über die Lippen. Sie hielt den Atem an, und ihr Blick fiel nach rechts auf eine Reihe von Grabmälern.

Wie schwarze Flecken hingen über einigen von ihnen Körper in der Luft. An den Rändern wirkten sie ausgefranst, sie waberten, veränderten ihre Form, ständig in einer Art unwirklicher Bewegung, aber sie waren auf jeden Fall menschlich oder es die längste Zeit gewesen. Manche erkannte Carla nur im Profil oder aus weiter Entfernung, andere waren näher und ihr zugewandt, so als sähen sie sie auch. Von keiner der Erscheinungen schien etwas Böses auszugehen. Ihre fließenden, verschwommenen Umrisse erinnerten Carla daran, wie man sich bekannte Gesichter bewusst ins Gedächtnis zu rufen oder an Bilder aus einem Traum zu erinnern versucht: Nie gelang es zu hundert Prozent, die Kamera stellte niemals scharf, aber ein Abbild der Realität ließ sich trotzdem beschwören, verwaschene Flecken, wo Details fehlten. Das reichte für ein Gefühl, eine entfernte Ahnung der Wirklichkeit.

Ich kann sehen, dachte Carla.

Und das Kribbeln, das ihren ganzen Körper zu erfüllen schien, hatte sie definitiv schon einmal gespürt – nun schlug die Erkenntnis über ihr zusammen wie eine brechende Welle. Damals, als Kind. Dieses Gefühl hatte sie ihr Leben lang verdrängt, nun aber kehrte es zurück, ein alter Bekannter, ein verlorener Freund.

»Es funktioniert?« Parker drehte sich um die eigene Achse, die Augen zwei riesige, hell leuchtende Kreise. »Okay, ich geb's zu. Ich krieg' einen Mordsschiss.«

»Hier ist ziemlich viel los«, erklärte sie. Dann beachtete Carla ihn nicht weiter – die Geister würden Parker nichts tun –, sondern ließ ihren Blick weiterwandern. Gab es einen Fleck, der anders aussah als die anderen, oder einen, der sich auf sie zubewegte? »Jolanda«, flüsterte sie. »Hör auf, dich zu verstecken. Ich bin hier.« Dreimal hatte das Monster sie aufgesucht und sich nicht zu erkennen gegeben – jetzt würde sie den Spieß ein für alle Mal umdrehen.

Als hätte sie nur auf den richtigen Zeitpunkt gewartet, meldete sich just in diesem Moment eine Frauenstimme in Carlas Kopf: *Da bist du ja. Komm. Komm zu mir.*

Carla stürmte nach vorn, an Parker vorbei. Dieser protestierte überrascht, aber sie rief ihm nur, ohne sich umzudrehen, zu: »Ich habe sie gehört! Ich habe sie gehört, Parker. Sie ist ganz nah.« Er knurrte, und seinen Trittgeräuschen nach zu urteilen rannte er gleich hinter ihr her.

Hatte die Frau aus Papier endlich erkannt, wer Carla war, und war nun bereit dazu, sich in ihrer wahren Gestalt zu zeigen? Wenn Carla den wirren Worten ihrer Mutter auch nur ein kleines bisschen Glauben schenken konnte, und nichts wollte sie mehr, dann musste es einfach funktionieren. Schließlich war sie den ganzen Weg hierhergekommen, und so groß Tokio auch sein mochte, es konnte keinen anderen Ort als diesen Friedhof geben.

Links, rechts, rechts, links. Die Bäume und Grabsteine flogen an Carla vorbei, als sie durch die Gänge hastete, immer der Stimme nach. Aus den Augenwinkeln erkannte sie, wie manche der fliegenden Flecke zu pulsieren begannen, als feuerten sie sie an, drängten sie, ihre Mission endlich zum Abschluss zu bringen. Dann erkannte sie eine Art Lichtung, eine größere Fläche inmitten des Friedhofdschungels, über der sich das Tageslicht zu bündeln schien, als befände sie sich in einem Videospiel und eine höhere, über allen Dingen stehende Macht zeigte ihr den Ort, an dem sie ein wichtiges Item oder einen sonst wie gearteten Hinweis finden würde, der für den erfolgreichen Abschluss ihres Auftrags unabdingbar war.

Das Licht fiel direkt auf einen weiteren Steinturm, in dessen Rücken wiederum ein bemaltes Stück Holz in der Erde steckte. Vor dem Turm lag etwas auf dem Boden, erkannte Carla, wie achtlos weggeworfen, direkt zu den Rändern des merkwürdigen Scheins. Je näher sie kam, desto größer wurde es, schien Konturen anzunehmen, eine Gestalt zu formen. Es war keine Tasche. Es war auch keine von zurückgebliebenen Angehörigen drapierte Opfergabe.

Es war Kenichi.

Natürlich war es Kenichi.

Er hockte vor dem Grab, den Rücken Carla und Parker zugewandt. Carlas Augen füllten sich unmittelbar mit Tränen, noch ehe sie zum Stehen gekommen war. Zwar hatte ein Teil von ihr geahnt, dass sie ihn hier wiedersehen würde, aber gleichzeitig übermannte sie nun ihr Gewissen: Sie hatte ihn im Stich gelassen und stattdessen Hilfe bei genau denjenigen gesucht, die wiederum sie im Stich gelassen hatten. Wie würde sie das jemals wiedergutmachen können?

»Kenichi!«, rief sie aufgeregt.

Er reagierte nicht, schien weiterhin konzentriert das Grabmal zu betrachten.

Parker war nun direkt hinter ihr und bremste ab. »Was ist los?«, keuchte er erschöpft.

Die Welt schien angehalten zu haben. Der Lichtstrahl brach durch eine Lücke im dichten Laub eines der Kirschbäume, der sonst bestimmt für wohligen Schatten sorgte, gleich über ihren Köpfen. Es war kurios, wie passgenau der Sonnenschein Kenichi und das Grabmal, vor dem er sich niedergelassen hatte, von oben einrahmte. Seine schmalen Schultern schienen in dem Licht zu glühen, beinahe zu flimmern.

»Kenichi«, wiederholte Carla. Ihre Stimme klang schwach und träge.

»Das ist Kenichi? Was macht er da?« Parker machte Anstalten, einen Schritt auf ihn zuzugehen, doch Carla hielt ihn mit einem Arm zurück.

»Nicht«, sagte sie. »Etwas stimmt nicht.«

Und dann hörte sie, wie Kenichi leise murmelnd Worte von sich gab. Sie ging selbst einen Schritt auf das merkwürdige Bild zu, das sich ihr bot, doch sie konnte nichts verstehen. »Was sagt er, Parker?«

»Ich weiß es nicht, es klingt merkwürdig«, antwortete dieser. »Ich glaube aber, er … betet. Wessen Grab ist das? Doch nicht etwa —«

Nun war Carla direkt hinter Kenichi. Zitternd streckte sie eine Hand aus und legte sie ihm auf die Schulter. Von Weitem hatte sie es nicht erkannt, aber er war völlig durchnässt.

»Kenichi …«

Kenichi reagierte nicht auf ihre Berührung, sondern murmelte unbeirrt weiter, als nähme er gar nicht wahr, dass er Gesellschaft bekommen hatte. Die Haare in seinem Nacken standen ab. Carla beugte sich nach vorn und legte ihm nun beide Arme um die Schultern in einer zaghaften, schiefen Umarmung.

»Was haben sie mit dir gemacht?«

Sein Murmeln wurde schneller, dringlicher, bis er die unbekannten Worte schon beinahe im Stakkato ausstieß, angestrengt und schmerzvoll, als zwinge ihn etwas dazu, immer und immer wieder dieselben Sätze zu wiederholen, bis in alle

Ewigkeit. Dabei wippte sein Kopf kraftvoll vor und zurück. »*Yōkai*«, keuchte er schließlich. »*Yōkai.*«

»Dämon«, übersetzte Parker, aber das wusste Carla natürlich längst.

Plötzlich brandete direkt hinter ihnen schrilles Lachen auf. Carla ließ von Kenichi ab, wirbelte herum, riss die Augen auf. Ihr Verstand brauchte den Bruchteil eines Augenblicks, um zu realisieren, wer ihnen da von der anderen Seite der Lichtung mit lautlosen Schritten entgegenkam. Helles, beinahe weißes Haar. Und eine glockenklare Stimme, die das fiese Lachen nur noch bizarrer werden ließ.

»Sieh an, sieh an«, flötete Ellen mit einem hämischen Grinsen. »Meine liebe, wunderschöne Geisterjägerin. Du scheinst endlich gefunden zu haben, wonach du so lange Zeit gesucht hast.«

Carla wurde kalt. »Was tust du hier?«, rief sie aufgebracht. In ihrem Kopf ließen sich die Dinge in keinen sinnvollen Zusammenhang bringen. War es etwa nicht Jolandas Stimme gewesen, die sie in ihrem Kopf gehört hatte? Sie konnte sich nicht mehr erinnern, wie genau sie geklungen hatte und ob sie ihr bekannt vorgekommen war.

»Ich habe ein bisschen Detektivarbeit geleistet«, erwiderte die Finnin, deren Grinsen sich nun in ein süffisantes Lächeln verwandelt hatte. Sie hatte sich zurecht gemacht, trug eine Art Hosenanzug, der in etwa so wirkte, als sei sie auf dem Weg zu einem vornehmen Geschäftsessen. Ihre hochhackigen Schuhe machten keinerlei Geräusche auf dem von Gras und Unkraut übersäten Boden, als sie seelenruhig Schritt für Schritt näherkam. »Wer nach Gespenstern sucht, kommt früher oder später auf die clevere Idee, auf einem Friedhof nachzusehen. Meine investigativen Skills sind der Hammer, oder etwa nicht?«

»Wo kommst *du* auf einmal her?«, wollte nun auch Parker wissen.

Ellen musterte ihn von oben bis unten, als hätte sie ihn gerade erst bemerkt, und sagte trocken: »Ich bin auf der Jagd.«

Als ob er auf das Stichwort gewartet hätte, sprang Kenichi auf und stieß Carla mit einer ungeahnten Kraft von sich. Sie ruderte mit beiden Armen, setzte sich rücklings ins Gras und sah sprachlos zu, wie Kenichi sich mühsam gänzlich aufzurichten versuchte, was ihm aber nicht richtig gelingen wollte. Er blieb vornübergebeugt, als säße ihm etwas Schweres auf den Schultern. So ging er mit steifen und stolpernden Schritten auf Ellen zu, einen nach dem anderen, vorsichtig, als lief er jederzeit Gefahr, zu Boden zu fallen.

Ellen rief ihm etwas zu, auf Japanisch.

Dann war er bei ihr, sie hob einen Zeigefinger und legte ihn ihm unters Kinn. »*Okaeri*«, kicherte sie – und drückte ihren Mund forsch auf seinen. Kenichi, nass und zitternd, erwiderte den Kuss und schlang einen Arm um ihren zierlichen Leib, noch immer wacklig auf den Beinen, als müsste er sich an ihr festhalten, um nicht zu stürzen.

Ein paar Sekunden verharrten sie so, dann löste Ellen ihr Gesicht von ihm.

Carla starrte die beiden entgeistert an, verstand nicht.

»Ich sagte doch, er will mich«, sagte Ellen, nun zu Carla gewandt. »Alle wollen mich. Dabei hatte er mich heute sogar schon, aber er kriegt den Hals nicht voll.« Sie seufzte. »Männer.«

Anschließend begann sie, mit ihrem Finger Kreise in die Luft zu malen, denen Kenichi wie hypnotisiert mit den Augen folgte. Sein Blick war völlig leer, wie Carla aus der Entfernung zu erkennen glaubte, milchiges Weiß, keine sichtbaren Pupillen – genauso, wie sie ihn in den Toilettenräumen des Restaurants aufgefunden hatte. Darüber hinaus war seine Haut seltsam bleich, fast so, als wäre sie aus Papier, und sein nasses, zerzaustes Haar von einem Schwarz, das alles Licht zu absorbieren schien. Er glich einem Geist.

»*What the fuck?*«, entfuhr es Parker.

Carla hatte keine Kraft, um zu fluchen. »Was hast du mit ihm gemacht?«, schluchzte sie stattdessen mit tränenerstickter Stimme. Ellen runzelte die Stirn. »Gemacht? Ich? Nichts. Er nimmt sich das, was er will. Und ich gebe gerne, das habe ich dir schon tausendmal erklärt. Aber langsam habe ich genug. Denn das, was *ich* will, ist direkt hier.«

Sie öffnete ihre Handfläche, gab Kenichis Kopf einen kleinen Stoß – und wie vom Blitz getroffen sackte er auf der Stelle in sich zusammen. Seine Beine knickten ein wie Streichhölzer, und er fiel der Länge nach auf den Rücken. Carla unterdrückte einen Aufschrei.

Kenichi blieb reglos liegen.

»Keine Angst«, fuhr Ellen fort. »Er ist nicht tot, er regeneriert sich nur. Vielleicht möchte er später noch eine Runde.« Dann machte sie einen lautlosen Schritt auf Carla zu, welche den Grabstein in ihrem Rücken spürte, ohne sich erinnern zu können, sich daran gelehnt zu haben. »Hätte ich ihn getötet, würde er bestimmt gleich darauf um dich herum schweben, meine Liebe, oder? Ich meine: *literally*. Die Toten wollen mich leider nicht mehr. Die Toten wollen gar nichts, außer so schnell wie möglich weg von hier. Zu schade, dass so viele von ihnen es nicht schaffen werden.«

»Wovon sprichst du?« Parker setzte sich schließlich in Bewegung. Es sah aus, als wollte er auf Ellen zu rennen, während Carla kein weiteres Wort herauszubringen vermochte, vor Verwirrung und Angst um Kenichi wie gelähmt.

Ellen streckte ruckartig den Arm in Parkers Richtung aus, der enganliegende Stoff gab einen flatternden Ton von sich. »Du jetzt auch, Parker-*senpai*? Bisher hast du doch so erfolgreich Widerstand geleistet. Richtig hartnäckig warst du!«

Parker erstarrte mitten in der Bewegung, die Augen groß, der Mund geöffnet.

Ellen stolzierte unbeeindruckt auf ihn zu. »Für dich aber nur einen kleinen Kuss. Ist das in Ordnung? Du weißt doch – ich will *sie*.«

Parker biss die Zähne zusammen und stieß ein angestrengtes Stöhnen aus. »Was machst du da? Raus … aus meinem Kopf.«

Ellen lachte finster. »Immer noch ganz der Unnahbare, was? Du musst starke Gefühle für deine Kollegin haben. Ich bin beeindruckt. Nun, du hast Glück. Bei dir bin ich offenbar machtlos.«

Carla sah regungslos zu, wie Parker sich krampfhaft zu bewegen versuchte, seine Arme wanderten Zentimeter für Zentimeter nach vorn, doch er konnte sich nicht aus der Starre befreien. Oder bewegte sich sein Körper gegen seinen Willen, und er kämpfte tapfer dagegen an? »Carla«, flüsterte er schließlich. »Lauf.«

Wieder schlug Ellen mit der flachen Hand in die Luft. Parker kippte nach hinten. Es gab ein dumpfes Geräusch, als er auf dem Boden aufschlug.

Carla stieß einen spitzen Schrei aus und drehte den Kopf zur Seite, die Augen fest geschlossen.

»Schade«, gab Ellen mit offensichtlich gespielter Enttäuschung von sich. »Einen wie ihn hatte ich lange nicht mehr. Aber wer nicht will, der hat schon. Ich freue mich für ihn, dass er jemanden gefunden hat, der so starke Gefühle in ihm auslöst, dass selbst ich nichts dagegen ausrichten kann. Ehrlich.« Dann baute sie sich breitbeinig vor Carla auf. »Wollen wir mal sehen, ob du auch einen so mächtigen Schutz vorweisen kannst.«

»Was hast du vor?«, brachte Carla endlich heraus, starrte der

Blonden fest in die Augen. »Was soll das alles?« Diffus brandeten Gefühle in ihr auf, Erinnerungen. »Hast du ... Hast du mich verfolgt? Die ganze Zeit?«

Ellen kicherte triumphierend, lachte dann geradezu abfällig. »Ach, Mäuschen. Dachtest du tatsächlich, es sei Zufall, ausgerechnet *mir* andauernd in dieser verflucht riesigen Stadt zu begegnen? Dass du naiv bist, wusste ich, nicht jedoch, dass du auch so schrecklich dumm bist! Ist es nicht furchtbar komisch, immer wieder dieselben Leute zu treffen? Unter dreiunddreißig Millionen Menschen? Oh, ja, diese *Ironie!*«

»Lass mich in Ruhe!« Carla presste ihren Rücken gegen das Grab, drückte die Beine durch und richtete sich langsam Stück für Stück auf.

Ellen sah ihr amüsiert dabei zu. »Ich brauche dich, Carla«, verkündete sie. »Endlich sehe ich es ein: Nach jemandem wie dir habe ich in dieser Stadt so elendig lange gesucht! Wie hätte ich anfangs ahnen können, dass tatsächlich *du* es bist? Je öfter ich dich sah, je mehr du von dir preisgegeben hast, desto sicherer wurde ich mir. Ich bin wählerisch. Ich stelle Ansprüche. Es mag manchmal nicht so scheinen, doch es ist die Wahrheit. Du hast mich absolut überzeugt, meine Liebe. Du hast deine letzte Chance in überragender Weise genutzt.«

Carla wimmerte: »Ich ...«

Aber dann hatte Ellen sie schon an den Handgelenken gepackt, drückte sie gegen den steinernen Turm und brachte ihren Kopf ganz nah an Carlas. »Ich bin mir zu hundert Prozent sicher! Bleib bei mir«, raunte sie ihr ins Ohr. Etwas an ihrer Stimme klang nun anders. Böse. »Verlass mich nicht.«

Carla zuckte vor Schmerz zusammen. »Ich will nach Hause«, keuchte sie.

Ellen schwieg, sah sie bloß an.

Und mit einem Mal ... zerfloss ihr Gesicht.

Als würde ein Pinsel in Farbe tauchen, schoben sich die Konturen ihres Antlitzes zur Seite, zogen Kreise wie auf einer Wasseroberfläche, und in der Mitte kam nichts zum Vorschein außer blankem Weiß, aus dem zwei kreisrunde, kreischend rot funkelnde Augäpfel quollen.

Carla stieß einen weiteren hohen Schrei aus, konnte nicht begreifen, was sie sah.

Die gesichtslose Kreatur mit den roten Augen riss Carlas Arme nach oben und drückte ihren Rücken über die Spitze des steinernen Turms. Dann wuchs unmittelbar über ihrer Kinnpartie ein Maul aus dem Weiß, ein pechschwarzer, grauenerregender Schlund, in dem sich lange, spitze und ebenfalls pechschwarze Zähne drängten.

»Du gehst nie wieder nach Hause!«, zischte die Kreatur, und ihr Griff um Carlas Handgelenke wurde fester, als könnte sie ihr selbige mühelos zerquetschen, wenn sie nur wollte. Das ohnehin helle Haar verlor seine Farbe und veränderte sich zu einem silbrig schimmernden Vorhang, der das grauenvolle Nichtgesicht einhüllte und um es herum zu wallen begann. »Du bist hergekommen, weil *du* es wolltest, und du wirst bleiben, solange *ich* es will. Also ... *Für immer.*«

»Geh weg!«, spie Carla Ellen entgegen. »Ich habe nie um diese Fähigkeit gebeten, ich will damit nichts zu tun haben. Lass mich frei!« Sie drehte den Kopf zur Seite und schloss krampfhaft die Augen. Tief durchatmen. Gleich würde sich die Kreatur aufgelöst haben.

Doch der Griff um Carlas Handgelenke lockerte sich nicht. Zögernd öffnete Carla die Augen wieder, und noch immer war die hässliche Fratze direkt vor ihr. Ihr wurde eiskalt. Ellen oder in was auch immer sie sich gerade verwandelt hatte ... war kein Geist.

»Du willst mich doch auch, gib es zu!«, keifte die Kreatur.

»Dein *boy toy* kann dir nicht geben, was du willst. Das Loch in deinem Herzen ist viel, *viel* zu groß. Er wird dich niemals zufriedenstellen können – genauso wenig, wie du *ihm* jemals ausreichen könntest! Er *will mich*, Carla. Es war so leicht, ihn zu kriegen, so unendlich leicht! Heute Mittag hat er nicht einmal das kleinste Bisschen Widerstand geleistet, sondern ist direkt zur Sache gekommen. Ich musste lediglich mit den Fingern schnippen.«

Mit ungeheurer Kraft riss Ellen Carlas Arme nach unten und zerrte sie um ihren glitschigen, eiskalten Körper. Carla kämpfte gegen den aufsteigenden Ekel an, der ihre Angst durchdrang. »Ihr Menschen bekommt den Hals niemals voll. Ob Mann, ob Frau – immer wollt ihr mehr, mehr, *mehr* als man euch anbietet. Ihr seid so schwach.« Eine zuckende, klebrige Zunge schoss aus dem Maul der Gestalt und fuhr Carla über die Wange. Es fühlte sich an wie ein Stromstoß.

Carla kniff die Augen wieder zusammen, keuchte. »Du … Du hast Kenichi im Restaurant …?«

Ein teuflisches Lachen ertönte. »*Keeeeeeeenichi!* Welch ein erhabener Name für nichts als ein verrottendes Stück Fleisch!«

»Was bist du?«

Die roten Augen pulsierten, als das Wesen sprach: »Ich bin der Traum, der nachts zu dir kommt, wenn du nicht schlafen kannst. Ich bin der Wunsch, nach dem du dich noch sehnlichst verzehrst, wenn alles andere bereits verkümmert ist.« Die Gestalt drückte das, was wohl ihre Lippen waren, gegen Carlas Mund und zog ihren linken Arm zwischen ihre Beine. »Jetzt gib dich endlich geschlagen! So, wie deine Männer sich geschlagen gegeben haben. Gott, es war so *leicht*, warum also musst du es mir so schwer machen? Du, die Beste von allen? Bis hierhin war alles Spaß, ein kleiner Zeitvertreib. Dich jedoch will ich *wirklich*, von allen am meisten. Oh, deine Dummheit!

Oh, dein Schmerz! Und deine Gabe macht dich nur noch schöner, wo sie doch jetzt in voller Blüte steht! Leg alles ab und komm mit mir, Carla. *Werde eins mit mir*.« Dann stieß sie ein sonores Stöhnen aus.

Carla sah Kenichi vor sich, wie er verwirrt und halbtot auf dem Boden kauerte, während sein Sperma von der Wand tropfte. Dann Kenichi, wie er nass im Gras lag, und Parker neben ihm.

Sie riss die Augen auf. *Nein!*

Und mit einer physischen Kraft, von der sie nichts geahnt hatte und von der sie vor allem nicht wusste, wo sie jetzt herkam, befreite Carla ihre Hände aus den Klauen der Kreatur und gab ihr einen kräftigen Stoß gegen die schleimige, schuppige Brust.

Das Monster taumelte nach hinten, etwas Ähnliches wie Überraschung huschte über seine unmenschlichen Züge. Es fing sich jedoch wieder und zischte unbeirrt weiter: »Du kommst auf Ideen! Das habe ich vorhin schon feststellen können. Der Schmerz in deinen Augen, als du weggerannt bist – er hat mich nur noch geiler gemacht. Deine Wut jetzt macht mich geradezu *wahnsinnig*.« Das Ding riss den Kopf nach hinten und stieß einen gellenden Schrei in Richtung Himmel aus. »Was aber am besten ist, schon die ganze, verdammte Zeit, ist deine *Aaaaangst!*«

Carla sammelte sich. Als Hans sie hintergangen hatte, war Ellen zur Stelle gewesen. Als die Jenseitige ihre Lebenskraft abgezapft hatte, war Ellen sofort da gewesen. Wann immer sich eine Lücke in der Ordnung der Dinge aufgetan hatte, Ellen war erschienen, um sie mit etwas ganz anderem zu füllen, nach dem Carla niemals gefragt hatte. Heute Morgen jedoch, als sie tatsächlich Hilfe gebraucht hatte, hatte sie ihr den Dolch bloß noch tiefer ins Herz gerammt und sie allein zurückgelassen.

Nur, um ihre beschissene Meinung jetzt wieder zu ändern? Verdammt, ein weiteres Mal würde Carla nicht auf dasselbe Spiel hereinfallen. Was immer dieses Geschöpf war, das sich in Gestalt einer Freundin gezeigt und sie in die Irre geführt hatte, und egal, wie grauenerregend es auch sein mochte – es *lebte*. Seine Macht war also von dieser Welt.

»Ich habe keine Angst«, sagte Carla mit einer Ruhe in der Stimme, die sie selbst überraschte, die sie aber im gleichen Moment voll und ganz akzeptierte. »Vor Geistern vielleicht. Oder davor, verlassen zu werden, das hast du richtig erkannt. Lass dir aber eines gesagt sein: Vor dir habe ich ganz bestimmt keine Angst.«

Aus den Augenwinkeln erkannte sie, wie sich über den Grabmälern, die sie umgaben, fliegende Schemen versammelten, und sie spürte, angekündigt durch ein leises Frösteln, wie ein kühler, unwirklicher Wind aufzog.

十九

ASCHE

Die Umgebung war zum Leben erwacht. Außerdem war es kalt geworden, verdammt kalt, doch Carla wusste, dass sie vor dieser Kälte keinerlei Angst haben musste, genauso wenig wie vor dem Wind, der ihr durch das Haar fuhr und das karge, verdorrte Gras zu ihren Füßen aufwühlte. Es schien, als umringte sie eine Gruppe von Unsichtbaren, die um sie tanzten und Fußspuren hinterließen, wo sie den Boden in Wirklichkeit gar nicht berührten.

Auch das Monster hatte die Bewegungen bemerkt, seine roten Augäpfel nach unten gerichtet, nervös zischend und sichtlich in Bedrängnis. Die Gliedmaßen des Biests schienen sich verlängert zu haben, fischige Schuppen glänzten, wo sich früher Haut wie aus Porzellan gespannt hatte, und ein leichter Film aus Wasser hatte sich zu seinen klauenartigen Füßen gebildet.

»Du hast eine Tür geöffnet«, erklang es brodelnd aus der Kehle des Ungetüms.

»Die Tür war die ganze Zeit offen«, flüsterte Carla, beseelt von einer Gewissheit, nach der sie sich so lange gesehnt hatte und die nun fest und warm in ihrer Brust schwebte, genau dort, wo sonst so oft schwarze, tote Klumpen aus dem Loch gekrochen kamen, das vor langer Zeit in sie gerissen wurde und immer größer geworden war. »Ich habe lediglich die Klinke herunterdrücken müssen.«

Das schleimige Monster leckte sich mit seiner schlangenartigen, viel zu langen Zunge über die spitzen Zähne. Jetzt schien es hocherregt. »Was ist es bloß, das ich an Menschen so mag, die die Dinge zu sehen imstande sind, wie sie wirklich sind? Dreißig Millionen von euch leben in dieser Stadt – so viele wie nirgends sonst! Und doch langweilen sie mich. *Du* aber bist etwas Besonderes. Ich hätte dich auf der ganzen Welt gefunden! Aber ich hätte dich suchen müssen, sehr lange. Wie glücklich ich mich schätzen kann, dass du von ganz allein zu mir gekommen bist.«

»Ich bin wegen etwas anderem hergekommen.« Carla bemühte sich, standhaft zu bleiben. »Und ich denke nicht im Traum daran, jetzt aufzugeben und mit dir mitzukommen. Du hast mich einmal verstoßen, du wirst es wieder tun. Du bist keinen Deut besser als Hans. Oder all die anderen Männer, über die du dich die ganze Zeit so lautstark beschwerst.«

Überall um sie herum waren Gesichter aufgetaucht, unzählige, und Carla wusste, dass ihr diese im Stillen zustimmten. Die Pein der Jenseitigen – jetzt übernahm sie schon das Vokabular ihrer Mutter! – war so groß, dass sie nicht von hier weiterziehen konnten. Sie aber, Carla, war immer noch da, trotz allem, und das bedeutete, dass sie Möglichkeiten hatte, sich immer noch wehren konnte. Allein deswegen würde sie, so hatte sie längst beschlossen, sich von dieser Kreatur nicht unterkriegen lassen.

Schließlich richtete Carla das Wort an das Monster: »Du lebst von denjenigen, die du mitnimmst, ist es nicht so? Von ihrer Aufmerksamkeit?«

Das Biest schritt ruhigen Fußes auf und ab, als besäße es alle Zeit der Welt. »Von ihrer *Liebe*, Carla. Und wenn du mir erst deine gegeben hast, werde ich noch lange, *lange* weiterleben können.«

»Das ist keine Liebe. Du weißt nicht, was Liebe ist.«

Ein kreischendes Lachen brach aus dem Ding hervor, in dem sich immer noch Reste von Ellens Stimme erkennen ließen, dem menschlichen Gefäß, als das sich das Wesen einst gezeigt hatte. »*Du etwa?*«

Carla atmete tief, fixierte das Ding mit ihrem Blick. »Nein. Aber ich weiß, dass ich es eines Tages herausfinden werde.«

Dann spitzte sie die Ohren: Manche der schwebenden Gesichter hatten zu Sprechen begonnen, vereinten sich zu einem monotonen, kollektiven Murmeln, und obwohl Carla nicht verstand, was sie sagten, beunruhigten sie die gruseligen Geräusche nicht im Geringsten. Wahrscheinlich hatten die Geister nach all der Zeit, in der sie schon tot waren, eine ganze Menge zu erzählen – vor allem jetzt, wo Carla erschienen war und ihnen tatsächlich zuhören konnte.

»Es ist eine Weile her«, schälte sich daraufhin die Stimme eines Mannes aus dem Geraune heraus, Carla konnte sie deutlich verstehen. Auf seltsame Weise klang sie vertraut, eine unglaublich weit entfernte Vertrautheit, doch ganz bestimmt da. »Du bist wirklich den ganzen Weg hergekommen. Es muss eine anstrengende Reise gewesen sein.«

Und plötzlich war Carla wieder ein Kind im Schlafzimmer ihrer Mutter, und dieselbe Stimme sprach von merkwürdigen Dingen, die sie damals nicht hatte begreifen können und die jetzt erst begannen, ein klares Bild zu formen und ihren Schrecken allmählich zu verlieren.

Der Mann im Mantel, der heimliche Besucher von vor so vielen Jahren, befand sich gleich zu ihrer Rechten, sein Gesicht ein

Stück höher als ihres, denn auch er schwebte, das Gestrüpp unter seinem zerfasernden Körper und dem Stoff, der ihm vom Rücken fiel – beides schien sich am unteren Rand einfach in Luft aufzulösen –, in jähem Aufruhr. »Ich hätte nicht mehr zu träumen gewagt, dass du es tatsächlich hierherschaffen würdest«, fuhr er fort. »Ich bin zutiefst beeindruckt.«

Carla akzeptierte einfach, dass er da war – sie hatte keine Zeit, skeptisch zu sein. »Sie sind ein Geist«, stellte sie bloß tonlos fest.

»Dummerweise«, erwiderte er. »Das ist der Grund, warum ich aufgehört habe, nach Deutschland zu kommen, falls du dich das jemals gefragt haben solltest. Du warst noch so klein! Dich jetzt vor mir zu sehen, eine richtige Frau, die noch dazu ihrer Mutter so ähnlich sieht …«

»Sind Sie auch auf diesem Friedhof bestattet worden?« Noch ehe Carla die Frage ausgesprochen hatte, realisierte sie, dass sie nicht wirklich mit ihm *sprach*, sondern der Tote sich stattdessen auf eine ganz andere Art mit ihr zu verständigen schien, eine Art, die es nur in ihrem Kopf gab, in ihren Gedanken, ganz genauso, wie Jolanda sie angeschrien hatte. Gleichzeitig bemerkte sie, als ihr Fokus wieder auf das Ellen-Ding vor ihr fiel …

… dass die Zeit stillstand.

Das schuppige Monster schien mitten im Gang festgefroren, das dreiste Grinsen erstarrt, die üppigen Zähne funkelnd, aber bewegungslos. Solang sie sich in Konversation mit dem Geist befand, musste sie keinerlei Angriff von dem Biest befürchten, wusste Carla nun, obwohl sie absolut keine Ahnung hatte, wie dieser Effekt zustande kam. Aber das spielte keine Rolle mehr.

»Unsere Urnen ruhen im selben Grab. Gleich da drüben.« Der Mann hob einen Arm und deutete an dem Monster vorbei auf einen schmalen Gang zwischen den Grabsteinen. »Die ganze Familie ist beisammen. Zumindest jener Teil, der dieses Land niemals verlassen hat.«

»Ich habe so viele Fragen«, flüsterte Carla.

»Und ich bin bereit, sie dir zu beantworten. Nicht zuletzt nach allem, das du auf dich genommen hast. Aber ich erkläre dir die Dinge später. Zuerst möchte ich dir jemanden vorstellen. Sie grämt sich, Carla. Sie hat dir solch eine schwere Zeit bereitet. Kannst du ihr verzeihen?«

Und Carla sah in sein bleiches Gesicht, biss die Lippen aufeinander, nickte.

Komm unversehrt zurück.

Sanft, verschwindend leise, drang die Stimme ihrer Mutter aus Carlas Innerem an ihr geistiges Ohr: »Du bist es. Du bist es wirklich. Ich weiß nun ganz genau, wer du bist.«

Gleich im Rücken des Mannes materialisierte sich ein weiterer schwebender Fleck aus purem Nichts und goss sich in Form, bildete einen Körper, Arme, Beine, lange Haare, die erst zu wallen schienen wie unter Wasser und pechschwarz schimmerten, dann aber nach unten fielen und sich zunehmend in ein helles Braun verwandelten. Mit jedem Augenblick klarte das Gesicht der Frau auf, wurde heller und heller, als hielte jemand eine flackernde Kerze vor ihr Gesicht, nahm Farbe an, bis sie schließlich nicht mehr wie aus Papier wirkte, sondern wie ein echter Mensch. Und ebenfalls einen Kopf größer als Carla, fliegend, hatte sich schließlich ein beinahe identisches Abbild ihrer Mutter zur Gänze vor ihr manifestiert.

Der außerweltliche Wind wurde sanfter und angenehm warm, als sich Carla und die Papierfrau, die keine mehr war, gegenüberstanden. Als hätten sich die Ahnung, die Carla im Taxi überkommen war, ausformuliert und die Kamera endlich scharf gestellt: Da war sie nun, Jolanda, noch immer schwebend, noch immer tot, aber keine Bedrohung mehr, kein groteskes Abbild ihrer selbst. Endlich hatten sie zueinandergefunden und standen nun auf derselben Seite, wie es schien.

»Ich habe dich endlich erkannt«, sagte Jolanda, und ihre Stimme strahlte eine zwar befremdliche, aber doch vertraute Geborgenheit aus, so ähnlich war sie noch immer jener von Mutter, und doch ganz anders zur selben Zeit. »Du bist ihre Tochter. Du bist von ihr zu mir geschickt worden. Ich hätte das viel früher erkennen müssen. Sie hat doch so lang nach mir gesucht.«

Carla lächelte müde. Sie fühlte zwar besagte Vertrautheit, jedoch nichts weiter, dafür war die Situation zu absurd. Dann aber musste sie sich eingestehen, dass das gar nicht stimmte: Sie verspürte eine massive, überwältigende Erleichterung – und vor allem keine Angst mehr. »Auf einmal siehst du viel freundlicher aus«, kam es ihr trocken über die Lippen.

»Wie geht es ihr?«, fragte Jolanda aufgebracht. »Selbst kann sie uns nicht besuchen kommen, nicht wahr? Deswegen hat sie dich geschickt. Ist es nicht so?«

Carla atmete scharf ein und sah gen Himmel. »Sie vermisst dich sehr«, brachte sie mühselig hervor. »Sie sehnt sich nach dir. Und genauso, wie sie niemals den Mund aufkriegt und sagt, was sie empfindet, hat sie mir nicht gesagt, was wirklich vorgeht. In ihr, und generell.«

Ein tiefes Bedauern wanderte über Jolandas geisterhaftes Antlitz. »Es tut mir leid, was dir widerfahren ist. Du musstest so viel durchmachen! Sie hat dich einfach ins Verderben rennen lassen, und das bloß, weil du sehen kannst. Weil auch in dir diese scheußliche Gabe schlussendlich erwacht ist. Dich, ihre eigene, einzige Tochter! Aber sie ist keine herzlose Person, mein Kind, das musst du mir glauben.«

Der Mann im Mantel neben ihr sah beschämt zu Boden, wo

sich das Gras weiterhin kräuselte. »Es ist alles, was sie noch tun konnte«, knirschte er. »Welche Wahl haben wir ihr gelassen?« Carla entspannte sich und kämpfte gegen die Traurigkeit und die Wut an. Sie wusste, dass es Mutter nicht anders ging – wenn sie durch irgendetwas verbunden waren, dann durch ihre Traurigkeit und Wut. »Es ist nicht deine Schuld«, antwortete sie Jolanda und sah ihr fest in die trüben Augen. »Vorausgesetzt, dieser ganze Wahnsinn mit den Verrenkungen, den Schreien und so weiter war nicht auf deinen Mist gewachsen. Das hättest du ein bisschen weniger angsteinflößend gestalten können.«

Jolanda zögerte einen Moment und stieß dann einen Laut aus, der wie ein gespenstisches Seufzen klang. »Wir sind nicht frei, Carla. Wir sitzen fest in dieser Stadt, und oftmals können wir nicht kontrollieren, was mit uns geschieht. Was du gesehen hast, ist bloß ein Teil von mir. Ein großer Teil zwar, aber einer, den ich nicht kontrollieren kann. Nenn es die Bürde, die uns auferlegt worden ist für das, was wir getan haben. Ein Gefühl, gegen das wir nichts ausrichten können. Eine Dunkelheit, gegen die wir machtlos sind.«

»Dunkelheit«, wiederholte Carla leise. Das Gespräch in ihrem Kopf führen zu müssen, strengte sie unglaublich an. »Aber *was*? Was habt ihr getan?«

Die Geisterfrau setzte ein trauriges Lächeln auf, das nun erst recht wie das von Carlas Mutter wirkte, wenn diese angestrengt versuchte, ihren Schmerz zu verbergen. Solche Momente hatte Carla schon als Kind durchschauen können. Ehe Jolanda aber zu einer Antwort ausholen konnte …

»Die Geisterstunde ist vorbei!«, zerfetzte die kreischende Stimme des Schuppenmonsters die Stille. Carla war plötzlich hellwach. Das Biest war direkt vor ihr, und begleitet von einem feuchten Zischen schnellte die meterlange rote Zunge aus seinem Maul hervor und wickelte sich um Carlas Hals. Es brannte wie Säure, als sich das Fleisch in ihre Haut bohrte, der Schmerz explodierte in ihrem Kopf. Sie verstand nicht. Dann packte das Monster Carla mit seinen Klauen an den Schultern, sprach gurgelnd mit aufgerissenem Schlund weiter: »Genug sentimentales Getue. Wenn du nicht freiwillig mit mir mitgehst und dich von mir lieben lässt, dann werde ich wenigstens deinen wunderschönen Körper an mich reißen!«

Die Zähne des Ungetüms wippten rauf und runter, mehr als diese und die blutroten Augäpfel, nur Zentimeter vor ihrer Stirn, konnte Carla nicht mehr sehen – bloß noch, dass die Geister neben ihr verschwunden waren. Die Zeit schien wieder in geregelten Bahnen zu verlaufen. *Ich hab's vermasselt, Mutter,* ging es ihr durch den Kopf, und sie war sich sicher, dass dies ihre letzten Gedanken sein würden. *Ich komme nicht unversehrt zu dir zurück. Ich werde genau wie Jolanda sein, für immer hier festsitzen, und das alles nur, weil ich zu schwach war.* Tränen schossen ihr in die Augen, die Luft entwich ihren Lungen. *Alles, was ich wollte, war doch nur, dass jemand für mich da ist.*

Die Kreatur riss ihren Schlund so weit auf, dass es ihr den Schädel zu spalten schien, und wollte Carla den Kopf abbeißen, da war sie sich sicher.

Plötzlich schoss etwas mit einem lauten Zischen wie ein Pfeil an ihr vorbei und auf den Dämon zu, der zeitgleich ein markerschütterndes Grollen ausstieß. Der Wickelgriff der Zunge um Carlas Hals löste sich.

Ein weiterer nervenzerfetzender Schrei erklang, doch diesmal stammte er nicht von dem Dämon, sondern bohrte sich aus den Tiefen von Carlas Kopf nach außen, und sie erkannte Mutters Stimme. Auch das Ellen-Wesen konnte den Schrei vernehmen, zumindest dem Entsetzen nach zu urteilen, das seine roten Augen befallen hatte. Dann verschwand das Gesicht des Ungeheuers aus Carlas Blickfeld, als es unsanft nach hinten gestoßen wurde. Lange, spindeldürre Gliedmaßen, die aussahen, als seien sie mehrfach gebrochen, drückten die Klauen des Biests in das dreckige Gras, ein papierweißer Körper saß auf dessen schuppigem Leib, und schwarzes Haar wie aus Kohle breitete sich einem Vorhang gleich über den beiden Gestalten aus. Jolandas außerweltlicher Schrei und das Kreischen des Monsters vermischten sich zu einer irren Kakophonie, die direkt aus der Hölle zu kommen schien.

Jolanda war zum Angriff übergegangen, ihre Origami-Spinnen-Form zurück. *Wut,* verstand Carla, als sie sah, wie papiergleiche Finger und die schuppigen Fänge des Dämons miteinander rangen. Wochenlang hatte sie sich vor dem Gespenst gefürchtet, jetzt war es zurückgekommen, um ausgerechnet sie zu beschützen. Sie musste etwas unternehmen.

»Bevor es zu spät ist«, stimmte der Frosch ihr zu.

»Carla.« Der Mann im Mantel meldete sich zu Wort, schwebte in sicherem Abstand an ihrer Seite.

»Was ist dieses Ding?«, fragte sie ihn, ohne die Worte auszusprechen.

»Es ist sehr stark«, antwortete er. »Und sehr alt. Es muss von sehr weit hergekommen sein. Dieses Wesen ernährt sich von Menschen wie uns, Carla. Du musst etwas unternehmen! Es hat den Bann bereits gebrochen – wir werden es nicht mehr lange aufhalten können.«

»Menschen wie uns?« Ihr Blick wanderte panisch über den Boden. Irgendetwas musste sie doch als Waffe gebrauchen können!

Dann berührte sie etwas am Bein, sie sah instinktiv nach unten. Ihr Herz machte einen Sprung.

Kenichi war direkt unter ihr, robbte mit letzter Kraft über das Gras und blinzelte mit schmerzverzerrtem Gesicht zu ihr empor. In seinem ausgestreckten Arm hielt er eine der

Holzlatten mit roten Schriftzeichen darauf, mit der er ihr immer wieder gegen den Knöchel klopfte. »H-Hier«, stotterte er. »*Sotoba.*«

Sie ging in die Knie, strich ihm durchs Haar und griff mit beiden Händen nach dem dünnen Brett. »Ich bin gleich bei dir«, flüsterte sie.

Dann machte sie kehrt und stürmte auf die beiden Monster zu, die hinter ihr um Leben und Tod und alles dazwischen kämpften, den Stab, den Kenichi Sotoba genannt hatte, weit über ihrem Kopf erhoben, als handelte es sich nicht um bloßes Holz, sondern um ein mächtiges Schwert. Der schuppige Dämon hatte die Oberhand zurückerlangt, befand sich nun über der Papierfrau und schlug mit seiner Zunge nach ihr. »Weg von mir!«, kreischte er, und der letzte Rest Menschlichkeit war aus seiner Stimme verschwunden. »Ich will dich nicht! Du bist mir viel … zu … *tot!*«

»Und du gehst mir auf die Nerven, seit wir uns in diesem dummen Club getroffen haben«, spuckte Carla dem Ding entgegen, holte weit aus – und als hielt sie einen Golfschläger, riss sie beide Arme, die das Sotoba umklammerten, mit aller Kraft nach vorn.

Das Geräusch, als sich Sehnen, Knorpel und Schuppen oder was sich sonst im Genick des Dämons befand, voneinander lösten, glich einem riesigen, feuchten Schmatzen. Augen und Maul weit aufgerissen, als wüsste er nicht, wie ihm geschah, beschrieb der abgetrennte Kopf einen Bogen durch die Luft, schlug dann auf dem Untergrund auf und kullerte davon. Der glitschige Torso zuckte mehrmals wie unter Strom, begann dann zischenden Dampf auszustoßen und sackte in sich zusammen. Jolanda warf sich nach hinten, wich dem Dampf aus, rotierte mit einem mechanischen Klacken ihren eigenen Kopf einige Male um dessen Achse … und zerfloss ins Nichts, als bestünde sie aus purer Wasserfarbe, die vom Papier gespült wurde. Carla schleuderte ihr Werkzeug von sich, machte auf dem Absatz kehrt und stolperte hastig in Kenichis Richtung. Sie fiel auf die Knie, riss sich die Haut auf, dann endlich hielt sie seinen Kopf in den Händen, wischte ihm eine nasse Haarsträhne aus der Stirn und wiederholte immer wieder seinen Namen. Er zwinkerte, atmete, ein erschöpftes Lächeln huschte über sein Gesicht. »Es tut mir leid, dass ich ... dich allein ... gelassen habe«, brachte er mühsam hervor, doch sie legte ihm nur den Finger auf die Lippen, beugte sich über ihn und barg ihren Kopf an seiner Schulter, während das Laub über ihr rauschte, in einem Wind, den es nicht gab, formlose Kleckse wie aufgescheuchte Tiere über die Grabmale schwirrten und Parker aus der Ferne ihren Namen rief.

*

Es waren einmal ein Mann und eine Frau. Die beiden waren von Zuhause weggegangen, und sie lebten in einer großen Stadt in einem weit entfernten Land. Obwohl sie nicht aussahen wie die anderen Menschen, die in dieser Stadt und diesem Land wohnten, und sie anfangs deren Sprache nicht verstanden, schafften sie es eines Tages, im Einklang mit ihnen zu leben, sich mit ihnen anzufreunden und schließlich glücklich zu sein. So gut das Leben allerdings auch zu ihnen sein mochte, nie sollte es ihnen gelingen, es in Zweisamkeit genießen zu können. Denn schon immer lebte etwas in Herzen der Frau, das sie tagein, tagaus mit sich herumtragen musste und mit dem der Mann sie sich teilte: ein großer, schwarzer Hund. Der Hund fraß nie, der Hund schlief nie, und dennoch wurde er immer größer und dicker, bis er die Frau schließlich komplett auszufüllen vermochte. Das ertrug sie bald nicht mehr, und so fand sie einen Weg, den schwarzen Hund zu ertränken – aber es sollte sie zusammen mit ihm in den Abgrund reißen. Der Mann war voller Trauer über den Verlust seiner Frau, und doch weigerte er sich, sein neues Zuhause und das Leben, das sie sich zusammen aufgebaut hatten, zu verlassen. Linderung konnte ihm nur eines verschaffen: Die Schwester der Frau, die noch in dem Land lebte, das sie einst zurückgelassen hatten, verfügte über eine Möglichkeit, mit ihr zu sprechen, obwohl sie nicht mehr da war – sie musste dazu bloß einen Teil von ihr berühren. Diese Fähigkeit ängstigte den Mann, aber er wünschte es sich sehr, wieder mit seiner Frau vereint zu sein. Selbst konnte die Schwester jedoch nicht in das fremde Land kommen, also besuchte er sie regelmäßig, Jahr für Jahr. Und jedes Mal brachte er ihr eine Handvoll Asche mit – denn seine Frau, so war es Brauch in dem weit entfernten Land, war verbrannt worden. Die Schwester vermisste sie ebenfalls sehr, aber dank ihrer Gabe konnten sie alle wieder zusammen sein, auf andere Weise als zuvor und für eine begrenzte Zeit zwar, aber dennoch immer eine Weile, und immer war es sehr schön. Viele, viele Jahre zogen so dahin, bis der Mann eines Tages nicht mehr konnte. Er wollte wieder wirklich mit seiner Frau zusammen sein, nicht nur aus der Ferne und bloß einmal im Jahr, und schließlich verließ auch ihn seine Kraft, die ihn immer und immer wieder die lange und beschwerliche Reise auf sich hatte nehmen lassen. Die traurige Wahrheit war: Auch ihn besuchte bald ein kleiner, schwarzer Hund, der, wie es mit diesen vermaledeiten Geschöpfen nun mal so ist, zu wachsen begann und größer und immer größer wurde. Der Hund war furchterregend, böse, und so sah auch der Mann allmählich keinen Ausweg mehr und keine Möglichkeit, sich vor ihm in Sicherheit zu bringen. Also beschloss er, dorthin zu gehen, wo seine Frau auf ihn wartete. So waren sie endlich wieder vereint, aber sie machten sich Sorgen, was wohl aus der Schwester werden würde, zu der sie von nun an nicht mehr gelangen konnten. Und so verblieben sie, überall und nirgendwo, nicht damals und nicht heute, bis in alle Ewigkeit, aber niemals zu zweit – denn ihre Hunde hatten beide begleitet.

Nun wurden sie sie nicht mehr los.

Holz hacken und Wasser tragen.
Das Pferd streicheln.
Den betrunkenen Affen vom Baum schießen.

Carla starrte ein paar Sekunden ungläubig auf ihr Display, scrollte ein wenig durch die empfohlenen Videos, die der Algorithmus für sie ausgesucht hatte, seufzte tief und schaltete das Gerät dann aus. Zen hatte ihr rein gar nichts geholfen, befand sie, ließ sich mit entspannten Schultern in die harte, aber nicht allzu unbequeme Bank sinken und ihren Blick durch die Halle wandern.

Der Narita-Flughafen war noch verschlafen, nur vereinzelt ließen sich schon Menschen blicken: Reinigungskräfte, Beschäftigte der zahlreichen Gastronomiebetriebe oder Airline-Personal, das früh, jedoch bereits in voller Montur zu seiner Schicht anrückte. In nicht allzu langer Zeit würde es hier vor Leuten nur so wimmeln, aber noch versuchte sie, die Ruhe zu genießen, jene vor dem Sturm – das letzte Luftholen, bevor mit dem Anbruch eines neuen Tages auch die Geschäftigkeit einsetzen würde, die sie an diesem Land schon beinahe zu schätzen gelernt hatte.

Tag vierzehn. Das Ende.

Ein paar verirrte Sonnenstrahlen brachen durch die Scheiben und tauchten die Szenerie in ein fahles, fast unwirkliches Licht. Irgendwo ertönte der erste Jingle. Warum waren die Momente der Ruhe und des Friedens in ihrem Leben immer bloß von so kurzer Dauer?

Parker ließ sich, nachdem er sich wie immer katzengleich aus dem Nichts angeschlichen hatte, neben ihr nieder und hielt ihr einen dampfenden Pappbecher mit Kaffee vor die Nase. »Vorsicht: heiß«, schmunzelte er.

Sie nahm den Becher entgegen. »*Dōmo arigatō*«, sagte sie mit übertriebener Betonung und kicherte wie ein Kind.

»Sie sagen *arigatō*, wie wir sagen *arigatō*«, äffte Parker den Schwertschmied Hattori Hanzo aus dem ersten *Kill Bill*-Film nach, der sich mit Vorliebe als Sushi-Chef tarnte. »Amerikanerin?«

»Nein. Deutsche.«

»*Big vermin to kill?*«

»Jetzt hör doch schon auf!«

Der Flieger ging in zwei Stunden: Tokio – Beijing – Amsterdam – Frankfurt.

Ob sie sie nicht begleiten wollten, den ganzen Weg zurück nach Deutschland, hatte Carla Jolanda und dem Mann im Mantel vorgeschlagen – sollte die Entfernung trotz all den großspurigen Worten über Zeit und Raum schließlich doch unüberwindbar sein, bestimmt hätte sie die Überführung der Urnen veranlassen können. Die beiden hatten jedoch dankend abgelehnt: Die Umstände hinderten sie daran – zumindest *noch* –, auf die andere Seite zu wechseln, und nach allem, was Jolanda in ihrer unkontrollierbaren Wut und Trauer angerichtet hatte, wollte sie sicherstellen, dass sie ihrer Familie nie wieder Schmerzen zufügen konnte. Carla war untröstlich gewesen, aber schlussendlich hatte sie die Entscheidung akzeptiert. Was sollte sie auch tun? Mit Mutter würde sie sich ohnehin aussprechen müssen, ein für alle Mal, wenn sie erst sicher zurück nach Hause gekommen war. Dass sich Carla und Jolanda gefunden und miteinander gesprochen hatten, wusste Mutter ohnehin schon längst.

Fünf Tage waren seit der Begegnung auf dem Friedhof vergangen, und seitdem hatte Carla keine merkwürdige Präsenz mehr gespürt, die ihr in Tokio auf Schritt und Tritt nachzustellen schien. Die Monster waren alle verschwunden.

Sie gab Parker Bescheid, zückte ein Päckchen Mentholzigaretten und ging direkt hinter der Bank durch eine Schiebetür, die in einen vernebelten Raucherbereich führte. Ein fülliger Mann im Anzug saß als Einziger darin, rauchte und sprach aufgebracht in sein Smartphone, aus dem die helle Stimme eines Kleinkinds drang. Hin und wieder stieß er ein grummelndes Lachen aus, gefolgt von rasselnden Hustern. Carla setzte sich ihm gegenüber und drückte auf den knopfartigen Knubbel auf dem Zigarettenfilter, der mit einem *Power*-Symbol gekennzeichnet war.

Der Rauch schmeckte nach Zahncreme, und eine Erinnerung flackerte in ihrem Kopf auf: wie sie neben Hans im Badezimmer des Backpacker-Hostels stand, beide sich die Zähne putzten und dabei in einem riesigen Spiegel musterten. Dann verschwamm das Bild wie auf der Oberfläche eines Sees.

Von Parker hatte Carla erfahren, dass Hans bereits abgereist war, schon vor Tagen. Sie geriet ins Grübeln, blieb allerdings entspannt. Sollten sich ihre Wege und die dieses Kerls jemals wieder kreuzen, so wusste sie jetzt noch nicht, was dann sein würde. Zwar gab ihr noch immer jeder kleinste Gedanke an ihn – vor allem daran, wie er mit ihr umgegangen war – einen Stich, und das würde wohl noch eine ganze Weile so bleiben. Aber auch darum würde sie sich kümmern können, wenn sie erst einmal zuhause war. Noch lagen zwischen der Pfefferminzzigarette, die sie jetzt rauchte, und der ersten am Frankfurter Flughafen satte achtzehn Stunden. Ob sowohl ihr Magen als auch ihr Kopf sie an Bord des Flugzeugs in Frieden lassen würden? Carla fühlte sich, als könnte es ihr tatsächlich einmal gelingen, einen Flug lang durchzuschlafen. Es wäre das allererste Mal.

Ihr Handy vibrierte, und Carla musste bereits innerlich lächeln, bevor sie die Nachricht geöffnet hatte. Auf dem Bild, das er ihr geschickt hatte, saß Kenichi im Bett, sein verwuscheltes Haar hob sich eklatant von der schneeweißen Bettwäsche ab, und auf seiner Stirn klebte ein nasser Waschlappen. Sein Grinsen war schief, sein Gesichtsausdruck müde – er sah aus, als sei er erst kürzlich heftig verprügelt worden –, aber seine Augen funkelten, und das Peace-Zeichen, das er mit seinen Fingern formte, füllte fast den gesamten Bildausschnitt aus. Der grellbunte Filter über dem Foto und die niedlichen Figürchen, die er darüber verteilt hatte, gaben ihm etwas Unwirkliches, Künstliches. Aber Carla wusste, dass Kenichi echt war. In zwei Tagen würden sie ihn nach seinem vermeintlichen Schwächeanfall entlassen, und es gefiel ihm außerordentlich gut, wie er fröhlich geschildert hatte, einmal für ein paar Tage nicht zur Arbeit erscheinen zu müssen. Am vergangenen Morgen war Carla ins Krankenhaus gegangen, nachdem er drei Tage lang geschlafen hatte, und Kenichi hatte vorbehaltslos Pläne geschmiedet, wann er sie in Frankfurt würde besuchen kommen. Sie hatte ihn auf die Stirn geküsst und gewusst, er würde sein Wort halten.

Der Businessmann erhob sich, wuchtete seinen zenterschwer wirkenden Koffer mit beiden Händen und grüßte Carla beim Hinausgehen auf einwandfreiem Englisch. Sie grüßte zurück.

Als die Türen aufglitten, sah sie Parker auf der anderen Seite, wartend. »Du hast die Ruhe weg«, klagte er und tippte auf seine Armbanduhr. »Ich muss dich gleich verabschieden, sonst schaffe ich es nicht rechtzeitig.«

»Geh nicht hin«, kicherte sie, aber er wusste, dass sie es nicht erst meinte. Sie hatten die Prozedur bei einer Runde Drinks am Vorabend durchgespielt, würden sich nicht um viele Worte bemühen, sondern lediglich kurz umarmen und dann zuwinken – alles andere würde sich zeigen, nachdem er seinen Job in Japan zu Ende gebracht hatte.

»*See you on the other side*«, war schließlich nur Minuten später das Letzte, das Carla von ihm hörte, danach verschwand Parker in der Menschenmenge, die sich mittlerweile im Flughafen gebildet hatte, ein Anzugträger unter vielen, und eine ohrenbetäubende Mischung aus Stimmen, Durchsagen, Werbespots und klingelnden Smartphones verschluckte das Geräusch seiner Schritte.

Carla kämpfte sich anschließend zum Check-in durch, gab ihren Rucksack ab – den vielleicht treusten Begleiter, den sie auf Erden hatte – und drehte schließlich eine letzte Runde durch das Getümmel, ihr Kopf leer wie eine blanke Leinwand. Dann entschied sie sich doch noch dazu, sich eine letzte schnelle Zigarette zu genehmigen.

Ihr Mund schmeckte noch nach Pfefferminz, als sie sich an ihrem Fensterplatz niederließ, die dünne Decke, die sie dort vorgefunden hatte, auf ihren Knien ausbreitete und eine Flasche Wasser im Netz an der Rückenlehne des Vordersitzes verstaute. Draußen regierte nach wie vor der Sommer, an Bord der Maschine aber war es wunderbar kühl, und den vielen Bieren des Vorabends sei Dank merkte Carla schon jetzt, wie sie angenehm schläfrig wurde, sobald sie Platz genommen hatte.

Das mulmige Gefühl im Magen, als das Flugzeug zu rollen begann, war deutlich wahrzunehmen, aber es fühlte sich anders an als jenes, das sie bei ihrem Hinflug begleitet hatte, und als die Räder schließlich vom Boden abhoben, löste es sich mit einem zärtlichen Ploppen in Luft auf. Carla ließ sich vom Druck des Abhebens in das Polster drücken und seufzte tief. Der mittelalte Mann neben ihr hatte sich bereits eine Schlafbrille über die Augen gezogen und nickte augenblicklich weg. Kurz musterte sie ihn und sein fein geschnittenes, entspanntes Gesicht, dann richtete sie den Blick aus dem bullaugenartigen Fenster direkt in die Tiefe.

Eine nicht enden wollende, hellgraue Masse aus Beton, so groß, dass sie deren Ränder nicht erkannte, schien Stück für Stück in den Boden zu tauchen, zu versinken – fast, als hätte die Stadt beschlossen, nicht weiter zu existieren, weil Carla sich nicht länger in ihr befand. Oder war das vielleicht tatsächlich so? So sehr sie sich auch bemühte, ganz abstellen konnte sie die Zahnräder nicht, die hinter ihrer Stirn wüteten. Aber das war okay. Sollten sie doch rattern und rattern.

Wenn das Flugzeug jetzt abstürzen sollte und Carla würde sterben, ob sie den Frieden finden könnte, der ihr zu Lebzeiten verwehrt geblieben war? Würde sie an einen anderen Ort gelangen, und wäre dieser dann besser als der, den sie zurückgelassen hatte? Oder würde sie bleiben müssen, verdammt dazu, weiter in dieser Welt zu verharren, getrieben, sich immer und immer wieder denjenigen ins Gedächtnis zu rufen, von denen sie nicht vergessen werden wollte? Würden diese Menschen sie sehen können? Oder würde sie ihre Wut gar auf eine ganz bestimmte Person richten, der sie dann das Leben zur Hölle machen sollte? Dieser Gedanke löste bei allem Entsetzen so etwas wie eine zynische, leicht makabre Freude in ihr aus. *Danke für alles. Ich werde dich von nun an nie wieder in Ruhe lassen.*

Das Wolkenmeer vor dem Fenster barg die kuriosesten Gestalten, wenn man nur genau genug hinsah. Teddybären, Spinnenfrauen, die Silhouetten schweigender Männer mit zerzausten Haaren und Schwebende in wallenden Gewändern ohne Füße. Dazwischen, immer wieder: Frösche. Im Sprung, sehnsüchtig, genauso getrieben, wie sie es war, Gejagte, die nur ein einziges Ziel im Sinn hatten: zurück zum Ursprung, zur Quelle, dorthin, wo alles angefangen hatte. Wo man sich kannte, einander vertraute. Wo man wusste, auf was man sich einließ. Carla kuschelte sich in ihre Decke, atmete behutsam und schloss schließlich die Augen, während das beruhigende Surren der Maschine sie umfing. Wie schön es doch wäre, endlich eines Tages dort anzukommen.

Come and say hi:
instagram.com / leifoberlin